RECHERCHÉE

Karin Alvtegen, née à Stockholm en 1965, est la petite-nièce d'Astrid Lindgren, créatrice de Fifi Brindacier. *Recherchée*, son deuxième roman, a reçu le prix Glasnyckeln 2000 (prix du meilleur roman policier nordique) et fait l'objet d'une adaptation cinématographique. Il a été publié dans 20 pays.

DU MÊME AUTEUR

Trahisons
Plon, 2005

Karin Alvtegen

RECHERCHÉE

ROMAN

Traduit du suédois
par Philippe Bouquet

Plon

TEXTE INTÉGRAL

TITRE ORIGINAL
Saknad
ÉDITEUR ORIGINAL
Bokför laget Natur och Kultur, Stockholm

ISBN original : 91-27-09017-5

ISBN 2-02-066227-2
(ISBN 2-259-19685-3, 1re publication)

www.seuil.com

À maman et papa.
Et à Elisabeth.
En remerciement de votre
constante présence.

Nous devons être considérés comme des serviteurs du Christ et des gardiens des secrets de Dieu. Ce qu'il faut surtout attendre de nous, c'est la fidélité. Peu m'importe que l'on s'arroge le droit de nous juger – que ce soit un individu ou un quelconque tribunal humain. J'irai jusqu'à dire que je ne me reconnais pas le droit de me juger moi-même. Mon innocence ne suffit pas à me justifier. Le seul qui ait qualité pour me juger, c'est le Seigneur.

Ne jugez donc pas avant que le moment ne soit venu, avant que le Seigneur ne soit parmi nous. C'est Lui qui fera apparaître au grand jour ce qui est celé dans les ténèbres et qui manifestera le secret des cœurs.

Et alors, chacun sera récompensé selon ses mérites.

Merci, Seigneur, de me donner le courage. De m'avoir prêté l'oreille, d'avoir entendu ma prière et de m'avoir montré le chemin.

Fais de moi l'instrument de Tes volontés. Permets-moi de les châtier de leurs péchés et accueille l'être que j'aime près de Toi pour la vie éternelle.

Ce n'est qu'alors que je retrouverai l'espoir.

Ce n'est qu'alors que je trouverai la paix.

Son tailleur était vert et de bonne marque et nul de ceux qui la voyaient ne pouvait se douter qu'il avait été acheté d'occasion pour moins de cent couronnes. Le bouton fermant la jupe avait été arraché et remplacé par une épingle de nourrice, mais cela, personne ne pouvait le remarquer.

Elle fit signe à un serveur et le pria de lui servir un autre verre de vin blanc.

L'homme qu'elle avait choisi, ce soir-là, était assis deux tables plus loin et celle qui les séparait était vide. Elle n'avait pas encore commencé son manège et ne pouvait donc savoir s'il s'était vraiment avisé de sa présence.

Il n'en était encore qu'à l'entrée. Elle avait donc tout son temps.

Elle but une gorgée de ce second verre de vin. Il était sec et juste à la température qu'il fallait. Il devait valoir son prix, également. Elle ne s'était pas souciée de s'en enquérir, car cette question lui était totalement indifférente.

Du coin de l'œil, elle nota qu'il l'observait. Elle s'arrangea pour que son propre regard croise le sien, comme par hasard, par-dessus le verre de vin, mais fit ensuite, des yeux, le tour de la salle avec l'indifférence convenable.

Le restaurant français du Grand Hôtel de Stockholm

était vraiment l'endroit idéal. Elle y était déjà venue à trois reprises mais, ce soir, ce serait la dernière pour un certain temps. C'était dommage, car il y avait toujours des fruits frais dans la chambre et les serviettes de toilette y étaient d'une épaisseur supérieure à la normale et, de plus, en telle quantité qu'une ou deux pouvaient sans risque se retrouver dans sa mallette.

Mais il ne fallait pas défier inconsidérément le destin. Cela pourrait avoir des conséquences catastrophiques, si tel ou tel membre du personnel venait à la reconnaître.

Elle sentit qu'il la regardait à nouveau. Elle sortit alors son agenda de sa mallette, l'ouvrit à la date du jour et tapota le plateau de la table avec la pointe de ses ongles vernis, en signe de légère contrariété : comment avait-elle pu prendre deux rendez-vous à la même heure ? Et avec deux de ses meilleurs clients, par-dessus le marché !

Du coin de l'œil, elle vit qu'il l'observait toujours.

Un serveur passa près d'elle.

– Auriez-vous un téléphone que je puisse utiliser ?

– Bien sûr, madame.

Le serveur se dirigea vers le comptoir du bar et elle le suivit du regard. Quand il revint, il tenait un portable à la main.

– Voici, madame. Faites le zéro pour obtenir la ligne.

– Merci.

Elle chercha dans son agenda et composa un numéro.

– Bonjour. Caroline Fors, de Swedish Laval Separator, à l'appareil. Je suis navrée, mais je viens de m'apercevoir que j'ai pris deux rendez-vous à la même heure, demain matin, et je voulais vous aviser que je ne pourrai venir que deux heures plus tard que prévu.

– *Vingt heures, vingt-cinq minutes, trente secondes. Top.*

– Parfait… Eh bien, c'est entendu. À demain donc.

Avec un soupir de soulagement, elle écrivit le premier mot qui lui vint à l'esprit – ce fut : salami – en face de 14 heures et referma l'agenda.

Par hasard, leurs regards se croisèrent au moment où elle levait à nouveau son verre. Elle était maintenant sûre de son coup.

– Quelque chose ne va pas ? lui demanda-t-il avec un sourire.

Elle eut une petite moue gênée et haussa les épaules.

– Ce sont des choses qui arrivent, poursuivit-il en regardant autour de lui.

Il s'apprêtait déjà à mordre à l'hameçon et ne la lâchait pas du regard.

Elle remit son agenda dans sa mallette. Il n'y en avait plus pour longtemps. Quand elle eut reposé la mallette sur le sol, elle le regarda à nouveau juste au moment où il repoussait son assiette et levait son verre dans sa direction.

– Un peu de compagnie ?

Alors qu'elle venait à peine de commencer ! Un petit sourire suffirait à ferrer la proie. Mais pas trop vite, pourtant. Un peu de résistance ne servait qu'à renforcer l'attrait. Elle ne répondit donc à sa question qu'après une ou deux secondes d'hésitation.

– Volontiers, mais je ne vais pas tarder à me retirer.

Il se leva, prit son verre et vint s'asseoir en face d'elle.

– Jörgen Grundberg. Enchanté de faire votre connaissance, dit-il en lui tendant la main.

– Caroline Fors, répondit-elle en la serrant.

– Joli nom qui convient parfaitement à une jolie femme. À votre santé.

Une mince alliance brillait à sa main gauche. Elle leva son verre.

– À la vôtre !

Le serveur apporta le plat de résistance de monsieur

Grundberg et s'arrêta net en voyant que celui qui l'avait commandé n'était plus à sa place. L'intéressé lui fit signe.

– Je suis venu m'installer ici. La vue est plus belle, n'est-ce pas ?

Elle eut un petit sourire forcé, mais, heureusement, monsieur Grundberg ne paraissait pas beaucoup s'attacher à l'état d'esprit des autres.

Le serveur déposa devant lui une assiette blanche surmontée d'une cloche en argent. Jörgen Grundberg déplia sa serviette, la posa sur ses genoux et se frotta les mains.

Cet homme se réjouissait à l'avance de la suite de la soirée.

– Vous ne mangez pas ?

Elle ressentit des tiraillements dans l'estomac.

– Non, je n'ai pas vraiment faim.

Il souleva la cloche, un délicat parfum d'ail et de romarin vint frapper ses narines et elle sentit l'eau lui venir à la bouche.

– Il faut manger, voyons.

Il ne la regardait pas, trop concentré sur les filets d'agneau qu'il attaquait.

– Il faut manger pour vivre et non vivre pour manger, c'est un principe bien connu, pourtant, poursuivit-il en portant une fourchette bien garnie à sa bouche.

Ce n'était pas franchement une nouvelle. Sa mère, en particulier, le lui avait souvent répété, mais ce n'était qu'une raison de plus de s'abstenir. Pourtant, elle avait vraiment faim, maintenant. Elle ne pourrait se rassasier de la corbeille de fruits de sa chambre.

La bouche pleine, il fit signe au serveur. Celui-ci accourut aussitôt et attendit gentiment, près de la table, que monsieur Grundberg ait fini sa bouchée.

– La même chose pour madame, s'il vous plaît. Mettez cela au compte de la chambre 407, dit-il avec un sourire, en lui montrant la carte servant de clé.

– Chambre 407, bien monsieur, répondit le serveur avant de s'éloigner.

– J'espère que vous ne m'en voulez pas ?

– J'ai les moyens, vous savez.

– Je n'en doute pas. Mais c'est une façon de me faire pardonner de m'être ainsi imposé.

Il était pardonné d'avance.

Elle but une nouvelle gorgée. C'était presque trop beau pour être vrai. Il allait au-devant de tous ses désirs, cet homme. Il continua à déguster ses filets d'agneau, totalement absorbé par son repas. Il parut même un moment oublier qu'il avait de la compagnie à table.

Elle en profita pour l'observer : la cinquantaine, apparemment, costume chic et le portefeuille sûrement bien garni puisque, sans sourciller, il avait commandé deux plats chauds dans ce restaurant dont les prix étaient à la hauteur de sa réputation.

Il était vraiment parfait.

Il avait l'air habitué à bien manger. Son col de chemise lui bridait le cou et ses plis retombaient sur son nœud de cravate.

Un œil peu entraîné aurait pu se laisser tromper par les apparences, mais elle n'était pas aussi facile que cela à abuser. C'était sans nul doute un parvenu. Sa façon de se comporter à table prouvait que personne, au cours de sa jeunesse, n'avait consacré beaucoup de temps à son éducation sur ce point. Personne ne lui avait dit de ne pas mettre les coudes sur la table et ne l'avait repris quand il portait son couteau à sa bouche.

On ne pouvait que l'en féliciter.

En outre, il s'était trompé de couvert et mangeait sa viande avec celui de l'entrée.

Quand le serveur lui apporta son assiette, à elle, il

avait déjà presque fini la sienne. Le serveur ôta la cloche en argent et elle dut faire un effort pour ne pas se jeter sur le plat avec la même ardeur que son compagnon de table. Elle coupa un petit morceau de viande et le mâcha consciencieusement pendant qu'il raclait le reste de sa sauce avec son couteau et suçait celui-ci sans la moindre gêne.

– Hum, c'est excellent, dit-elle. Merci.

– *You're welcome,* répondit-il avec un sourire en tentant de masquer un rot derrière sa serviette.

Il repoussa son assiette et sortit de sa poche une boîte de médicaments de couleur blanche. Il l'ouvrit, sortit une gélule de la plaquette en appuyant dessus et l'avala avec une gorgée de vin.

– Ainsi, vous travaillez pour Swedish Laval Separator. Pas mal.

Il remit la boîte dans sa poche. Elle continua à manger mais haussa légèrement les épaules. L'instant était critique.

– Si l'on veut. Et vous ?

Dire que ça marchait toujours. Comme si tous les hommes en costume de prix étaient les clones du même ancêtre. Dès que les questions de carrière venaient sur le tapis ils oubliaient tout le reste.

– Import-export. Dans l'électronique. Je recherche des produits nouveaux à lancer et les fais fabriquer en Lettonie ou Lituanie. Là-bas, les coûts de fabrication sont réduits des deux tiers si…

Pendant qu'il débitait ce discours sur son idée de génie, elle dégustait chaque bouchée de son repas en le regardant de temps en temps avec un petit hochement de tête. Mais toute son attention était concentrée sur l'arôme de la viande.

Lorsque son assiette fut vide, elle se rendit compte qu'il avait cessé de parler et elle leva les yeux. Il la dévisageait. Il était grand temps de passer à la phase numéro 2. Il lui restait encore la moitié de son verre de vin, mais tant pis.

– C'était vraiment excellent. Merci.

– Alors j'avais raison, n'est-ce pas ?

Elle posa son couvert sur son assiette. Il était bon qu'il y ait au moins une personne, à cette table, qui connaisse les bonnes manières. Pourtant, il avait l'air parfaitement content de lui.

– Je sais toujours ce que désirent les femmes, dit-il.

Elle se demanda si cela valait aussi pour celle à laquelle il était marié.

– Eh bien, merci pour cet excellent repas et cette agréable compagnie. Mais il est temps que je me retire, dit-elle en pliant sa serviette.

– Pourquoi ne pas terminer par un petit verre dans ma chambre ? demanda-t-il en la regardant par-dessus son vin.

– Merci, mais j'ai une longue journée devant moi, demain.

Avant qu'il ait eu le temps de l'arrêter, elle avait fait signe au serveur. Celui-ci accourut.

– La note, s'il vous plaît.

Le serveur s'inclina poliment et commença à desservir la table. Il eut un regard étonné en direction du couvert de Grundberg, qui était posé en croix sur son assiette.

– Vous avez terminé, monsieur ?

L'ironie de la question était presque imperceptible, mais elle n'en dissimula pas moins un sourire en plongeant le nez dans son verre de vin, alors que Grundberg, qui n'avait rien compris à la situation, se contentait de hocher la tête.

– Ce sera sur mon compte, dit-il. C'était ce dont nous étions convenus, n'est-ce pas ?

Il tenta de poser sa main sur la sienne mais elle parvint à la retirer à temps.

– Laissez-moi au moins payer le vin.

Elle décrocha son sac à main, suspendu au dossier de sa chaise, mais il fut intraitable.

– Il n'en est pas question.

– J'ai l'habitude de décider moi-même de ce que je fais.

Le serveur s'éloigna et Grundberg sourit. Il commençait à lui porter sur les nerfs mais elle avait répondu sur un ton plus vif qu'elle n'en avait l'intention. Il ne fallait pas qu'elle gâche tous ses efforts et elle se força donc à lui rendre son sourire. Son sac était maintenant sur ses genoux et elle l'ouvrit pour en sortir son portefeuille. Elle en explora les deux compartiments et s'exclama.

– Oh, mon Dieu !

– Qu'est-ce qu'il y a ?

– Mon portefeuille a disparu.

Elle se remit à fouiller énergiquement dans son sac puis masqua son visage derrière sa main gauche en poussant un soupir de désespoir.

– Ne nous affolons pas. Il est peut-être dans votre mallette.

L'espoir rayonna un instant sur son visage – surtout à l'intention de l'homme assis en face d'elle – et elle la prit pour la poser sur ses genoux. Heureusement, il ne pouvait en voir l'intérieur car, autrement, il aurait été étonné de constater que, en dehors de l'agenda, elle ne contenait qu'un demi-saucisson et un couteau suisse.

– Non, il n'y est pas. On me l'a sûrement volé.

– Bon, bon. Pas de panique. Je m'en charge.

Le serveur revint avec les deux notes posées sur un petit plateau en argent et Grundberg se hâta de sortir sa carte American Express.

– Pour les deux.

Le serveur la regarda pour s'enquérir de son assentiment et elle le lui signifia d'un simple hochement de tête. Il tourna les talons et s'éloigna.

– Ce sera remboursé dès que possible.

– Aucune importance.

Elle dissimula à nouveau son visage derrière sa main.

– Et moi qui ai eu la bêtise de laisser le bon de prise en charge de ma chambre dans mon portefeuille. Je suis bonne pour aller coucher sous les ponts, conclut-elle avec emphase.

– Ça aussi, je m'en occupe. Excusez-moi seulement un instant, dit-il en se préparant à se lever de table.

– Mais je ne peux quand même pas…

– Bien sûr que si. Nous en reparlerons quand vous aurez retrouvé votre portefeuille. Je vais régler cela à la réception, c'est l'affaire d'un instant.

Il se leva et s'éloigna pendant qu'elle finissait son verre. À ta santé.

Dans l'ascenseur et sur tout le chemin jusqu'à la porte de sa chambre, elle remercia sa bonne étoile. Il avait monté deux verres de whisky et, devant la porte, il se livra à une dernière tentative.

– Pas de regrets, pour ce petit verre ?

Avec un clin d'œil pour le moins appuyé.

– Je suis désolée, mais il faut que je passe quelques coups de fil pour bloquer mes comptes.

C'était une raison qu'un homme comme lui devait pouvoir accepter, car il lui remit l'un des verres de whisky avec un soupir.

– Dommage.

– Une autre fois, peut-être.

Il pouffa légèrement en lui tendant sa clé.

– Merci beaucoup pour toute l'aide que vous m'avez apportée.

Elle enfonça la carte servant de clé dans la fente située sous la poignée et s'apprêta à rentrer dans sa chambre. Il posa la main sur la sienne.

– Au cas où vous auriez des remords, j'ai la chambre 407. Et le sommeil léger.

Il était vraiment mordu. Elle dut faire appel à toute sa volonté pour dégager doucement sa main.

– Je promets d'y penser.

Le mécanisme actionnant la serrure ne fit pas entendre le petit clic habituel et la porte ne s'ouvrit pas. Elle essaya à nouveau.

– Oh, dit-il avec un sourire. Je crois que je me suis trompé de clé. Qui sait, c'est peut-être bon signe ?

Elle se retourna vers lui et le regarda. Il tenait sa clé entre le pouce et l'index. Elle sentait que la moutarde n'allait pas tarder à lui monter au nez, il fallait donc qu'elle fasse vite. Elle prit le petit rectangle de plastique et glissa l'autre dans la poche de Grundberg. Cette fois, la porte s'ouvrit aussitôt.

– Bonne nuit.

Elle pénétra dans la chambre et s'apprêta à refermer la porte. Il avait l'air d'un enfant à qui on venait de refuser une confiserie. Pourtant, elle devait reconnaître qu'il avait poussé très loin la gentillesse, voire la générosité. Elle aurait pu lui donner un petit bonbon.

– Je promets de me manifester, si la solitude me pèse trop, dit-elle à mi-voix.

Son visage s'éclaira et c'est sur cette vision qu'elle ferma la porte et la verrouilla de l'intérieur.

Have a nice life.

Après avoir ouvert en grand les robinets de la baignoire elle ne put attendre une seule seconde pour ôter sa perruque. Son cuir chevelu la démangeait et elle se pencha en avant pour enfoncer ses ongles dans ses cheveux. En se redressant, elle regarda son visage dans la glace. La vie y avait déjà laissé des traces. Elle n'avait que trente-deux ans, mais, si on lui avait demandé de deviner son âge, elle aurait spontanément ajouté une dizaine à ce chiffre. Les déceptions avaient tissé un mince réseau de rides autour de ses yeux, même si elle était encore jolie. Suffisamment, en tout cas, pour attirer des hommes comme Jörgen Grundberg, et elle n'en demandait pas plus.

La baignoire était pleine au point que, lorsqu'elle se plongea dans l'eau chaude, celle-ci déborda sur le sol de la salle de bains. Elle tendit alors la main pour écarter le tailleur qu'elle avait jeté négligemment sur le tapis, mais ce geste eut l'effet inverse à celui recherché. Elle allait devoir sécher le vêtement à l'aide du sèche-cheveux.

Pour l'instant, elle se rejeta en arrière afin d'apprécier la situation. C'était le genre de chose qui donnait un sens à la vie. Du moins si l'on était aussi philosophe qu'elle. Le temps qu'elle avait passé à dormir dans un sac de couchage lui avait enseigné le goût des petites choses de l'existence. Celles qui étaient si évidentes pour la plupart des gens qu'ils ne les remarquaient même pas.

Elle avait d'ailleurs compté à leur nombre, jadis – même si cela commençait à dater passablement. Elle savait donc de quoi elle parlait.

Sibylla Wilhelmina Beatrice Forsenström, fille de directeur de société. Lorsqu'elle vivait sous ce nom, elle prenait des bains tous les jours que Dieu faisait, comme si c'était l'un des droits de l'être humain. Peut-être était-ce le cas, d'ailleurs, mais, comme toujours, c'était lorsque la possibilité n'en existait plus qu'on en découvrait toute la valeur.

Sibylla Wilhelmina Beatrice Forsenström.

Qu'y avait-il d'étrange à ce qu'elle n'ait jamais réussi à trouver sa place, sur cette terre ? Dès son baptême, elle avait été affligée d'un sérieux handicap.

Ce prénom de Sibylla.

Même les élèves les plus attardés de l'école élémentaire de Hultaryd faisaient preuve d'imagination lorsqu'il s'agissait d'inventer des rimes sur son nom. Pour comble de malheur, le kiosque du centre de la ville vendait des saucisses portant ce nom, et c'était même fièrement proclamé à la face des passants par une enseigne au néon, pour plus de sûreté. Et, quand on connaissait ses autres prénoms, Wilhelmina Beatrice, cela ne faisait bien entendu qu'aggraver les choses.

Notre enfant est unique en son genre ! Sans aucun doute. Comme tous les autres !

Mais, naturellement, il ne fallait pas qu'on risque de la confondre avec l'un de ces enfants d'ouvriers très ordinaires avec lesquels elle avait partagé son existence quotidienne, à l'école, pendant sa jeunesse. La mère de Sibylla ne manquait pas une occasion de souligner ce en quoi sa fille se distinguait des autres élèves, ce qui n'avait fait que justifier la distance que les autres mettaient entre elle et eux. Pour sa mère, il était important que Sibylla sache où elle se situait dans la hiérarchie sociale et surtout que son entourage en soit conscient. À ses yeux, rien n'était vraiment chic si ce n'était pas, d'abord, désirable à ceux des autres. Seules leur envie et leur admiration donnaient une valeur aux choses.

Presque tous les parents de ses camarades de classe travaillaient dans l'usine de son père. Celui-ci occupait en outre une place très en vue au sein du conseil municipal et ses paroles pesaient lourd. L'emploi dépendait de lui, dans la commune, et tous les enfants le savaient. Mais ils n'étaient pas encore en âge d'en chercher un et la plupart nourrissaient des ambitions plus élevées que de prendre un jour la place de leurs parents derrière une machine de la Société des forges et industries métallurgiques Forsenström.

Monsieur Forsenström, lui, avait d'autres chats à fouetter. Il était très occupé par la marche de son entreprise familiale et n'avait donc ni le temps ni la disponibilité d'esprit nécessaires pour s'occuper de l'éducation de sa progéniture et on ne pouvait guère lui reprocher d'avoir usé le tapis de haute laine de la chambre de Sibylla dans la belle maison de maître qu'occupait la famille. Il partait le matin et revenait le soir, et ils prenaient seulement le dîner ensemble. Mais il occupait l'une des extrémités de la table, la plupart du temps plongé dans ses pensées, ses papiers et ses graphiques. Quant à ce qui se passait derrière cette façade, sa fille n'était jamais parvenue à le savoir. Elle prenait gentiment ses repas et quittait la table dès que la permission lui en était donnée.

– Bien. Monte te coucher, maintenant.

Sibylla se leva et fit mine de porter son assiette dans la cuisine.

– Laisse. Gun-Britt s'en chargera.

À l'école, en revanche, chacun devait débarrasser son assiette et son couvert. Alors, il était toujours un peu difficile de se rappeler ce qu'il fallait faire, quand on était à la maison et à l'école. Elle laissa donc son assiette sur la table et alla rapidement embrasser son père.

– Bonsoir, papa.

– Bonsoir.

Puis elle se dirigea vers la porte. Tu n'as rien oublié, Sibylla ?

Elle se retourna et regarda sa mère.

– Tu ne montes pas me dire bonne nuit ?

– Sibylla. Tu sais très bien que, le mercredi soir, je vais à mon club. Quand apprendras-tu à t'en souvenir ?

– Pardon.

Sibylla alla donner un rapide baiser sur la joue de sa mère, qui sentait la poudre de riz et le parfum vieillot.

– Si tu as besoin de quelque chose, demande-le à Gun-Britt.

Gun-Britt était la bonne. Elle s'occupait du ménage, de la cuisine et du travail scolaire de Sibylla, choses pour lesquelles madame Forsenström n'avait pas le temps. Mon Dieu, pensez donc, il fallait qu'elle s'occupe de ses œuvres de charité. Que deviendraient les pauvres enfants du Biafra si Beatrice Forsenström n'existait pas ?

Sibylla se souvenait comme elle enviait ces enfants qui habitaient très loin et qui avaient peur à tel point que des dames vivant à l'autre bout du monde prenaient le temps de se consacrer à eux. À l'âge de six ans, elle avait décidé de tenter de remédier à cela et, une nuit, était allée dormir dans l'affreux grenier ténébreux de la maison, dans l'espoir d'avoir peur, elle aussi. Elle avait pris son oreiller et était allée s'allonger sur un tas de vieux tapis, à l'insu de tous. Naturellement, Gun-Britt l'avait trouvée, le matin, et avait aussitôt raconté cela à sa mère. Il en était résulté un savon qui avait duré plus d'une heure et après lequel sa mère avait été prise de migraines qui avaient duré plusieurs jours, elles. Par la faute de Sibylla, bien entendu.

Pourtant, elle devait être reconnaissante à sa mère d'une chose. Après dix-huit ans passés dans ce foyer, elle avait acquis une faculté presque surnaturelle de deviner l'état d'esprit des autres. Tel un sismographe, elle avait appris, par pur instinct de conservation, à prévoir et à éviter les changements d'humeur et accès de colère de sa mère et possédait désormais un sens très affûté des indications que pouvaient fournir les autres par leurs gestes, mimiques et attitudes. Et cela lui était très utile dans la vie qu'elle menait maintenant.

L'eau du bain commençait à tiédir. Elle se leva et se secoua pour se débarrasser des gouttes d'eau aussi bien que de ses souvenirs. Un gros peignoir très doux était suspendu à une conduite d'eau chaude, près de la baignoire. Elle se drapa dedans et gagna la chambre. La télévision passait une sitcom américaine avec rires enregistrés. Elle s'assit pour la regarder quelques instants tout en ôtant soigneusement son vernis à ongles.

Règle numéro un : toujours rester propre.

C'était ce qui la différenciait désormais des SDF de sa connaissance et lui avait permis de sortir de la misère la plus noire.

L'important, c'était ce que l'on paraissait être.

Et rien d'autre.

Le respect était réservé aux gens donnant l'impression d'accepter les conventions et de ne pas trop se distinguer de la masse. Ceux qui n'arrivaient pas à s'adapter ne pouvaient s'attendre qu'à être traités de même. La faiblesse était toujours une provocation. Cela fichait la trouille aux gens de voir des êtres dépourvus de fierté, se comportant n'importe comment et ne sachant pas ce qu'était la honte. Car on ne pouvait pas devenir ainsi sans l'avoir mérité, d'une façon ou d'une autre. On avait le choix, n'est-ce pas ? Et, si on y tenait, libre à vous de vivre dans la crasse. Si vous êtes gentils, on vous donnera quelques sous prélevés sur nos impôts, mais uniquement pour que vous ne mourriez pas de faim. Nous ne sommes pas des monstres, vous savez, nous versons tous les mois une certaine somme pour venir en aide aux gens comme vous. Mais ne venez pas fourrer vos mains sales sous notre nez, dans le métro, pour en demander encore. C'est très déplaisant, vous savez. On s'occupe de nos affaires, occupez-vous des vôtres. Si vous n'êtes pas contents, vous n'avez qu'à prendre un boulot. Secouez-vous. Un logement, comment ça ? Est-ce que vous croyez que le nôtre, on l'a eu gratuitement ? Si vraiment c'est de ça qu'il s'agit, vous n'avez qu'à construire un endroit, quelque part, où les gens comme vous pourront vivre. Dans notre quartier ? Jamais de la vie. Nous devons penser à nos enfants. Nous ne voulons pas ici de toute une racaille qui vole, se drogue et jette ses seringues n'importe où. Ailleurs, pas d'objection.

Car c'est vraiment affreux qu'il y ait des gens qui n'aient nulle part où habiter.

Elle s'enduisit d'une crème de beauté bleutée et regarda ce lit qui n'attendait qu'elle. C'était un sentiment magnifique que d'être assise là, propre et bien au chaud, et de savoir qu'on allait bientôt pouvoir se coucher dans un vrai lit et dormir toute la nuit sans être dérangée.

Elle décida de rester encore un peu debout pour profiter de ce délicieux sentiment.

Maman savait que je n'étais pas comme les autres. C'est pourquoi elle avait toujours peur de me décevoir. Chaque fois que je désirais vraiment quelque chose, elle faisait de son mieux pour me préparer à ce que je ressentirais si je ne l'obtenais pas. Pour me protéger de la souffrance, elle s'efforçait de m'habituer à ne pas trop espérer.

Mais si, à chaque fois, on se prépare à échouer, l'échec finit par devenir votre véritable but.

Je ne peux plus vivre ainsi. Plus maintenant.

Rune a été ce que j'ai le plus désiré, dans ma vie. J'avais toujours espéré rencontrer quelqu'un comme lui et, soudain, il a été là. Pour moi, il était plus grand que la vie.

Je T'ai demandé bien des fois si c'était pour cette raison que je méritais le châtiment.

Le péché de la chair que nous avons commis était si grand, Seigneur, que Tu ne pouvais fermer les yeux et Te réjouir de notre amour. Tu me l'as pris, mais Tu ne l'as pas accueilli dans Ton royaume.

Je T'ai demandé, mon Dieu, ce qu'il fallait pour que Tu lui accordes le pardon.

Car, lorsqu'il existe un testament, il faut qu'il soit attesté que celui qui l'a rédigé est mort. Seule la mort lui confère sa validité. En revanche, il n'est pas valable tant que son auteur est vivant. C'est pourquoi l'al-

liance précédente n'a pas été scellée sans qu'il soit versé de sang, non plus. La loi stipule que presque tout doit être lavé dans le sang et, s'il n'en est pas versé, il n'est pas accordé de pardon.

Je te remercie, Seigneur, de m'avoir permis de comprendre ce que je dois faire.

Elle se réveilla en entendant quelqu'un cogner à la porte. Prise de court, elle se leva et se mit à chercher ses vêtements. Bon sang, comment avait-elle pu laisser passer l'heure ? Le radioréveil indiquait neuf heures moins le quart. Toute la question était de savoir si Grundberg avait compris qu'elle l'avait mené en bateau ou s'il s'était réveillé avec une érection encore plus pénible que d'habitude.

– Un instant !

Elle se précipita dans la salle de bains et rassembla en hâte ses vêtements.

– Ouvrez, s'il vous plaît. Je voudrais vous poser quelques questions.

Merde alors. Ce n'était pas Grundberg, c'était une voix de femme. Sans doute un membre du personnel qui l'avait reconnue, malgré sa nouvelle perruque.

Merde. Merde. Merde.

– Je ne suis pas encore habillée.

Pas de réponse. Elle traversa rapidement la chambre et alla regarder par la fenêtre. Impossible de quitter l'hôtel par là.

– C'est la police. Si vous voulez bien avoir l'amabilité de vous dépêcher.

La police ! Bon sang de merde !

– Je suis presque prête. Dans une ou deux minutes.

Elle alla coller l'oreille à la porte et entendit des pas

qui s'éloignaient. Juste devant son nez était affiché un petit avis plastifié indiquant les issues de secours. Elle l'étudia soigneusement tout en attachant l'épingle de nourrice de sa jupe. D'après son numéro de chambre, elle n'était qu'à deux portes de l'escalier de secours. Elle entrouvrit prudemment et regarda dans le couloir. Personne. Sans hésiter, elle ouvrit en grand, sortit dans le couloir et referma la porte en faisant aussi peu de bruit que possible. L'instant d'après, elle se trouvait dans un petit escalier qu'elle dévala vers ce qu'elle espérait être une issue donnant sur la rue. C'est alors qu'elle s'aperçut qu'elle avait oublié sa mallette dans sa chambre, la 312. Elle s'arrêta brusquement, hésita une seconde, mais finit par comprendre qu'elle devait y renoncer. Ainsi qu'à la perruque restée accrochée dans la salle de bains. 740 balles de perdues. Elle avait espéré que cet investissement lui vaudrait plusieurs nuits de sommeil tranquille. Et elle n'avait même pas eu le temps de prendre le savon et les petits flacons de shampooing.

En bas de l'escalier, elle se trouva devant une porte métallique surmontée de la lampe verte indiquant les issues de secours. Elle actionna le mécanisme, entrebâilla la porte et regarda à l'extérieur. Une voiture de police était parquée à une vingtaine de mètres de là, mais elle était vide, et elle puisa en elle le courage d'oser sortir dans la rue. Elle regarda autour d'elle et comprit qu'elle se trouvait sur l'arrière du Grand Hôtel. Dans Stallgatan, la circulation était arrêtée et, sans avoir l'air trop stressée, elle put se faufiler entre les voitures et traverser Blasieholmtorg. Parvenue à Arsenalgatan, elle prit à droite, passa devant le restaurant Berns et gagna Hamngatan. Apparemment, elle n'était pas suivie, mais, pour plus de sûreté, elle traversa Norrmalmstorg et enfila Biblioteksgatan. Là, elle réduisit l'allure et, en passant devant le salon de thé, elle décida d'y entrer et de rassembler ses idées.

Elle prit place à une table située aussi loin de la vitrine que possible et s'efforça de se calmer.

Jamais sans doute elle ne l'avait autant échappé belle, depuis qu'elle avait commencé à s'offrir ces nuits gratuites. Le Grand Hôtel était donc à rayer de ses tablettes pour un bon moment. Ce qu'elle n'arrivait pas à comprendre, c'était comment Grundberg s'était aperçu de la supercherie. Peut-être un membre du personnel l'avait-il reconnue et avait-il informé sa victime par téléphone ? Mais pourquoi l'avoir laissée passer la nuit tranquille, alors ? Elle ne parviendrait jamais à comprendre et cela valait aussi bien, après tout.

Elle regarda autour d'elle.

Plusieurs personnes prenaient leur petit déjeuner et elle regretta de ne pas avoir d'argent sur elle.

C'est alors qu'elle ressentit une douleur à la gorge. Elle se demanda si elle n'avait pas un peu de fièvre, aussi, et se tâta le front. Difficile à dire.

Elle chercha la date du jour sur sa montre, mais celle-ci s'était à nouveau arrêtée. Il est vrai qu'elle la portait depuis sa communion, dix-sept ans auparavant. Un cadeau de papa et maman, avec leurs souhaits de bonheur et de réussite.

Tiens.

Mais, après tout, elle était relativement heureuse, maintenant qu'elle avait décidé de tenter de faire quelque chose de sa chienne de vie et commençait à croire qu'elle allait y arriver. En tout cas, elle était beaucoup plus heureuse que lorsqu'elle était la fille bien élevée d'un directeur de société. Elle avait d'abord cessé d'être bien élevée, même si elle n'avait pas vraiment compris comment cela s'était passé. Lorsque ses autres défauts étaient apparus au grand jour, au foyer, la patience avait atteint ses limites et elle avait dû cesser d'être fille de directeur de société, également.

Mais chaque mois, tous les ans, une enveloppe blanche sans mention d'expéditeur atterrissait dans une boîte postale de Drottninggatan. Et, chaque mois, elle contenait exactement mille cinq cents couronnes.

Jamais un mot ou une demande de nouvelles. Sa mère s'achetait ainsi une bonne conscience, comme avec les enfants du Biafra.

Quant à son père, sans doute ignorait-il tout de ces versements.

À déduire, le montant de la location de la boîte postale : 62 couronnes. Par mois.

Une jeune serveuse portant un anneau dans le nez vint lui demander ce qu'elle désirait. Elle aurait aimé commander quelque chose, si elle avait eu de l'argent. Elle se contenta de secouer la tête, de se lever, de sortir dans Biblioteksgatan et de prendre la direction de la gare centrale. Il fallait qu'elle change de vêtements.

Elle était au milieu de Norrmalmstorg lorsqu'elle vit l'affichette jaune à gros caractères noirs. Mais elle dut la relire trois fois avant de comprendre vraiment ce qui était marqué dessus :

Dernière minute :
Crime bestial, cette nuit, au Grand Hôtel

TT [1], Stockholm

Tard hier soir, un homme a été assassiné dans sa chambre, au Grand Hôtel. L'homme, qui venait d'une ville du centre du pays, était en voyage d'affaires et logeait dans l'établissement depuis deux nuits. D'après

1. Agence de presse, équivalent de l'AFP *(N.d.T.)*

le personnel, il devait quitter Stockholm dans le courant de la journée de vendredi. La police garde le silence sur les circonstances de ce meurtre, révélant seulement que le cadavre a été trouvé, peu après minuit, par un membre du personnel. Un pensionnaire avait alors attiré son attention sur des taches de sang devant la porte. D'après la police, le corps porte des traces de profanation.

La police ne dispose pas encore de piste mais elle espère que les diverses investigations menées auprès du personnel et des pensionnaires de l'hôtel permettront de faire la lumière sur cette affaire. À l'heure où nous mettons sous presse, les constatations sur place ne sont pas encore terminées et le Grand Hôtel est toujours, pour l'instant, interdit au public. Au cours de la matinée, le corps sera transféré à l'institut médicolégal de Solna pour autopsie. On s'attend à ce que l'audition du personnel et des éventuels témoins prenne toute la journée. Ce n'est qu'ensuite que l'hôtel pourra redevenir accessible au public.

C'était tout.

Une photo pleine page montrait le Grand Hôtel et le reste de l'article évoquait d'autres cas de meurtres suivis du dépeçage du cadavre ayant été commis en dehors de la Suède ces dix dernières années, le tout soigneusement illustré au moyen d'images des victimes, avec leur nom et leur âge.

C'était donc pour cela qu'on était venu frapper à sa porte. Elle fut plus que reconnaissante d'avoir réussi à filer. Sinon, comment aurait-elle pu expliquer sa présence dans l'un des hôtels les plus coûteux de Stockholm ? Alors qu'elle n'avait pas de quoi se payer une tasse de café dans un salon de thé. Comment pourrait-elle leur faire admettre qu'à intervalles réguliers elle s'offrait une nuit dans un vrai lit ? Toujours aux dépens de quelqu'un qui s'en apercevait à peine. Elle était certaine que personne ne comprendrait cela. Personne n'ayant eu l'occasion d'en faire l'expérience personnelle.

– On n'est pas dans une bibliothèque, ici. Tu le veux, ce journal, ou pas ? lui demanda l'homme qui tenait le kiosque.

Elle ne répondit pas et se contenta de reposer bruyamment le journal à sa place.

Il faisait froid et elle avait vraiment mal à la gorge. Elle se dirigea vers la gare centrale, car elle avait besoin d'argent et il restait encore deux jours avant que le mandat suivant n'atterrisse dans sa boîte postale : elle ne pourrait donc pas le toucher avant le lundi.

Près de la consigne de la gare se trouvait un changeur de monnaie automatique. Elle appuya à plusieurs reprises sur le mécanisme.

– Allons bon, qu'est-ce qui se passe ?

Elle avait pris soin de parler assez fort pour que personne, autour d'elle, ne puisse éviter de l'entendre. Elle appuya à nouveau plusieurs fois, poussa un soupir et regarda autour d'elle. Le préposé à la consigne la regarda. Elle alla le trouver.

– Y a un problème ? demanda-t-il.

– Il ne fonctionne pas, votre appareil. Il a pris mon billet de cent mais ne m'a pas rendu la monnaie. Et mon train part dans huit minutes…

L'homme appuya sur un bouton et le tiroir-caisse tinta.

– Encore. C'est déjà arrivé plusieurs fois.

Sacré coup de pot.

Il compta dix billets de dix couronnes et les posa dans la paume qu'elle lui tendait.

– Tenez. Comme ça, vous pourrez le prendre, votre train.

Elle le remercia d'un grand sourire et fourra l'argent dans son sac à main.

Heureusement, elle avait pris soin de mettre la clé de la consigne automatique dans la poche de sa veste et non dans la mallette qu'elle avait oubliée à l'hôtel.

Après avoir retiré son sac à dos elle entra dans les toilettes publiques et, quelques minutes plus tard, en ressortit, en jeans et blouson, bien décidée quant à la conduite à tenir : une nuit chez les Johansson, pas moyen de faire autrement.

En chemin vers les jardins ouvriers d'Eriksdal, elle acheta une boîte de haricots, du pain, deux pommes, une bouteille de boisson gazeuse et une tomate fraîche. Les premières gouttes de pluie se mirent à tomber au moment où elle traversait Eriksdalsgatan. Ces derniers jours, le ciel avait été d'un gris de plomb et celui-ci ne faisait pas exception à la règle.

Les cabanes avaient l'air désertes et elle fut heureuse que le temps maussade n'ait pas incité les propriétaires à venir travailler dans leur jardin. Le moment n'était peut-être pas encore venu. Même s'il n'y avait plus de neige depuis longtemps, le sol était sans doute encore gelé.

Elle n'était jamais venue là au milieu de la journée. Elle prenait des risques, c'était évident, mais elle était lasse et démoralisée et avait besoin d'être un peu en paix. Elle était sûre d'avoir de la fièvre, maintenant.

La clé était dans le bac à fleurs suspendu, comme d'habitude. Le géranium qui le décorait l'été précédent n'était plus là, mais la clé restait dissimulée au même endroit. C'était là qu'elle avait commencé par chercher lorsqu'elle était venue la première fois, près de cinq ans auparavant.

Kurt et Birgit Johansson, les heureux propriétaires de ce jardin, ne se doutaient nullement qu'ils hébergeaient Sibylla. Elle prenait toujours grand soin de laisser les lieux dans l'état où elle les avait trouvés et surtout de ne rien casser. Si elle avait choisi leur cabane, c'était d'abord à cause de la clé mais aussi du fait que leurs meubles de jardin étaient pourvus de coussins d'une épaisseur inhabituelle sur lesquels on pouvait dormir confortablement et qu'ils avaient en outre le bon goût de laisser dans leur petit paradis un poêle à mazout équipé d'une plaque chauffante. Elle avait soigneusement observé leurs habitudes et savait qu'ils venaient surtout pendant l'été. Sauf malchance extraordinaire, elle pourrait rester là plusieurs jours, en paix.

L'intérieur de la cabane était froid et humide. Bien que ce fût l'une des plus grandes du voisinage, elle ne comportait qu'une seule pièce d'environ dix mètres carrés. Le long du mur du fond étaient placés deux placards de cuisine et un petit évier en zinc. Elle ouvrit l'un des placards pour vérifier que le seau était toujours à sa place, sous le tuyau d'évacuation sectionné.

Près de la fenêtre se trouvait une petite table pour deux personnes, à la peinture écaillée, avec une chaise de cuisine de chaque côté. Les rideaux à fleurs étaient couverts de chiures de mouches. Elle les tira, prit un bougeoir métallique sur l'étagère et l'alluma. Comme elle grelottait, elle remonta jusqu'au menton la fermeture Éclair de son blouson et se dirigea vers le poêle. Le bidon était presque vide et, un peu plus tard dans la journée, il faudrait qu'elle aille le remplir à la station-service. Après avoir allumé le poêle, elle sortit une coupe du placard, y mit les pommes et la tomate et la posa sur la table. La vie lui avait appris à apprécier les petites choses de l'existence, et l'une de celles-ci consistait à se donner l'illusion d'un peu de confort douillet. Elle sortit son sac de couchage du sac à dos et plaça les gros coussins sur le sol. Mais ils étaient humides et elle dut étendre son tapis de sol dessus avant de se glisser dans le sac.

Les bras sous la tête, elle observa les lattes du plafond et décida d'oublier le Grand Hôtel. Personne ne savait qu'elle y était allée et il serait encore plus difficile de percer à jour son identité.

S'étant ainsi débarrassée de ses inquiétudes et de tout mauvais pressentiment, elle se laissa lentement aller à un long sommeil réparateur.

Dès qu'elle entendit frapper de cette façon impérative à la porte de la classe, elle sut qui se trouvait de l'autre côté.

C'était en cours de géographie, en classe de cinquième, et tous les élèves avaient les yeux braqués sur la porte fermée.

– Entrez.

L'institutrice poussa un soupir et posa le livre qu'elle tenait à la main. Beatrice Forsenström ouvrit et entra.

Sibylla ferma les yeux.

Elle savait que l'institutrice n'aimait pas plus qu'elle ces visites impromptues de sa mère. Ces brèves apparitions qui perturbaient la concentration des élèves et se terminaient toujours par la demande d'un traitement de faveur pour Sibylla.

Cette fois-ci, il s'agissait de la vente des couronnes

de Noël. Plusieurs parents d'élèves s'étaient réunis, un jeudi soir, et avaient tressé des couronnes et confectionné divers petits objets que les élèves devaient ensuite aller vendre en faisant du porte-à-porte, afin de réunir l'argent du voyage scolaire du printemps.

Beatrice Forsenström n'avait pas été au nombre de ces parents. Ce genre d'activités collectives n'était pas fait pour elle et passer tout un jeudi soir à ces bêtises bonnes pour des paysans était au-dessous de sa dignité – de même qu'il était au-dessous de celle de sa fille d'aller les vendre. Il était totalement exclu qu'elle aille frapper aux portes comme une mendiante. Elle avait donc fait une boule du mot que Sibylla avait rapporté de l'école et l'avait jeté à la corbeille.

– Combien attend-on que chaque élève rapporte de ce porte-à-porte ? demanda-t-elle sur un ton sans ambiguïté.

L'institutrice alla s'asseoir derrière son bureau.

– Cela dépend, dit-elle. Je ne sais pas vraiment combien nous pouvons espérer réunir.

– Je serai heureuse de le savoir le moment venu, car ma fille ne participera pas à cette vente.

L'institutrice regarda Sibylla. Celle-ci baissa les yeux vers le livre ouvert sur son bureau, dans lequel étaient énumérées les rivières de Suède.

– Je crois que les enfants aiment beaucoup cela, tenta de dire l'institutrice.

– C'est possible, mais ce n'est pas le cas de Sibylla. C'est pourquoi je remettrai moi-même la somme dès que je saurai à combien elle se monte.

– Mais c'est justement pour que les parents ne soient pas obligés de verser de l'argent pour le voyage du printemps que nous avons pris cette initiative.

Beatrice Forsenström eut soudain l'air ravie. Sibylla comprit qu'elle était parvenue à piéger l'institutrice et que cela allait lui fournir l'occasion de dire le fond de sa pensée sur ce genre de choses.

Elle ferma les yeux.

– Je dois dire que je trouve étonnant que l'école prenne ce genre de décisions sans que tous les parents puissent donner leur avis. Certains d'entre eux estiment peut-être que c'est une bonne solution, étant donné les circonstances, mais pour ma part je préfère payer pour ma fille si besoin est. À l'avenir, mon mari et moi aimerions être consultés avant que soient prises des décisions qui valent pour tous les élèves.

L'institutrice ne répondit pas.

Sibylla entendit sa mère tourner les talons et sortir.

Elle qui devait aller avec Erika. L'institutrice les avait réparties par groupes de deux, pour que personne ne soit oublié, et Sibylla attendait ce moment depuis une semaine.

La porte s'était à peine refermée qu'une voix s'éleva.

– Madame ! Je trouve que c'est pas juste si Sibylla n'est pas obligée de faire comme les autres.

– Est-ce que je pourrai aller avec Susanne et Eva, à la place ? demanda Erika.

Torbjörn, assis juste devant Sibylla, se retourna vers elle.

– Si t'es aussi riche que ça, tes parents ont qu'à payer tout le voyage.

Elle sentit ses yeux la piquer. Elle ne détestait rien tant que de se trouver soudain exposée aux regards de tous.

– Bon. Si on allait en récréation ?

Les chaises raclèrent le sol et, lorsque Sibylla leva à nouveau les yeux, elle était seule dans la salle de classe avec l'institutrice, qui était restée derrière son bureau.

Celle-ci eut un petit sourire, accompagné d'un soupir, à l'adresse de Sibylla, qui sentit son nez couler et fut obligée de renifler pour ne pas que sa morve tombe sur le bureau.

– Je suis navrée, Sibylla, mais je ne peux rien faire.

Sibylla hocha la tête, avant de la baisser à nouveau. Ses yeux s'humectèrent et la planche décorative fixée au mur se brouilla.

L'institutrice approcha et vint poser la main sur son épaule.

– Tu peux rester en classe pendant la récréation, si tu veux.

Elle éprouva un sentiment de malaise, à son réveil. Elle avait dû faire un mauvais rêve. Sa gorge était enflée et elle avait mal quand elle avalait.

Le poêle était éteint et elle décida d'aller acheter un peu de mazout. Elle avait déjà son blouson sur elle, il lui suffisait de passer ses grosses chaussures. Celles-ci étaient glaciales et le froid se communiqua à ses jambes. Elle souleva le bord du rideau et regarda à l'extérieur. Tout semblait encore désert aux alentours. En sortant, elle prit une pomme dans la coupe, au passage. Il ne pleuvait plus mais le ciel était si gris qu'il était étrange que la lumière parvînt à filtrer à travers les nuages. Elle sortit sur le petit perron, et tira la porte derrière elle.

Le petit jardin avait été bien préparé pour l'hiver. Ses propriétaires n'avaient pas ménagé leur peine pour suivre les instructions du manuel de jardinage. Toutes les fleurs fanées avaient été coupées et jetées sur le tas de fumier, près de la clôture, et les plates-bandes recouvertes de rameaux de sapin. Sans doute était-ce là que les plantes les plus délicates des Johansson avaient passé l'hiver.

– Vous cherchez quelqu'un ?

Elle sursauta et se retourna. L'homme se tenait de

l'autre côté de la clôture, avec quelques brindilles à la main, dans la direction que l'on ne pouvait voir de la fenêtre de la cabane.

– Bonjour. Vous m'avez fait peur !

Il l'observait d'un regard soupçonneux. L'expérience lui avait enseigné que le parc d'Eriksdal était à certaines périodes un repaire de drogués et c'est pourquoi elle décida d'adopter un profil bas.

– Kurt et Birgit m'ont demandé de m'occuper un peu de leur cabane, pendant qu'ils sont aux Canaries.

Elle alla lui serrer poliment la main par-dessus la clôture. C'était peut-être un peu risqué de parler des Canaries, mais il était trop tard pour revenir en arrière.

– Je m'appelle Monika. Je suis la nièce de Birgit.

Il prit la main qu'elle lui tendait et se présenta à son tour.

– Uno Hjelm. Excusez-moi, mais on se donne un coup de main pour surveiller. Y a tellement de types bizarres qui rôdent par ici.

– Oui, je sais. C'est pour ça qu'ils m'ont demandé de venir jeter un coup d'œil.

Il hocha la tête et elle vit qu'il avait avalé ce gros mensonge.

– Alors comme ça, ils sont partis aux Canaries. Ils m'en ont rien dit, la semaine dernière, les cachottiers. Pas étonnant.

– Ça les a pris brusquement. Ils ont eu une occasion, un voyage soldé.

Il leva les yeux vers le ciel.

– Eh bien, j'espère que le temps est plus beau là-bas qu'ici. Ce ne serait pas une mauvaise idée de fiche le camp quelques jours.

– Ah ça non, alors.

Il parut s'absorber dans des rêves de voyage et elle saisit l'occasion pour mettre fin à la conversation.

– Je vais faire une petite promenade, mais je repasserai un peu plus tard.

– Très bien. Je ne sais pas si je serai toujours là. Je ne vais pas tarder à m'en aller ; il n'y avait pas grand-chose à faire, en réalité.

Sur un dernier signe de tête, elle se dirigea vers la petite barrière. Il ne restait plus qu'à espérer que Kurt et Birgit ne jugent pas bon de se pointer pendant qu'elle se rendait à la station-service.

Sinon, monsieur Hjelm risquait de se poser des questions.

Elle marcha aussi vite qu'elle le put. D'après ce qui était marqué sur l'étiquette de son sac de couchage, celui-ci était efficace jusqu'à moins quinze degrés. Pourtant, elle était frigorifiée, après son petit somme. Elle regretta de ne pas avoir de pastilles contre le mal de gorge. Pourquoi pas aller en demander chez les sœurs de charité ?

Elle était presque arrivée à la station-service, lorsqu'il se remit à pleuvoir. Les vêtements mouillés étaient très difficiles à faire sécher et elle courut se mettre à l'abri sous l'auvent. Dommage qu'elle n'ait pas de parapluie pour le retour. Mais, par un temps pareil, il faudrait attendre pour aller chez les bonnes sœurs.

Près de la porte de la station étaient apposées les affichettes des journaux du soir. Elle y jeta un coup d'œil en passant. L'une d'entre elles était jaune et ne contenait que quelques mots répartis sur deux lignes. Mais ils suffirent pour la faire stopper net.

Crime du Grand Hôtel
La police recherche une mystérieuse femme

Elle n'eut pas de mal à reconnaître l'homme qui figurait sur la photo accompagnant ce titre : c'était Jörgen Grundberg.

– Il faut vraiment que tu soulèves la question en ce moment précis ? demanda Beatrice Forsenström. Mets plutôt ta robe.

Sibylla était assise sur le lit, en sous-vêtements. Elle avait pris son courage à deux mains et choisi soigneusement son moment. S'il y avait un instant où il était possible que sa mère cède, c'était bien lorsqu'elle s'apprêtait à partir pour la fête de Noël de l'entreprise. Elle était toujours de bonne humeur, alors. Pleine d'ardeur et d'espoir, elle courait partout dans la maison pour que tout soit parfait. C'était l'un des rares moments de l'année où elle pouvait faire étalage de sa richesse et en jouir, car ce n'était pas chose facile, dans un coin perdu comme Hultaryd.

– Dis, est-ce que je peux aller avec les copines, pour la vente. Un jour, seulement ?

Elle mit la tête de côté pour avoir encore un peu plus l'air d'implorer. Peut-être cela pourrait-il inciter sa mère, en ce grand moment, à faire preuve de magnanimité et accéder à son désir.

– Mets tes chaussures noires, répondit sa mère en se dirigeant vers la porte.

Sibylla avala sa salive. Il fallait qu'elle essaye encore une fois.

– Dis… ?

Beatrice Forsenström s'arrêta sur le chemin de la porte et se retourna. Elle regarda sa fille en fronçant les sourcils.

– Tu n'as pas entendu ce que je t'ai dit ? Je ne veux pas que ma fille aille quémander aux portes pour participer à un malheureux voyage scolaire. Si vraiment tu tiens à y aller, ton père et moi nous paierons ce que cela coûtera. Et je trouve que tu devrais faire preuve d'un peu de gratitude, plutôt que de me faire une scène juste au moment où nous nous apprêtons à partir pour la fête de Noël de l'entreprise de ton père.

Sibylla baissa les yeux et sa mère quitta la pièce.

Cela signifiait que la discussion était close. Comme toujours. Comme s'il y en avait vraiment eu une. Tenter de remettre en question une décision de sa mère était déjà à la limite de l'insolence et elle savait qu'elle aurait à le payer au cours de la soirée. Elle était parvenue à faire perdre sa bonne humeur à sa mère. Or, on ne le faisait pas impunément.

Cela ne présageait rien de bon. Les choses allaient déjà assez mal comme cela.

La fête de Noël de la société Forsenström était un événement et Sibylla l'attendait avec autant d'impatience que si elle devait aller se faire plomber une dent. À cette occasion, monsieur et madame Forsenström faisaient étalage de leur générosité en offrant un repas aux membres du personnel et à leur famille. La participation de Sibylla s'imposait et elle devait bien entendu prendre place à la table d'honneur, sur la petite estrade dressée dans la salle polyvalente de la localité. Nul autre enfant qu'elle n'avait le droit de s'y trouver. Tous les autres étaient relégués à une table à part et la distance entre elle et eux était encore plus grande que d'habitude, lors de cette fête.

La robe posée sur le lit semblait lui ricaner au nez. Sa mère l'avait achetée dans une belle boutique de Stockholm et il ne serait jamais venu à l'idée de Sibylla de demander la permission de ne pas aller à la fête de Noël. On ne pouvait tout de même pas attacher d'importance au fait qu'elle avait douze ans et que toutes les autres filles de son âge seraient en jeans et pull à col en V de marque Fruit of the Loom. Sa place était sur cette estrade, pour contempler la masse aux côtés de ses parents.

Elle enfila sa robe et se regarda dans la glace. Elle lui bridait la poitrine, qui avait commencé à pousser. La soirée promettait d'être affreuse.

– N'oublie pas de mettre tes broches à cheveux bleues, lui cria sa mère. Gun-Britt n'aura qu'à t'aider.

Une heure plus tard, les deux broches à leur place, elle était assise sur l'estrade, entre le directeur des ventes de la firme et sa femme, qui sentait mauvais. Elle ne cessait de lorgner du côté de la table des jeunes, tout en répondant poliment aux questions mielleuses de ses voisins de table sur la façon dont cela marchait, à l'école. Elle sentait que sa mère l'observait à intervalles réguliers et elle se demandait de quelle façon celle-ci avait l'intention de lui faire payer de s'être montrée récalcitrante.

Elle dut attendre le dessert pour avoir la réponse.

– Sibylla. Tu vas nous chanter quelque chose, n'est-ce pas ?

Un gouffre s'ouvrit sous sa chaise.

– Mais maman, il faut vraiment... ?

– Tu n'as qu'à choisir une des chansons de Noël que tu connais.

Le chef des ventes eut un sourire d'encouragement.

– Oui, ce serait très bien. *Sainte nuit* ou quelque chose comme cela.

Elle savait qu'elle ne pourrait y échapper. Elle regarda autour d'elle. Les yeux de tous les convives étaient braqués vers elle et l'impatience s'y lisait. Quelqu'un se mit à frapper dans ses mains et la nouvelle ne tarda pas à se répandre dans la salle que Sibylla Forsenström allait chanter. À la table des jeunes, tous les visages se tournèrent vers l'estrade et on se mit à scander son nom pour l'obliger à se lever :

– Si-byl-la ! Si-byl-la ! Si-byl-la !

– Tu aimes vraiment te faire prier, dit sa mère. Tu vois bien que tout le monde attend.

Elle repoussa lentement sa chaise et se mit debout. Dans la salle, le tumulte s'apaisa et elle prit sa respiration pour en avoir fini le plus vite possible.

– On voit rien ! s'écria quelqu'un à la table des jeunes. Monte sur ta chaise !

Elle regarda sa mère d'un air de supplication, mais celle-ci se contenta d'un petit geste de la main pour signifier qu'elle avait la permission.

Ses jambes tremblaient et elle avait peur de perdre l'équilibre. Elle regarda dans la direction de la table des jeunes et ne put éviter de remarquer le sourire moqueur qui s'affichait sur tous les visages. Cela promettait d'être le grand moment de la soirée.

Elle prit à nouveau sa respiration et se mit à chanter d'une voix qui tremblait. Dès le début, elle se rendit compte qu'elle avait attaqué beaucoup trop haut et que les notes aiguës de la fin seraient impossibles. C'est ce qui se produisit. Elle se mit à chanter faux, sous les ricanements étouffés de la salle, qui la frappèrent comme des coups de fouet. Elle se rassit, le visage écarlate, et, au bout de quelques secondes, le chef des ventes se mit à applaudir. Les autres se laissèrent convaincre, après une certaine hésitation. Elle croisa le regard de sa mère, par-dessus la table, et vit que le châtiment était terminé.

Elle allait la laisser en paix, maintenant.

Sur le chemin du retour, le père exprima sa satisfaction à propos du déroulement de la soirée. Sa femme hocha la tête pour l'encourager et le prit par le bras. Sibylla marchait quelques pas derrière eux et venait de s'arrêter pour ramasser une pierre qui lui paraissait très belle. Sa mère se retourna.

– Eh bien, tu as fini par te laisser faire, en définitive.
Mais Sibylla n'était pas dupe. Elle attendit la suite.
– Dommage, seulement, que tu aies chanté faux, à la fin. Elle ne ramassa pas la pierre.

Sa première pensée fut : Bon sang de merde. Ce type qui lui avait fait l'effet d'être parfait. Elle comprit qu'elle avait en fait posé le pied sur une mine qui allait lui exploser au visage. Bien entendu, la police allait concentrer ses recherches sur cette mystérieuse femme avec qui il avait dîné et à qui il avait ensuite payé sa chambre de façon très chevaleresque. Il était impossible que la femme dont parlait le journal ne soit pas elle. Pas plus qu'il n'était pensable que quelqu'un coure derrière elle dans la rue pour lui demander si elle ne voulait pas d'une belle maison blanche dans l'archipel de Stockholm.

Sa première réaction fut la colère. Sans hésiter, elle entra dans la station-service, prit un journal d'un geste rageur et l'ouvrit à la page du milieu. Quelques mots s'y détachaient en gros caractères noirs :

L'assassin a profané le corps de sa victime

À côté, une grande photo de Jörgen Grundberg, souriant de toutes ses dents.

D'après certaines sources non confirmées, le meurtrier a incisé le tronc de sa victime et prélevé divers organes. Il semble aussi qu'on ait retrouvé près du cadavre un symbole religieux. La police estime donc avoir affaire à un meurtre rituel.

– C'est horrible, hein ?

Sibylla leva les yeux. L'homme qui se tenait à la caisse désigna le journal d'un signe de tête afin de faire comprendre de quoi il parlait. Elle opina du chef.

– Huit couronnes… Ce sera tout ?

Elle hésita. Huit couronnes, c'était beaucoup d'argent, pour un peu de papier. Elle plongea la main dans sa poche.

– Il me faut du mazout, aussi.

L'homme désigna une étagère. Elle suivit son geste et alla prendre une bouteille.

Quand elle eut payé, il lui resta dix-neuf couronnes.

Lorsqu'elle revint à la cabane, Hjelm était parti. Elle claqua la porte derrière elle et ouvrit le journal. Au bout de quatre lignes, elle sut que c'était elle que la police recherchait.

Qui était cette mystérieuse femme en compagnie de qui Jörgen Grundberg avait été vu, dans le restaurant français, la veille au soir et qui avait réussi à passer à travers les mailles du filet ce matin même ? Toutes les personnes susceptibles de fournir des renseignements permettant de l'identifier étaient priées de se faire connaître auprès du service concerné, dont le numéro de téléphone était clairement indiqué.

Elle eut une curieuse sensation dans le ventre et il ne lui fallut que quelques secondes pour comprendre à quoi elle était due : elle se sentait menacée.

Que faire ? Le plus simple était peut-être d'appeler ce numéro et de dire qu'elle n'avait rien à voir avec toute cette affaire. Mais elle serait obligée de se faire connaître et c'était risqué. Ils n'auraient plus qu'à taper son numéro national d'identification sur un clavier d'ordinateur pour découvrir qu'elle n'avait pas vraiment d'existence légale. Ce serait la meilleure façon d'éveiller leur méfiance. Or, tout ce qu'elle désirait, c'était qu'on lui fiche la paix. Qu'on la laisse se tirer d'affaire sans rien demander à personne. C'était ce qu'elle faisait depuis près de quinze ans et, jusque-là, personne ne s'était enquis d'elle.

Elle préférait aussi que les petites libertés qu'elle prenait avec les lois n'apparaissent pas publiquement. Elle n'était pas méchante et choisissait en général ses victimes parmi les riches. Il se trouvait seulement qu'elle n'avait jamais réussi à s'adapter aux normes en usage dans la société et elle vivait depuis si longtemps en marge qu'elle ne pourrait plus rien y changer, dorénavant.

Elle n'avait pas sa place dans le système.

Elle tentait uniquement de survivre, à ses propres conditions. Mais elle n'osait pas penser à ce que la presse pourrait faire de l'histoire de sa vie. Elle n'en était pas très fière, à vrai dire, mais le diable emporte celui qui voudrait s'en mêler et donner son opinion à ce sujet. Ceux qui n'avaient pas connu ce qu'elle avait vécu ne pourraient jamais comprendre pourquoi les choses avaient tourné ainsi. Mais c'était un fait accompli, maintenant, et tout ce qu'elle pouvait faire était de tirer le meilleur parti possible de la situation. Car qui pourrait comprendre cela ? Elle qui était née avec une cuiller d'argent dans la bouche.

– Mais, Henry, je ne peux pas l'emmener avec moi. Tu sais bien ce qui s'est passé la dernière fois.

Beatrice Forsenström devait se rendre en visite chez sa mère et ses tantes, à Stockholm. Monsieur Forsenström n'avait guère de sympathie envers elles et c'était réciproque. La mère de Sibylla allait donc les voir seule, en général. Peut-être s'était-elle vraiment mariée par amour. Mais, dans ce cas, cela avait été contre la volonté de ses parents. La société que dirigeait Henry

Forsenström n'était pas assez prestigieuse pour la famille Hall, dans son bel appartement des quartiers chic de la ville. Un parvenu reste un parvenu, surtout aux yeux de ceux qui peuvent faire étalage de quartiers de noblesse. On souhaitait donc du sang bleu, en cas de mariage. Et que diable leur fille irait-elle faire à Hultaryd, ce trou perdu au fin fond du Småland ? Mais fais-en à ta tête. Seulement, ne viens pas te plaindre quand tu verras que nous avions raison.

Tout cela, Sibylla l'avait compris simplement en dînant chez sa grand-mère maternelle, à Stockholm, et en l'écoutant parler à sa fille. Elle s'était aussi rendu compte que cette femme était mécontente – même si cela ne la surprenait pas particulièrement – qu'il ait fallu tant de temps pour mettre au monde un enfant. Enfin, voyons : Beatrice avait trente-six ans à la naissance de Sibylla.

Sa grand-mère possédait une faculté étonnante à s'exprimer au moyen d'insinuations et d'accusations voilées. C'était d'ailleurs une sorte de tradition de famille. Une fois parvenue à l'âge adulte, Sibylla s'était parfois demandé si elle ne la possédait pas, également ; seulement, elle n'avait jamais eu l'occasion de l'utiliser.

Pour l'instant, elle avait onze ans et s'était cachée dans l'escalier pour écouter parler ses parents.

– Ses cousins ont de la peine à comprendre ce qu'elle dit. Ils se moquent d'elle et je ne veux pas l'exposer une fois de plus à leurs sarcasmes.

Henry Forsenström ne répondit pas. Peut-être n'écoutait-il même pas et lisait-il quelque papier.

– Elle parle encore plus mal que les plus mal élevés des enfants d'ouvriers ! poursuivit sa mère.

Elle entendit son père soupirer.

– Ça n'a rien de surprenant, répondit-il avec un accent du Småland très prononcé. Elle a grandi ici.

Beatrice Forsenström resta un instant sans rien dire. Sibylla n'avait pas besoin de la voir pour savoir quel air elle avait en ce moment précis.

– En tout cas, je crois qu'il vaut mieux qu'elle reste à la maison... Je pourrai en profiter pour sortir un peu. Maman m'a dit que c'est la première de *La Traviata*, vendredi prochain.

– Bien sûr. Fais comme tu veux.

C'est naturellement ce que fit sa mère.

Sibylla ne l'avait plus jamais accompagnée à Stockholm et, lorsqu'elle y retourna, ce fut dans des conditions bien différentes.

Lorsqu'elle se réveilla, le lendemain matin, elle sentit dans tout son corps que quelque chose n'allait pas. Elle éprouvait un sentiment de claustration, dans cette cabane, et désirait en sortir. Le poêle s'était éteint et elle avait froid. Heureusement, sa gorge allait mieux. La veille au soir, elle avait eu peur d'avoir attrapé une angine. Pour guérir cela, il fallait de la pénicilline. Or, il n'était pas facile de se présenter chez un docteur sans carte de Sécurité sociale. Elle était donc heureuse que ce ne soit pas nécessaire.

Surtout depuis qu'elle était recherchée par la police.

Et puis elle avait faim. Elle mangea le reste de son pain mais n'avait rien à boire, car elle avait fini sa boisson gazeuse lors de son repas du soir. Elle acheva son petit déjeuner avec la tomate et la dernière pomme.

Puis elle commença à faire son sac. Elle remit soigneusement à leur place le chandelier et la coupe. Après avoir replié et rangé les coussins, elle vérifia que tout était en ordre puis jeta son sac sur son épaule et ouvrit la porte. La main sur la poignée, elle hésita un instant.

Cela faisait longtemps qu'elle n'avait pas eu peur.

Elle laissa tomber le sac et referma la porte.

Reprends-toi, bon sang, quoi.

Elle tira l'une des chaises vers elle et s'effondra, la tête entre les mains. Elle ne pleurait plus jamais, car elle avait compris depuis longtemps que cela ne servait à rien. Et elle ne pensait pas avoir de raison de le faire, si seulement on la laissait en paix et se tirer d'affaire elle-même. Si : une seule chose. Mais celle-ci était dissimulée si profondément dans son âme qu'elle ne lui venait que rarement à l'esprit : trouver de quoi manger pour la journée. Et où dormir la nuit suivante. Le reste était secondaire.

Et maintenant, elle avait de l'argent.

Elle posa la main sur sa poitrine, où un trésor de 29 385 couronnes se trouvait sous ses vêtements, dans une pochette en tissu accrochée autour de son cou.

Elle allait bientôt avoir assez. Cet argent lui permettrait d'atteindre le but qu'elle s'était fixé au cours des cinq dernières années et qui lui avait donné la force de persévérer, après la décision qu'elle avait prise de tenter sérieusement de faire quelque chose de sa vie et d'acquérir une petite maison en bois aux angles peints en blanc. Un coin bien à elle, quelque part, où elle serait en paix et pourrait mener sa vie comme elle le voudrait. Peut-être cultiver des fruits et des légumes. Élever quelques poules. L'eau, elle pourrait toujours la prendre dans le puits. Elle ne rêvait pas de luxe, simplement de quatre murs lui appartenant en propre et où personne d'autre n'aurait accès.

Le calme intégral.

Elle s'était informée et avait vu qu'on pouvait imaginer s'installer quelque part, à condition que ce soit dans un coin isolé, sans électricité ni eau courante, pour environ 40 000 couronnes. Or, c'était précisément dans ce genre d'endroit qu'elle désirait vivre.

Là-haut, dans le Nord en voie de désertification, c'était peut-être même possible à meilleur marché encore. Mais elle ne pensait pas qu'elle pourrait supporter la rigueur des hivers interminables qui y régnaient. Elle préférait devoir économiser un peu plus longtemps.

Chaque mois, au cours des cinq dernières années, elle avait mis de côté tout ce qu'elle pouvait sur cette aumône que lui faisait sa mère. Et, une fois qu'elle avait placé cet argent dans la pochette, elle ne devait plus y toucher, si affamée qu'elle puisse être.

Plus que deux ans, environ, et elle aurait assez.

Elle sortit les billets et les disposa en étoile sur la table. Elle prenait toujours la précaution d'aller échanger les vieux contre des neufs, bien propres et lisses, à la banque.

Des billets sur lesquels sa mère n'avait pas pu poser les doigts.

Après les avoir contemplés un moment, elle se sentit mieux. En général, c'était efficace. La démarche suivante, pour garder le moral, était une visite dans une agence immobilière, afin de se tenir au courant de l'évolution des prix.

Elle fourra l'argent dans la pochette et, après avoir remis le sac de couchage en place, elle replaça la chaise sous la table et sortit d'un pas un peu plus léger.

Cela dura jusqu'à ce qu'elle ait atteint le boulevard circulaire. Mais, lorsqu'elle vit les titres des journaux du jour, elle perdit totalement l'espoir.

Il ne s'agissait plus de survivre.

Il s'agissait de prendre la fuite.

Mandat d'arrêt dans l'affaire du meurtre du Grand Hôtel

RECHERCHÉE

Tel était le titre. Mais, au-dessous, il y avait une photo. Et un nom : Sibylla Forsenström, 32 ans.

– Sois gentille, Sibylla, pas comme ça. Essaie au moins de sourire un peu.

Bien élevée comme elle l'était à l'époque, elle avait fait de son mieux, mais le résultat avait été catastrophique. Cela n'avait fait qu'aggraver l'air qu'elle avait l'instant précédent, quel qu'il ait pu être. Tel avait dû être l'avis de sa mère, en tout cas, car elle ne se rappelait pas avoir jamais vu cette photo exposée où que ce soit. Elle avait les cheveux peignés avec la raie au milieu et de petites mèches retombant sur les tempes. Mais le regard, lui, disait assez toute sa détresse.

Elle se sentit mal. Il lui restait dix-neuf couronnes et le journal en coûtait huit.

La police a progressé dans l'enquête sur le meurtre de Jörgen Grundberg, 51 ans, au Grand Hôtel la nuit dernière. Elle suspecte Sibylla Forsenström, 32 ans, la femme dont nous parlions dans notre édition précédente, qui a été vue avec la victime dans la soirée de jeudi. Un mandat d'arrêt a été lancé contre elle. L'employé de service à la réception au cours de la nuit de jeudi vient en effet de signaler que c'est la victime elle-même qui a retenu la chambre de cette femme sous un nom qui s'est révélé faux. Elle a réussi à échapper au barrage de police le vendredi matin mais en laissant dans sa chambre un certain nombre d'indices, en particulier la perruque qu'elle portait au cours de la soirée. La police a également découvert une mallette qui, selon certaines sources, pourrait contenir l'arme du crime. Mais les enquêteurs ne veulent pas en dire plus, pour l'instant, sur la nature de celle-ci.

C'est grâce aux empreintes digitales trouvées sur cette

mallette que la police a réussi à identifier Sibylla Forsenström. Elles figurent aussi sur la clé de la chambre de la victime et un verre retrouvé dans sa chambre à elle porte celles de la victime.

Cette femme est un mystère pour la police. Tout ce qu'on sait d'elle c'est que, en 1985, elle s'est enfuie de l'hôpital psychiatrique du sud de la Suède où elle suivait un traitement. Depuis cette date, elle n'a été en contact avec aucune autorité communale ou nationale et on ignore où elle a pu se trouver au cours des quatorze dernières années. Ses empreintes digitales figurent cependant au fichier national, à la suite d'un vol de voiture et d'un délit de conduite sans permis en 1984.

Elle a grandi dans un foyer aisé, dans une petite localité de l'est du Småland. Depuis qu'elle l'a quitté, on ignore son adresse et la police demande donc à toute personne possédant des informations sur son actuel lieu de résidence de se manifester auprès de ses services. Elle prévient aussi que cette femme risque d'être dangereuse, du fait d'un état fortement perturbé. L'agenda retrouvé dans la mallette oubliée est actuellement examiné par les services spécialisés de la police mais semble confirmer l'hypothèse d'un grave déséquilibre. On précise que la photo de Sibylla Forsenström qui a été rendue publique date de seize ans. L'employé qui lui a servi à dîner jeudi soir la décrit comme soignée et bien mise. Il va s'efforcer d'aider la police à dresser un portrait-robot de son apparence actuelle. On est prié de communiquer tout renseignement sur cette affaire en appelant le 08-401 00 40 ou en s'adressant au commissariat le plus proche.

Elle eut un mauvais goût dans la bouche. Il venait d'un endroit, au plus profond d'elle-même, où il y avait quelque chose qui avait compris ce que son cerveau refusait d'admettre. Ils étaient en train de s'emparer de sa vie. Une fois de plus.

Ce sentiment s'imposait à elle comme une connaissance redoutée, surgie du passé et restée tapie dans quelque recoin en attendant son heure. Tout revenait à la surface. Tout ce qu'elle était parvenue à oublier, à force d'obstination. Tout ce qu'elle avait réussi à laisser derrière elle.

Et voilà que c'était étalé dans le journal pour qu'elle-même et tous ceux qui en avaient envie puissent le lire.

Qu'est-ce qu'on avait dit, Sibylla, hein ? On ne se refait pas. On savait bien comment ça se terminerait.

Elle serra le poing dans sa poche.

Était-ce sa faute si elle n'était pas faite pour cette société ? Si elle n'avait jamais trouvé sa place. Pourtant, elle avait réussi à s'en tirer. Alors, qu'est-ce qu'ils voulaient d'autre ? Elle survivait. Elle y était parvenue, *en dépit de tout.*

Ils avaient réduit en miettes son exploit. Ils avaient transformé ce qui faisait sa force en un cas de démence. Ils avaient fait d'une existence qui ne demandait rien à personne un cas de SDF en détresse.

Mais elle n'avait pas l'intention de les laisser faire.

À aucun prix.

Plus maintenant.

– Ce n'est pas moi.

Elle appelait depuis une cabine téléphonique de la gare centrale. Le silence se fit à l'autre bout du fil et c'est pourquoi elle répéta ce qu'elle venait de dire.

– Ce n'est pas moi qui l'ai tué.

– Qui ça ?

– Jörgen Grundberg.

Nouveau silence.

– Pardon, mais qui est à l'appareil ?

Elle regarda autour d'elle. C'était samedi et le hall grouillait de monde. Des gens qui partaient ou rentraient chez eux, qui prenaient congé les uns des autres ou se retrouvaient.

– C'est moi, Sibylla, celle que vous recherchez. Mais ce n'est pas moi qui l'ai tué.

Un homme tenant une mallette à la main vint se placer à un ou deux mètres d'elle. Il regarda sa montre-bracelet puis la dévisagea pour lui faire comprendre qu'il était pressé et qu'il aimerait bien qu'elle mette fin à la communication. Il y avait d'autres cabines autour d'eux, mais, comme elle n'avait pas manqué de le remarquer, c'était la seule qui ne fonctionnait pas avec une carte.

Elle tourna le dos.

– Où êtes-vous ?

– Aucune importance. Je voulais seulement que vous sachiez que ce n'est pas moi qui…

Elle s'interrompit brusquement et tourna la tête. L'homme la regardait toujours avec autant d'impatience. Elle se détourna et baissa la voix.

– … qui ai fait ça. Je n'ai rien d'autre à dire. Attendez une seconde.

Elle s'apprêtait à raccrocher mais s'interrompit dans son geste. Elle entendit la femme choisir ses mots, à l'autre bout du fil.

– Comment puis-je savoir que c'est bien à Sibylla que je parle ?

– Quoi ?

– Vous pouvez me donner votre numéro national d'identification ?

Sibylla éclata presque de rire. Qu'est-ce que c'était que ce truc, bon sang ?

– Mon numéro national d'identification ?

– Oui. Vous n'êtes pas la première à nous appeler et à prétendre que vous êtes Sibylla. Comment savoir si vous dites la vérité ?

Elle resta bouche bée de stupéfaction.

– Parce que Sibylla Forsenström, c'est moi. Mon numéro national, comme vous dites, ça fait si longtemps que je ne m'en suis pas servi que je l'ai oublié. Alors, je vous appelle pour vous dire de me fiche la paix et d'aller vous faire foutre.

Elle avait oublié l'homme derrière elle. Il se rappela à elle quand elle se retourna. Mais il fit semblant de ne pas la voir.

– Où êtes-vous ?

Sibylla pouffa, en regardant l'appareil.

– T'occupe !

Elle appuya sur le support du combiné pour mettre fin à la communication. Puis elle le tendit à l'homme qui attendait, le visage anxieux.

– À toi de jouer.

Il écarta cette proposition de la main.

– Non, merci.

– Comment ça ? T'étais plutôt pressé, y a un instant.

Un journal du soir dépassait de la poche de son manteau. Elle pouvait voir l'un de ses propres yeux et une partie de cette affreuse coiffure.

– Eh bien, tant pis.

Elle raccrocha le combiné. L'homme eut un sourire gêné et s'éloigna. Il ne fallait pas qu'elle s'attarde à cet endroit. Mieux valait qu'elle soit en colère plutôt que d'avoir peur. Mais il ne fallait pas que cela l'incite à la témérité.

À partir de maintenant, elle ne pourrait plus savoir qui connaissait son nom et pour quelle raison.

Mais comment ses parents avaient-ils pu l'affubler d'un prénom pareil, bon sang ?

Il n'avait pas été difficile de trouver le chemin. Les journaux avaient fourni assez de détails sur la vie de Jörgen Grundberg pour qu'elle puisse se mettre à écrire les mémoires de sa victime supposée.

Le trajet jusqu'à Eskiltuna n'avait pas été bien long et elle avait passé le plus clair de son temps dans les toilettes. Lorsque le contrôleur eut vérifié tous les billets et déverrouillé la porte, elle sortit et alla s'asseoir dans le wagon. Personne ne parut s'aviser de son arrivée. Depuis qu'elle avait découvert que l'un des embouts de son fer à friser avait juste la taille et la forme qu'il fallait pour ouvrir les portes des toilettes des wagons de chemins de fer, elle s'offrait de temps en temps un petit voyage. Dès que le train était à quai, elle montait s'enfermer et n'avait plus qu'à attendre le départ. Une seule fois, un contrôleur l'avait découverte et forcée à descendre à Hallsberg. Mais aussi bien aller là qu'ailleurs, après tout...

Pour une raison ou pour une autre, elle se sentait beaucoup mieux. Peut-être parce qu'elle était bien décidée à reprendre le contrôle de la situation. Ou parce qu'elle avait consacré ses dernières couronnes à l'achat d'un hamburger.

La demeure des Grundberg était vaste et entourée d'un mur de un mètre de haut du même matériau blanc que celui de la façade. L'allée était bordée de lampes d'extérieur de style et menait à une porte d'entrée couleur acajou qui tranchait sur le noir de l'encadrement des fenêtres. Le toit était orné de la plus grande antenne parabolique qu'elle ait jamais vue.

Cela sentait le nouveau riche à plein nez.

Elle resta longtemps devant le mur, à hésiter. Pour ne pas éveiller les soupçons, elle fit une fois le tour du pâté de maisons, ce qui lui donna le temps de prendre sa décision. Puisqu'elle s'était donné la peine de faire le déplacement, autant entrer pour tenter d'obtenir une explication. Mais la décision était plus facile à prendre, surtout de l'autre côté du pâté de maisons, qu'à mettre en œuvre. Une fois revenue devant la vaste demeure, le courage lui manqua à nouveau. Les vitres sombres, entre les volets noirs, la dévisageaient comme des yeux hostiles et la voyaient hésiter.

La porte d'entrée s'ouvrit.

– Encore la presse ?

Sibylla avala sa salive, avant de répondre :

– Non.

Elle poussa la grille et remonta l'allée sans regarder la femme debout dans l'embrasure de la porte. À mi-chemin des marches, elle passa devant un bassin décoré en son centre d'une statue romaine en marbre représentant une femme. Sans doute avec jet d'eau à la belle saison. Pour l'instant, elle avait l'air plutôt frigorifiée, la pauvre.

Sibylla couvrit les derniers mètres la séparant de la maison et s'arrêta au pied des marches du perron. Elle avala une nouvelle fois sa salive avant de lever les yeux et de regarder la femme qui se tenait devant elle.

– Vous désirez ?

Elle avait l'air d'être pressée.

– Je vous prie de m'excuser de vous déranger, mais j'aimerais parler à Lena Grundberg.

– C'est moi, répondit cette femme dans la quarantaine, étonnamment bien conservée.

Sibylla hésita l'espace d'un instant. Elle ne savait pas au juste à quoi elle s'attendait. Elle s'était dit qu'elle pourrait se présenter comme le pasteur de service, un membre d'un groupe de soutien psychologique ou quelque chose comme cela. Elle avait lu dans le journal que ce genre de personnes allait facilement trouver la veuve éplorée pour tenter de la réconforter. Mais cette veuve-là avait l'air aussi peu ébranlée que la statue de marbre du bassin.

– De quoi s'agit-il ? demanda-t-elle sur un ton qui n'était pas particulièrement aimable et semblait signifier qu'elle n'avait pas de temps à perdre.

Comme si elle avait été dérangée au milieu d'un film passionnant. Sibylla l'observa et examina rapidement la situation. Il valait sans doute mieux tenter d'adopter un profil bas.

– Je m'appelle Berit Svensson. Je sais que le moment n'est pas très bien choisi, mais... je viens vous demander votre aide.

Elle baissa timidement les yeux et, lorsqu'elle les releva, elle vit que la femme avait froncé les sourcils. Elle poursuivit :

– Je n'ai pas pu éviter de lire le journal et je... j'habite pas très loin d'ici et j'ai perdu, moi aussi, mon mari il y a six mois. Alors, j'aimerais parler quelques instants avec quelqu'un qui se trouve dans la même situation que moi et qui sait l'effet que cela fait.

La femme parut peser le pour et le contre. Elle n'avait pas l'air très décidée. Sibylla décida de l'aider un peu.

– Vous avez l'air d'une personne extrêmement forte et je pense que vous seriez vraiment en état de m'aider, si vous me permettiez d'entrer et de m'entretenir quelques instants avec vous.

Ce n'était même pas un mensonge et peut-être fut-il

suffisant pour que la flatterie fasse son effet. La femme recula d'un pas et ouvrit la porte en grand.

– Entrez. Allons nous asseoir dans la salle de séjour.

Sibylla escalada les marches et pénétra dans le hall. Puis elle se pencha pour ôter ses chaussures[1]. Elle se trouvait sur quelque chose qui ressemblait à un tapis de haute laine et, à côté, était placé un porte-parapluies imposant en métal vert sombre.

La porte entre le hall et la salle de séjour avait été remplacée par une baie arrondie. Lena Grundberg précéda Sibylla, qui ne put éviter de regarder autour d'elle en la suivant. Elle regretta de s'être maquillée, dans le train, et passa rapidement sa main sur sa bouche pour ôter une partie de son rouge à lèvres. La femme qui se trouvait devant elle était impeccablement maquillée et Sibylla sentit d'instinct que plus madame Grundberg se sentirait supérieure à sa visiteuse inattendue, mieux cela vaudrait.

Ce n'était pas la première fois qu'elle rencontrait ce genre de femme.

La salle de séjour était tellement dépourvue de goût qu'elle dut chercher attentivement quelque chose dont elle pût faire l'éloge. Elle finit par trouver un détail pas trop horrible.

– Vous avez un très beau poêle de faïence.

– Merci, dit Lena Grundberg en prenant place dans un fauteuil de cuir couleur sang de bœuf. Asseyez-vous, je vous en prie.

Sibylla s'assit sur le vaste canapé en cuir. Devant elle se trouvait une table basse au plateau en verre dont le pied était constitué par une autre statue de femme en

1. Coutume moins étrange qu'il ne paraît : à la mauvaise saison, en particulier, on évite ainsi de salir avec la neige ou la boue de ses semelles. *(N.d.T.)*

marbre. Mais celle-ci était allongée sur le dos et supportait le plateau sur ses bras et jambes tendus.

– Jörgen importait du marbre, expliqua Lena Grundberg. Entre autres choses, ajouta-t-elle.

Elle parlait déjà au passé, sans sourciller.

Madame Grundberg parut lire ses pensées.

– Avant d'aller plus loin, je peux vous dire que notre ménage n'était pas particulièrement heureux. Nous étions en train de divorcer.

Sibylla se pénétra de cette information.

– Je suis désolée, dit-elle.

– C'est moi qui l'avais demandé.

– Ah bon. Très bien.

Il s'ensuivit quelques instants de silence. Sibylla ne savait plus très bien où elle en était. Qu'avait-elle pensé retirer d'une telle rencontre, au juste ? Elle ne s'en souvenait plus.

– Depuis combien de temps êtes-vous veuve ?

La question fut si subite qu'elle sursauta. Pour une raison ou pour une autre, elle regarda sa montre. Celle-ci s'était à nouveau arrêtée.

– Six mois et quatre jours, finit-elle par dire.

– De quoi est-il mort ?

– Du cancer. En très peu de temps.

Lena Grundberg hocha la tête.

– Étiez-vous heureux ?

Sibylla baissa le regard et contempla ses mains, satisfaite de n'avoir pas mis de vernis à ongles.

– Oui, très, répondit-elle à voix basse.

Nouveau silence.

– C'est tout de même étrange, dit madame Grundberg. Il n'y a guère plus d'un an, Jörgen était mourant pour cause d'insuffisance rénale. Il est resté plusieurs mois à l'hôpital. Or, les médecins venaient de lui signifier qu'il devrait bien se porter, à l'avenir, à condition de prendre régulièrement ses médicaments. Il avait conclu un nouveau bail avec la vie, en quelque sorte.

Elle secoua la tête.

– Et voilà qu'il se fait assassiner ! Après tout ce mal. Je vais peut-être vous paraître cynique, mais je dirais que c'est bien de lui, ce qui est arrivé.

Sibylla eut du mal à dissimuler son étonnement.

– Que voulez-vous dire ?

Madame Grundberg pouffa de mépris.

– Je veux parler de ses mains baladeuses. Il faut quand même être bête pour faire monter dans sa chambre la première venue. Et en plus, elle était laide, à ce qu'il paraît. Il suffit de regarder sa photo pour savoir qu'elle était prête à tout.

Ne nous affolons pas.

– Vous avez l'air bien amère, dit Sibylla en s'efforçant de conserver un ton assez neutre.

– Bah. Je trouve simplement qu'il aurait pu faire preuve d'un peu plus de goût. En fait, cela aurait été plus facile à supporter s'il avait choisi une femme qui…

Soudain, la voix lui manqua. Elle dissimula son visage dans ses mains et se mit à sangloter.

Incroyable. L'une de ces femmes de marbre avait donc des sentiments. Par-dessous tout le maquillage.

Sibylla médita ce que madame Grundberg venait de dire. Elle regrettait presque de ne pas avoir laissé monsieur Grundberg pénétrer dans sa chambre. Par compassion.

– Une femme dans votre genre ?

Elle dut faire effort pour ne pas dévoiler ses sentiments. Lena Grundberg s'aperçut du changement intervenu dans son attitude et parut tenter de se reprendre. La bouche ouverte, elle s'efforça d'essuyer les larmes qui coulaient de ses yeux, pour ne pas que son maquillage en souffre.

– Oui, en fait, j'aurais préféré cela.

Sibylla la regarda. C'était un genre de femme qu'elle n'avait jamais rencontré.

– Pourquoi cela ?

Sa curiosité avait été piquée.

– C'était pourtant vous qui vouliez divorcer, poursuivit-elle.

Madame Grundberg était redevenue elle-même et elle se pencha en arrière sur son affreux fauteuil.

– Je comprends que cela peut paraître égoïste, mais c'est humiliant de savoir qu'on est remplacée par n'importe qui. Voire par la première putain venue, qui drague dans les hôtels. Quel mauvais goût !

Mais enfin, regarde autour de toi. Mon sac à dos est bien plus beau à voir que cette espèce de tanière dans laquelle tu vis. Ne viens pas me parler de bon goût.

Sibylla avala sa salive à deux reprises.

– Comment savez-vous que c'était une putain ?

Madame Grundberg pouffa de mépris.

– Il n'y a qu'à la regarder ! Ça se voit sur elle, non ?

Elle se pencha et ramassa un journal du soir qui traînait sur le sol. Elle le tendit à Sibylla, qui jeta un regard rapide à son propre visage. La seule ressemblance notable était le nez.

– Comment la police est-elle sûre que c'est cette femme qui l'a tué ?

Lena Grundberg laissa retomber le journal.

– Ils sont montés ensemble et, le lendemain matin, elle avait disparu. Si ce n'est pas une preuve… Sans parler de ses empreintes digitales qu'on a retrouvées un peu partout. Même sur la clé de la chambre de Jörgen.

– Mais… et si ce n'était pas elle ? Êtes-vous sûre qu'il n'a pas d'ennemis… en Lettonie ou en Lituanie ?

Prenant soudain conscience de ce qu'elle disait, elle masqua la fin de sa phrase derrière une quinte de toux simulée et continua à tousser pendant un bon moment pour couvrir sa bévue. Lena Grundberg se leva et alla chercher un verre d'eau.

– Merci, dit-elle. Excusez-moi, mais j'ai de l'asthme.

Madame Grundberg hocha la tête et retourna s'asseoir dans son fauteuil.

– Pas de quoi… disiez-vous ?

– Pardon ?

– Comment je peux être sûre qu'il n'a pas de… disiez-vous.

– D'ennemis… Ou quelque chose comme ça.

Lena Grundberg la regarda. Le moment était sans doute venu de prendre congé. Elle était déjà en train de se lever lorsque la femme qui se trouvait devant elle pouffa une nouvelle fois de mépris.

– Sibylla !

Sibylla sursauta comme sous l'effet d'une gifle. Leurs regards se croisèrent. Sibylla resta assise et avala une fois de plus sa salive.

– Rien que ce prénom… s'exclama madame Grundberg. Comment un être normal pourrait-il s'appeler ainsi ?

Sibylla s'efforça de masquer son trouble. L'espace d'un instant, elle avait eu peur.

– En effet, on peut se le demander, dit-elle avec un sourire mielleux. Sa seule excuse, c'est qu'elle ne l'a pas choisi elle-même.

Lena Grundberg pouffa une fois de plus.

Sibylla ne tenait plus en place. Madame Grundberg n'était pas une compagnie particulièrement agréable, mais, après s'être donné le mal de venir jusque-là, il serait stupide de ne pas tenter d'obtenir d'elle le maximum d'informations.

– Comment est-il mort ?

L'autre femme se racla la gorge.

– Il a eu la gorge tranchée. Ensuite, elle lui a ouvert le corps et a répandu ses entrailles sur le plancher.

On aurait dit qu'elle était en train de donner une recette de gâteau.

Sibylla sentit qu'elle commençait à se trouver mal et qu'elle avait besoin d'air. Elle se leva.

– Il faut que je m'en aille.

Madame veuve Grundberg ne bougea pas de son fauteuil.

– J'ai l'impression de n'avoir pas répondu à votre attente.

Pour une fois, elle n'eut pas à mentir.

– Non, pas vraiment.

Madame Grundberg hocha la tête et baissa le regard.

– Chacun prend les choses à sa façon.

Ce fut au tour de Sibylla de hocher la tête.

– Oui, naturellement… Eh bien, merci de m'avoir reçue.

Elle passa dans le hall et remit ses chaussures. Lena Grundberg ne bougea pas de son fauteuil et, sans qu'aucune autre parole ne soit échangée, Sibylla ouvrit la porte d'entrée et quitta la maison.

Ce furent ses promenades qui la sauvèrent. Elles lui fournirent l'occasion de sortir de la maison et l'aidèrent à faire le ménage dans ses pensées confuses d'adolescente. Elle fréquentait surtout la périphérie de la localité, évitant le kiosque du centre, lieu de rendez-vous universel. Sibylla, elle, ne voulait rencontrer personne. Cela faisait longtemps qu'elle ne fréquentait plus ses camarades de classe, sauf lorsqu'elle ne pouvait faire autrement. C'était le cas à l'école et cela suffisait amplement.

À la sortie de la ville se trouvait le local de l'Association des jeunes amateurs d'automobiles, immeuble de deux étages assez décrépit comprenant un garage au rez-de-chaussée. Ce n'était pas un hasard s'il était situé un peu à l'écart du reste ; c'était aussi, pour ces jeunes, une façon de prendre leurs distances avec les autres habitants.

Peut-être n'aurait-elle jamais remarqué le garçon si, juste au moment où elle passait par là, il ne s'était trouvé penché sur le capot d'une de ces vieilles voitures américaines qui étaient le signe distinctif des jeunes marginaux de l'époque. Elle s'était arrêtée à une dizaine de mètres de lui pour admirer cette merveille de chromes et de décorations. Elle était peinte en vert vif, avec des flammes qui léchaient ses flancs. Jamais elle n'avait rien vu de semblable.

Elle était là à l'observer à la dérobée, lorsqu'il s'était redressé et l'avait aperçue.

– Pas mal, hein ? dit-il en frottant ses mains couvertes de graisse.

Elle hocha la tête.

– C'est une De Soto Firedome. Modèle 59. Elle vient d'être repeinte.

Elle ne répondit pas. Qu'aurait-elle pu dire ? Elle était surtout étonnée de constater qu'il y avait quelqu'un, à Hultaryd, qui était capable de peindre d'aussi belles flammes.

– Tu veux l'essayer ?

Voyant qu'elle ne répondait pas, il referma le capot et lui fit signe de monter.

– T'as vu ? dit-il. Les sièges sont revêtus de cuir.

Elle approcha. Il tenait vraiment à lui montrer sa voiture. Il n'avait pas l'air méchant et jamais encore elle n'était montée dans un véhicule de ce genre. Il était nettement plus vieux qu'elle – au moins de quatre ans – et elle ne se souvenait pas l'avoir vu dans le pays.

Il jeta loin de lui son chiffon graisseux, mais, pour plus de sûreté, il s'essuya les mains sur les jambes de son bleu de travail avant d'ouvrir la porte du passager et de lui faire signe de monter. Après un instant d'hésitation, elle accepta l'invitation et se laissa tomber sur le siège, souple comme un fauteuil.

– Super, hein ? Un V-8 de 305 chevaux.

Elle eut un petit sourire.

– C'est chouette.

Il fit le tour de la voiture et ouvrit la porte du conducteur.

– Tu peux attraper la couverture sur le siège arrière ?

Sibylla se retourna, prit la couverture brune à carreaux et la lui tendit. Il la posa sur son siège avant de s'asseoir.

– On fait un tour ?

Elle le regarda, un peu effrayée. Mais il avait déjà mis le moteur en marche.

– Je ne sais pas... Je crois qu'il faut que je rentre...

Le moteur se mit à ronfler. Il appuya sur un bouton et la vitre, de son côté à elle, se mit à descendre.

– Commande électrique. Essaye, voir.

Elle appuya sur le bouton et la vitre se referma. Lorsqu'elle regarda à nouveau son visage, son sourire avait fait apparaître deux fossettes sur ses joues, comme par magie. Il enclencha une vitesse et posa l'un de ses bras sur le dossier de son siège à elle. Elle avait le cœur qui battait. Même si ce geste avait plutôt des raisons d'ordre pratique, il lui donna le sentiment d'une certaine intimité entre eux. Il fit marche arrière en regardant par la lunette.

Comment s'était-elle retrouvée là ? Seule avec quelqu'un qu'elle ne connaissait pas, dans une de ces voitures d'assez mauvaise réputation ?

Et si on la voyait ?

– Tu veux que je te ramène chez toi ? Où est-ce que tu habites ?

Sibylla avala sa salive.

– Non, se hâta-t-elle de répondre. Un petit tour, seulement.

Ils se dirigèrent vers le centre. Sibylla le regarda à la dérobée, de temps en temps. Il avait de la graisse jusque sur le visage.

– Je me suis pas encore présenté. Je m'appelle Micke. Je te serre pas la main parce que la mienne est sale.

– Sibylla, dit-elle à voix basse.

Il la regarda.

– Ah, c'est vrai. T'es la fille de Forsenström, pas vrai ?

– Oui, c'est ça.

Il s'était engagé dans Tullgatan et ils n'allaient pas tarder à passer devant le kiosque.

– T'entends ça ? Elle tourne rond, hein ?

Sibylla hocha la tête. Épatant. À peu près comme la Renault de Gun-Britt.

Comme d'habitude, il y avait du monde près du kiosque. Sibylla se fit toute petite lorsqu'ils passèrent devant.

– C'est tes copains ou quoi ?

Elle ne répondit pas. Il lui lança un regard et ajouta :

– Ils aiment la saucisse, hein ?

Il rit de sa propre plaisanterie. Mais pas Sibylla. Voyant sa réaction, il s'efforça de retrouver son sérieux.

– Te fâche pas. Je plaisantais, seulement.

Elle le regarda et vit qu'il disait vrai. Il n'avait pas cherché à se moquer d'elle, c'était évident. Elle eut une petite moue.

– Non, c'est pas mes copains.

Ils n'avaient pas dit grand-chose d'autre, cette première fois. Il l'avait ramenée à l'endroit d'où ils étaient partis et elle l'avait remercié pour la balade. Elle descendit de la voiture pendant qu'il actionnait la commande d'ouverture du capot.

Une fois parvenue à une certaine distance de là, elle se retourna et le regarda. Il avait déjà la tête dans le moteur.

Elle éprouva un sentiment qu'elle ne connaissait pas encore. Une sorte d'attente. Elle était presque certaine que quelque chose d'important venait de se passer. Quelque chose de bien et qui allait avoir des conséquences.

Et ce fut le cas.

Mais elle ne pouvait pas savoir que, si cette voiture n'était pas revenue de la peinture ce jour-là, si la peinture avait séché un peu plus vite, si Micke n'avait pas eu le temps de la sortir du garage et de se mettre à farfouiller dans le moteur, si elle était allée se promener dans une autre partie de la ville, si, si, si...

Sa vie aurait pris un tour très différent.

Cet après-midi fut l'un de ces tournants décisifs dont est faite la vie mais dont on ne s'aperçoit que très longtemps après l'avoir négocié.

Et elle avait encore du chemin à faire avant de s'en rendre compte.

Ce n'est que bien trop tard qu'elle comprit quelle erreur elle avait commise, ce jour-là.

Elle dormit devant la porte du grenier d'un immeuble de rapport, après avoir marché assez longtemps en direction du centre, en quittant le magnifique quartier de la maison de Lena Grundberg. La porte d'entrée n'était pas verrouillée. C'était l'un des avantages de quitter Stockholm. Là-bas, il fallait s'en tenir aux adresses connues, aux entrées que l'on savait comment forcer.

Les cris d'un enfant, un peu plus bas dans l'immeuble, la réveillèrent. Elle entendit une porte s'ouvrir et une femme crier que, s'il continuait à pleurer comme ça, ils n'allaient pas sortir. Puis la porte d'entrée se referma et le silence retomba. Elle regarda sa montre, toujours arrêtée. Les montres coûtaient cher, mais elle en aurait vraiment besoin d'une neuve.

Lorsqu'elle se leva de son tapis de sol, le noir se fit devant ses yeux et elle dut s'appuyer contre le mur un instant pour laisser passer ce vertige.

Elle avait besoin de manger.

La gare n'était distante que de quelques pâtés de maisons de l'endroit où elle avait dormi. Elle entra dans les toilettes pour dames, se lava, se peigna et se maquilla les yeux et les lèvres. Le tailleur vert était un peu froissé, après son séjour dans le sac à dos, mais elle n'y pouvait rien. Sans lui, elle serait obligée de se passer de petit déjeuner. Après l'avoir enfilé, elle lissa l'étoffe avec ses mains humides, pour éliminer les plis les plus voyants.

Elle laissa son sac à dos à la consigne sans trop savoir, pour l'instant, comment elle le récupérerait.

Il fallait absolument qu'elle mange quelque chose.

Elle sortit sur le perron de la gare. Non loin de là se trouvait le City Hotel. Elle pressa le pas et pénétra dans le hall. Un homme sortit d'une pièce située derrière le comptoir et elle alla droit vers lui.

– Il fait frisquet, ce matin, marmonna-t-elle.

L'homme, qui s'appelait Henrik à en croire le badge qu'il portait sur le revers de sa veste, lui sourit.

– Je suis allée voir les heures des trains à la gare, mais j'aurais dû mettre un manteau.

– La prochaine fois, il suffit de demander à la réception. Nous avons tous les horaires.

Elle se pencha par-dessus le comptoir pour lui confier :

– À vrai dire, j'en ai profité pour griller une cigarette.

Il hocha la tête avec un petit sourire pour l'assurer qu'il la comprenait parfaitement. Le client a toujours raison.

Parfait.

Le crochet de la chambre 213 était vide, mais la clé de la 214 était à sa place. Elle regarda sa montre.

– Voudriez-vous appeler la chambre 214 pour moi ?

– Bien sûr, madame.

Il composa le numéro et lui tendit le combiné.

Pas de réponse. L'homme qui s'appelait Henrik se retourna vers le tableau situé derrière lui.

– La clé est ici. La personne que vous cherchez est peut-être déjà en train de prendre son petit déjeuner.

Il lui indiqua la direction d'un signe de tête.

– C'est tout à fait lui d'être le premier. Mais il en faut bien un... Merci. Avez-vous un journal du matin ?

Il lui remit le *Dagens Nyheter* et elle se dirigea vers la salle du petit déjeuner, qui n'était pas difficile à trouver.

Une demi-heure plus tard, elle se rejetait en arrière sur sa chaise, rassasiée et satisfaite. Il y avait quatre autres personnes dans la pièce mais elles étaient toutes absorbées par la lecture du journal, chacune à sa table. Ce matin, le *Dagens Nyheter* se contentait d'un entrefilet, dans une colonne de gauche, où la police disait être toujours à la recherche d'informations concernant la femme qui avait glissé entre les mailles du filet, au Grand Hôtel.

Elle se dirigea une fois de plus vers le buffet amplement garni du petit déjeuner pour reprendre du café et en profita pour glisser subrepticement quelques petits pains et trois bananes dans son sac à main. Puis elle retourna s'asseoir.

Voyons. Qu'avait-elle fait, au juste, à Eskiltuna ? Qu'avait-elle attendu de ce petit voyage ? Et que lui avait-il véritablement apporté, sinon de se faire humilier par la veuve de Jörgen Grundberg ?

Elle but une gorgée de café et regarda par la fenêtre.

En fait, elle savait très bien ce qu'elle faisait là. Elle s'était dit que, si seulement elle pouvait recueillir quelques petites informations, si elle parvenait à rencontrer quelqu'un qui connaissait Jörgen Grundberg, elle aurait l'explication de toute cette histoire, dans laquelle elle se trouvait impliquée malgré elle. Le malentendu serait dissipé et tout serait réglé.

Or, c'était le contraire qui s'était produit. On avait décidé que c'était elle qui avait tué cet homme : c'était la seule chose dont elle avait obtenu la preuve en venant ici. Que faire, maintenant, dans ces conditions ?

Il ne serait pas particulièrement difficile de continuer à rester cachée. Il y avait près de quinze ans qu'elle y parvenait parfaitement. Personne ne la reconnaîtrait à partir de la photo que les journaux avaient publiée et il n'en existait pas de plus récente. Le principal problème était naturellement son nom. Il existait quelques personnes qui connaissaient ses habitudes. Heureusement, elles n'étaient pas en très bons termes avec la police.

Si elle veillait à éviter certains endroits le temps qu'ils arrêtent le vrai coupable, tout devrait bien se passer. Tout serait à nouveau comme d'ordinaire.

Jamais de la vie, même dans ses rêves les plus fous, elle n'aurait cru que cela pourrait être l'un de ses buts.

Elle but une gorgée de café et comprit ce qui la perturbait tellement.

L'humiliation.

Le désir de ne plus jamais se laisser traiter de la sorte, de ne plus être couverte d'opprobre.

Elle n'avait aucun mal à imaginer sa mère, furieuse qu'elle ait une fois de plus déshonoré le nom de la famille. Comment avait-elle pu leur faire cela, à eux ?

Mais aussi, en même temps, ce regard hérité des générations précédentes : je l'avais bien dit.

Et ces cancans qui devaient aller bon train, à Hultaryd.

Vous avez vu ? Paraît que c'est la fille des Forsenström qui a tué !

Et son père… Non, en fait, elle n'arrivait pas à imaginer ce qu'il ressentait. Pas plus maintenant qu'auparavant.

Et d'ailleurs cela ne l'intéressait plus.

Elle se leva et gagna la réception. L'homme qui s'appelait Henrik était occupé au téléphone et elle lui fit signe qu'elle allait simplement fumer une cigarette à l'extérieur.

Il hocha la tête en continuant à parler.

Elle n'eut pas de mal à récupérer son sac à dos. Le comptoir était désert, elle n'eut donc qu'à en faire le tour et aller le chercher.

Personne ne la remarqua.

Elle retourna dans les toilettes pour dames, se changea à nouveau et ressortit en jeans et pull. Il fallait qu'elle ménage son tailleur. Il finirait par nécessiter un lavage à sec et c'était un luxe dont elle n'avait pas vraiment les moyens.

Le train de Stockholm partait à dix heures quarante-huit. Elle s'assit sur un banc pour l'attendre.

Au moment où elle franchit le seuil de la maison, cet après-midi-là, elle sentit qu'il y avait quelque chose qui n'allait pas. Personne ne répondit à son salut.

Elle pénétra dans le hall et vit le dos de sa mère, en train de lire, assise sur le canapé.

– Je suis rentrée.

Pas de réponse.

Son cœur se mit à battre.

Qu'avait-elle fait ?

Elle ôta sa veste et pénétra lentement dans la salle de séjour. Bien qu'elle ne pût voir le visage de sa mère, elle savait dans quel état d'esprit celle-ci se trouvait, en ce moment précis.

Elle était en colère.

En colère et déçue.

Sibylla sentit grossir la boule qu'elle avait sur l'estomac. Elle fit le tour du canapé. Beatrice Forsenström ne leva pas les yeux du livre qu'elle tenait.

Sibylla prit son courage à deux mains.

– Qu'est-ce qu'il y a ? demanda-t-elle à voix basse.

Sa mère ne répondit pas. Elle continua à lire comme si Sibylla ne se trouvait pas dans la pièce et se garda bien de lui adresser la parole.

– Pourquoi est-ce que tu es en colère ?

Pas de réponse.

Sibylla commençait à se sentir mal. Comment l'avait-elle su ? Qui l'avait vue ? Elle avait pourtant pris toutes ses précautions.

Elle avala sa salive.

– Qu'est-ce que j'ai fait ?

Pas de réaction. Beatrice Forsenström tourna une page et Sibylla baissa les yeux vers le tapis. Le motif oriental qui l'ornait commença à se brouiller et elle s'efforça de faire en sorte que ses larmes tombent sur le sol pour ne pas qu'elles laissent de traces sur son visage. Elle avait les oreilles qui bourdonnaient.

La honte.

Elle regagna le hall et monta l'escalier. Elle connaissait la suite. Des heures d'inquiétude en attendant l'explosion. Des heures de sentiment de culpabilité, de regrets et de désir de se faire pardonner. Mon Dieu, faites que le temps passe vite. Mon Dieu, faites qu'elle me dise bientôt ce qu'il y a, afin que je puisse demander pardon. Mais faites qu'elle ne sache rien. Mon Dieu, ne m'enlevez pas ça.

Mais Dieu n'entend pas toujours les prières. Lorsque sonna la cloche du rez-de-chaussée, annonçant que le dîner était servi, Beatrice Forsenström n'avait toujours pas fait son apparition dans la chambre de sa fille.

Elle avait la nausée. L'odeur des pommes de terre sautées lui donnait envie de vomir.

Elle savait ce qui l'attendait. Elle allait devoir supplier afin de savoir ce qu'elle avait fait de mal.

Et lorsque sa mère jugerait qu'elle aurait assez imploré, elle aurait le droit de savoir.

L'horloge de la gare centrale de Stockholm indiquait quatre heures et demie, lorsqu'elle revint. Un chimpanzé qui avait passé quelques années en Suède s'était vu attribuer une cage un peu trop petite, à son retour en Thaïlande, et cela soulevait une petite tempête dans l'opinion, reléguant pour l'instant le meurtre du Grand Hôtel au second plan, à la une des journaux. Elle prit l'escalier roulant pour gagner l'étage supérieur, sortit par les portes donnant sur le viaduc de Klaraberg et prit la direction de la place Sergel. Elle avait l'habitude de passer une bonne partie de son temps dans la salle de lecture de la Maison de la culture, mais, ce jour-là, elle n'avait pas vraiment envie de lire les journaux.

Elle ne s'était jamais beaucoup intéressée aux singes et désirait avoir affaire aussi peu que possible au meurtre du Grand Hôtel. Pourtant, elle se retrouva, peu après, sur un banc le long de Strömkajen. Le dos tourné à l'eau et la façade du Grand Hôtel devant le nez.

L'endroit avait retrouvé son aspect habituel, maintenant que les barrières avaient été ôtées. L'hôtel était comme trois jours auparavant, lorsqu'elle en avait franchi les portes sans se douter de ce qui l'attendait. Une limousine était parquée à l'extérieur et le portier et le chauffeur étaient en train de bavarder.

– T'es en train de méditer sur tes péchés ?

Elle sursauta comme si quelqu'un l'avait frappée. Derrière elle se tenait Heino, avec tout son attirail. Quelque part sous ces sacs de plastique contenant des canettes en métal, elle savait que se dissimulait un vieux vélo rouillé. Elle était présente lorsqu'il l'avait déniché, mais tout ce qu'on en voyait pour l'instant, c'étaient les roues.

– Mon Dieu, tu m'as fait peur !

Il eut un petit rire et s'assit près d'elle. L'odeur de crasse qui émanait de lui ne tarda pas à l'emporter sur les autres. Elle s'écarta légèrement, mais discrètement, aussi.

Il leva les yeux vers la façade de l'hôtel.

– C'est toi qu'as fait ça ?

Sibylla le regarda. Les nouvelles allaient vite. Car elle ne pouvait pas croire que Heino lisait le journal.

– Non.

Heino hocha la tête. Terminé sur ce sujet.

– T'as pas quelque chose ?

Elle secoua la tête.

– Rien à boire. Mais je peux te donner un petit pain, si tu veux.

Il frotta ses paumes noires de crasse l'une contre l'autre et lui adressa un grand sourire d'acceptation.

– C'est pas de refus.

Elle ouvrit son sac à dos, dans lequel elle avait fourré ce qu'elle n'avait pas mangé lors du petit déjeuner et il se mit à dévorer.

– Avec un petit coup à boire, ça s'rait parfait.

Elle lui sourit. Le petit pain offrait une certaine résistance aux rares dents qui lui restaient. Elle aurait aimé avoir quelque chose à lui donner pour étancher sa soif.

Deux dames des quartiers chic, tirant chacune un petit toutou recouvert d'un tissu écossais, approchèrent. En voyant Heino, l'une glissa quelque chose à l'oreille de son amie et elles pressèrent le pas. Il les regarda et, au moment où elles passaient devant lui, il se leva.

– Bonjour, mesdames. Vous en voulez une bouchée ? dit-il en leur tendant le reste de son petit pain.

Elles firent semblant de ne pas entendre et parurent ne pas savoir quoi faire pour s'éloigner le plus vite possible sans s'abaisser jusqu'à courir.

Sibylla sourit et Heino se rassit.

– Attention, leur cria-t-il. Vous avez un rat sur les talons !

Les deux dames se hâtèrent de gagner les marches du Musée national et, une fois là, se retournèrent pour s'assurer qu'il ne les suivait pas. Elles laissèrent alors libre cours à leur indignation. Une voiture de police arriva de Skeppsholmen. Au mouvement qu'elles esquissèrent, Sibylla vit qu'elles allaient l'arrêter. Son cœur se mit à battre.

– Il faut que je te demande un service, Heino, dit-elle.

La voiture s'était arrêtée et les deux dames montraient leur banc du doigt.

– Tu ne me connais pas.

Heino la regarda. La voiture de police s'était remise en mouvement.

– Si, je te connais bien, Sibylla, t'es la reine du Småland.

Elle regarda droit devant elle en poursuivant :

– Non, Heino. Sois gentil. Fais semblant de ne pas me connaître.

La voiture de police vint s'arrêter juste devant eux et les deux agents en descendirent, laissant le moteur tourner à vide. Un homme et une femme. Heino les regarda et enfourna la dernière bouchée de son petit pain.

– Salut, Heino. Alors, on importune les dames ?

Heino tourna la tête et écarquilla les yeux en direction des deux femmes, qui étaient toujours devant les marches du Musée national. Sibylla plongea le regard dans son sac à dos, dans l'espoir de ne pas avoir à affronter celui des policiers.

– Pas du tout. Je suis en train de manger un petit pain.

– Eh bien, c'est parfait, Heino. Continue.

Heino ferma la bouche et continua à mâcher, en pouffant d'un air ironique.

– C'est facile à dire, pour vous.

Sibylla se mit à fouiller dans une des poches de son sac à dos.

– Il ne vous a pas importunée, vous ?

Sibylla se rendit compte que cela s'adressait à elle. Elle leva les yeux, mais en faisant semblant d'avoir quelque chose dans l'un de ceux-ci.

– Moi ? Non. Absolument pas.

Elle ouvrit un autre compartiment de son sac et se mit à fouiller à l'intérieur.

– Je n'importune pas les reines, moi, dit Heino avec emphase. Surtout pas les reines du Småland.

Sibylla ferma les yeux en gardant la tête penchée sur son sac à dos.

– Eh bien, c'est parfait, Heino, dit la femme. Continue à bien te tenir.

C'est avec soulagement que Sibylla entendit les deux agents tourner les talons et regagner leur voiture. Elle osa alors lever les yeux et vit l'homme poser la main sur la poignée de la portière.

– On n'a pas idée de s'en prendre à un honnête

citoyen qu'est en train de manger paisiblement un petit pain sur un banc. Est-ce que c'est ma faute, à moi, si ces bonnes femmes promènent leur espèce de rat ? Hein ? Est-ce que c'est ma faute ?

– Ta gueule, siffla Sibylla.

Mais Heino commençait à s'exciter. Les deux agents s'étaient arrêtés et à nouveau tournés vers eux.

– Je vais vous dire une chose, moi. Le 23 septembre 1885, par exemple, vous auriez pu vous rendre utiles, ici.

Le policier de sexe masculin revint vers eux, alors que la femme était déjà montée à bord de la voiture. Sibylla se mit à refermer son sac à dos. Il était grand temps de filer. Heino se leva et désigna la façade du Grand Hôtel.

– Elle était là, sur le balcon.

Sibylla s'arrêta dans son geste.

– Y avait du monde partout, jusqu'à Kungsträdgarden. Ils voulaient tous l'entendre chanter.

Sibylla le regarda avec de grands yeux et le policier parut intrigué.

– Qui est-ce qui chantait ?

Heino poussa un soupir et tendit ses paumes noires en un geste de désespoir.

– Christina Nilsson, pardi. Le rossignol du Småland.

Il observa une courte pause, satisfait de son petit effet. La femme commençait à s'impatienter, dans la voiture. Elle se pencha par-dessus le siège du conducteur, baissa la vitre et appela :

– Janne !

– Attends une seconde.

Heino hocha la tête, aux anges.

– Ils étaient plus de quarante mille, hommes et femmes, pour l'entendre chanter. C'était noir de monde, ici. Y en avait qu'étaient grimpés sur les voitures et sur les réverbères – et pourtant on aurait entendu une mouche voler. Vous savez qu'on l'a entendue jusque sur Skeppsbron ? Oui, là-bas, en face. À cette époque, les gens savaient tenir leur gueule.

– Allez, viens, Janne.

Mais l'homme semblait curieux de ce que disait Heino. Tout ce que pouvait faire Sibylla, c'était rester tranquille et attendre que cela se termine. Elle jeta un coup d'œil en direction du Musée national et vit que les deux dames avaient disparu. Heino pointa un doigt en l'air. Ce simple geste répandit une nouvelle bouffée malodorante qui amena Sibylla à retenir sa respiration.

– Mais dès qu'elle a eu fini de chanter, ils se sont tous mis à applaudir comme des fous et alors y a quelqu'un qu'a crié que les échafaudages de la maison Palmgren étaient en train de s'effondrer, là-bas. Elle était en construction, à l'époque. Ça a été une panique pas possible. Y a seize femmes et deux enfants qui sont morts d'avoir été piétinés. Sans compter la centaine qu'il a fallu emmener à l'hôpital.

Heino conclut son récit par un signe de tête appuyé.

– Vous auriez été plus utiles ce jour-là qu'aujourd'hui. Ils seraient p't-être encore vivants. Au lieu de venir vous en prendre à moi, parce que je mange un petit pain.

L'agent répondant au nom de Janne eut un sourire bonasse.

– T'as raison, Heino. Allez, prends soin de toi.

Cette fois, il eut le temps de remonter dans sa voiture et de démarrer avant que Heino ne trouve autre chose à dire.

Sibylla le dévisagea en secouant la tête.

– Comment est-ce que tu sais tout ça ?

Heino pouffa.

– On a de l'éducation. Malgré la crasse.

Il s'était levé et avait fait faire demi-tour à son attelage pour aller continuer la chasse aux canettes dans Kungsträdgarden.

– Merci pour le petit pain.

Sibylla inclina la tête avec un sourire. Heino s'éloigna. Elle leva les yeux vers le balcon sur lequel Christina Nilsson s'était tenue, cent quinze ans auparavant. Aujourd'hui, avec le vacarme de la circulation, personne n'aurait pu l'entendre.

Elle tourna la tête et vit Heino disparaître, au loin. L'espace d'une seconde, elle fut tentée de se lever et de courir après lui. Pour ne plus être seule. Mais ce n'était pas possible.

Elle resta assise sur ce banc.

Il valait mieux qu'elle ne se montre pas trop, tant que ce remue-ménage ne serait pas calmé.

Comme d'habitude, quoi.

Presque tous les après-midi, après ce premier tour en voiture, elle s'arrêta un moment pour voir Micke. Elle resta de plus en plus longtemps et, pour finir, elle renonça à ses promenades et se rendit tout droit à la maison de l'association. Elle fit la connaissance des autres membres, tous des garçons de l'âge de Micke, et, pour la première fois, elle eut l'impression qu'on voulait bien d'elle quelque part. C'était Micke qui l'avait introduite et cela suffisait aux autres, ils n'avaient pas besoin d'en savoir plus sur elle. Ils ne semblaient même pas se soucier qu'elle soit la fille des Forsenström.

Mais le mieux, c'était quand ils étaient seuls, tous les deux, dans le garage. Micke n'était plus le même, alors, et il lui apprenait tout ce qu'il savait sur les moteurs et les voitures. Parfois, il l'emmenait faire un tour et, quand il était vraiment de bonne humeur, il la laissait conduire un peu sur une route de forêt. La première fois, elle était assise sur ses genoux. Elle sentit ses cuisses sous les siennes et son ventre contre ses fesses. Cela lui fit un drôle d'effet. C'était à la fois chaud et excitant. Et il avait posé ses mains sur les siennes, sur le volant.

C'est après cette fois-là qu'elle avait écrit son nom sous la chaise de son bureau, dans sa chambre. Son secret. Un secret qui lui conférait une force étrange. Cela se voyait peut-être sur elle – ou alors c'était elle qui n'entendait plus ; toujours est-il que les moqueries cessèrent et que l'existence lui fut plus facile.

Elle n'attendait qu'une seule chose, toute la journée : le moment de le revoir. Son odeur, quand il était près d'elle pour lui montrer un détail, sous le capot. Elle admirait cette somme de connaissances et elle aimait voir ses mains caresser les différentes parties du moteur.

Elle ne désirait qu'une seule chose : être avec lui, seule avec lui.

Comme lui.

Après les vacances, elle était entrée au lycée et, pour cela, elle devait se rendre à Vetlanda. S'il n'avait tenu qu'à elle, elle aurait choisi la section Mécanique automobile, au lycée technique. Mais elle s'était gardée de le dire à quelqu'un d'autre qu'à Micke. Surtout pas à sa mère, bien entendu. Celle-ci estimait qu'elle devait opter pour la section Sciences économiques afin de pouvoir, par la suite, entrer dans l'entreprise familiale. En plus, c'était chic.

Naturellement, sa mère avait imposé sa volonté.

Quand Micke avait l'occasion de venir à Vetlanda, il passait la chercher à la sortie du lycée. Elle faisait exprès de manquer le bus de ramassage et, très fière et vibrante de joie, allait discrètement le retrouver dans sa De Soto, à quelques pâtés de maisons du lycée. Elle se blottissait sur le siège du passager et se laissait ramener à Hultaryd, à quarante kilomètres de là. Mais jamais à la maison. Elle se faisait toujours déposer à bonne distance.

Une fois, sur le chemin du retour, il s'était engagé sur une route de forêt. Elle l'avait regardé du coin de l'œil mais il ne quittait pas la route des yeux. Ils ne disaient rien, ni l'un ni l'autre.

Il avait arrêté la voiture, ils étaient descendus et s'étaient regardés. Puis elle s'était abandonnée à lui avec un sentiment de bonheur complet et d'être celle qu'il avait choisie.

Il l'avait prise, doucement, sur la couverture à carreaux.

Elle était toute à lui. Il était tout à elle.

Elle l'avait observé à la dérobée, se demandant quel plaisir elle pouvait lui procurer. Il était comme absorbé par sa présence, toutes ses pensées étaient concentrées sur elle, son corps était en extase devant le sien, devant elle.

Ils ne faisaient plus qu'un.

Elle aurait donné n'importe quoi pour une seconde de ce sentiment d'intimité.

N'importe quoi.

Les pommes de terre formaient une boule dans sa bouche. Ses parents mangeaient en silence.

Cette attente insupportable.

Impossible d'avaler.

Deux fourchettes dans la même main. Trois.

La table qui dansait.

Faut que j'avale.

Cette peur qui lui serrait le ventre.

Avale, bon sang. Avale ! N'aggrave pas les choses.

Pardonnez-moi. Pardon. Dites-moi ce qu'il faut que je fasse pour qu'on me pardonne mais ne me faites plus attendre.

Je ferais n'importe quoi pour que vous me pardonniez. N'importe quoi.

Beatrice Forsenström posa son couteau et sa fourchette et c'est sans regarder Sibylla qu'elle creusa l'abîme qui s'ouvrit sous ses pieds, au moyen d'une simple remarque.

– J'ai entendu dire que tu montais dans des voitures de voyous.

C'est une femme promenant un bouledogue qui la sauva. Sibylla la vit gesticuler, au coin de Gräsgatan, d'où partait l'allée conduisant aux jardins ouvriers d'Eriksdal. Ce n'est qu'en approchant d'elle qu'elle vit l'écouteur noir dans son oreille et le fil le reliant au téléphone portable et qui, d'après les dernières découvertes, permettait d'empêcher que l'utilisateur ait le cerveau en grande partie détruit par les rayons émis par l'appareil. Elle avait lu cela dans les journaux.

– C'est un véritable scandale !

Sibylla ralentit et prêta l'oreille. Le bouledogue s'était assis et regardait attentivement sa maîtresse exprimer sa révolte.

– On n'est quand même pas dans un État policier, bon sang. Je me fiche pas mal de savoir qui vous recherchez. Je suis suédoise et je prétends avoir le droit de me promener où je veux sans me retrouver soudain avec un pistolet braqué sur la figure. C'est révoltant !

Sibylla s'arrêta près d'elle.

– Non, je n'ai pas l'intention de me calmer. Je veux déposer plainte. Ils ne se sont même pas excusés et il a fallu que je montre mes papiers pour qu'ils me laissent passer. C'est un véritable scandale !

La femme se tut et prêta une seconde l'oreille à ce que disait son correspondant, à l'autre bout du fil. Elle jeta un coup d'œil à Sibylla, au passage, et celle-ci se dépêcha de détourner le visage.

– Oui… Non, je refuse. Si vous n'acceptez pas ma plainte, je vais appeler un autre commissariat.

Elle coupa la communication et mit le téléphone dans sa poche. Le chien se dressa sur ses pattes.

– Viens, Kajsa.

Elle traversa la rue, suivie par le chien. Sibylla demeura sur place, perplexe.

– Ne descendez pas vers les jardins.

Sibylla eut un petit sourire.

– Ah bon, pourquoi ?

– Ça grouille de flics, là-bas. Seulement on ne les voit pas avant de se retrouver avec un pistolet braqué sur la tempe. Je ne sais pas ce qu'ils font. Mais c'est un véritable scandale.

Sibylla acquiesça de la tête.

– Merci. Je crois que je vais aller ailleurs, alors.

La femme et le chien poursuivirent leur chemin et Sibylla poussa un gros soupir de soulagement.

Uno Hjelm avait fait son petit boulot de judas, le salaud.

Il fallait qu'elle quitte le secteur, et vite.

Combien de temps tiendrait-elle ?

Survivre était une chose. Elle en avait l'habitude. Mais fuir, se terrer.

Elle pressa le pas, s'imaginant qu'ils l'avaient déjà repérée et qu'ils étaient sur ses talons.

Comment Hjelm avait-il pu savoir que c'était elle ? Il

ne pouvait pas l'avoir reconnue d'après la photo des journaux. C'était impossible. Ou alors elle était perdue. Elle ne serait en sécurité nulle part.

Il fallait absolument qu'elle change de coiffure.

Elle approchait du boulevard circulaire et il y avait maintenant beaucoup de monde. Elle fit de son mieux pour disparaître dans la foule.

Est-ce que les gens ne la regardaient pas d'une façon bizarre ? Lui, là, cet homme qui arrivait en face d'elle. Pourquoi la fixait-il comme cela ? Son cœur se mit à battre. Elle baissa les yeux. L'homme passa à côté d'elle sans rien dire.

Et qui la croirait, si elle disait la vérité ? Mais peut-être parviendraient-ils à comprendre qu'elle désirait dormir dans un vrai lit, une fois de temps en temps. Et puis elle avait l'intention de s'acquitter. Plus tard, bien sûr, mais elle le ferait. Il se trouvait seulement qu'elle avait perdu son portefeuille. Et c'était vrai.

La bouche de métro grouillait de monde.

Elle passa sans s'arrêter.

Mais où aller ?

Parvenue dans Renstiernasgata, elle monta l'escalier menant au parc de Vitaberg. L'église Sainte-Sophie se dressa au-dessus d'elle comme une citadelle, puissante et sûre. Elle était fatiguée et eut l'idée d'aller s'y asseoir un moment. Elle se retourna pour s'assurer que l'allée descendant vers la rue était déserte et que personne ne la suivait.

Un silence total régnait dans l'église. Un homme était assis dans une cabine en verre, à droite de l'entrée, et il la salua gravement de la tête. Elle lui répondit de la même façon et ôta son sac à dos.

Un homme portant une queue-de-cheval était assis sur l'un des bancs, en dessous de la chaire, mais, à cette exception près, l'église était vide. Elle le reconnut d'ailleurs pour l'avoir vu une ou deux fois à la Mission évangélique. Il dormait, le menton contre la poitrine.

Elle posa son sac sur le banc situé au fond de l'église et ferma les yeux.

Le calme. Son seul désir.

L'homme dans la cabine se mit à tousser et l'écho s'en répercuta dans tout le bâtiment. Puis le silence s'abattit de nouveau.

Dieu entend les prières, était-il marqué sur une affiche apposée à l'entrée.

Elle ouvrit les yeux et regarda le grand retable, devant elle. Au cours des siècles, une quantité considérable d'êtres humains avaient remis leur destin entre Ses mains, ils avaient construit ces immenses églises et Lui avaient adressé leurs prières. Elle avait fait de même, étant petite. Chaque soir la même prière demandant à Dieu de protéger les petits enfants et de ne pas faire mourir leur père et leur mère. Peut-être l'avait-Il entendue, d'ailleurs ? Après tout, elle était encore en vie et en bonne santé. Mais Il ne l'avait guère protégée, pourtant. Peut-être était-Il du côté des autres ?

Les autres. Ceux qui avaient trouvé leur place dans la société.

Mais celui qu'on appelait le Chef de gare, cet homme qui, après quatre tentatives manquées d'empoisonnement, s'était jeté du haut d'un pont, le mois dernier. Ses prières, à lui, qu'en était-il advenu ? Ou encore Lena, cette femme qui faisait le tour de la ville à bord de l'autobus de l'Armée du Salut pour distribuer du café chaud et qui avait soudain appris qu'elle avait une tumeur inopérable au cerveau : qu'est-ce qu'elle avait fait pour mériter cela ? Ou encore Tova, Jönsson ou Smirre ? Ils étaient tous morts, après avoir vécu un enfer pendant des années, sans que leurs prières aient été entendues.

Alors quoi, Dieu ?

Et Jörgen Grundberg ? Quoi que Tu aies eu à lui reprocher, Tu n'avais pas besoin de me mêler à cela, hein ?

À moins que Tu ne veuilles me punir, moi aussi ? Dans ce cas, QUAND EST-CE que Tu en auras terminé ?

Elle se leva et hissa le sac sur son dos. Ce n'était pas là qu'elle trouverait la paix.

Sans un regard pour l'homme dans sa cabine de verre, elle quitta l'église.

Quand elle se retrouva à l'extérieur, le soleil avait commencé à se coucher. Elle fit un pas de plus pour voir l'horloge. Cinq heures et quart.

Cette nuit, elle voulait vraiment dormir dans un lit. Mais l'hôtel était trop risqué et elle n'osait pas se rendre dans une institution de charité. Il n'y avait jamais assez de place pour tout le monde et, si quelqu'un se voyait refuser l'entrée au profit de quelqu'un d'autre, il pouvait toujours aller trouver les flics – échange de bons procédés.

Elle posa la main sur la pochette contenant son argent. Pour la première fois depuis qu'elle avait pris sa décision, elle fut tentée de procéder à un prélèvement et de s'offrir une bonne cuite, afin d'oublier pendant un moment.

Toute cette merde, bon sang.

Elle prit le raccourci pour regagner Skanegatan. Au bout d'une dizaine de mètres, elle passa devant une porte de couleur verte qui s'ouvrait dans une palissade passée au rouge de Falun. Un monument historique. À droite de cette porte on voyait le pignon, de couleur brune, d'une petite maison en bois en assez mauvais état. Elle s'arrêta. Il y avait une ouverture au niveau du sol, sur le pignon, mais celle-ci avait été bouchée à l'aide de planches. En revanche, celle qui se trouvait un mètre plus haut était simplement fermée à l'aide d'une cheville en bois.

Elle regarda autour d'elle.

Le parc était désert.

Elle ôta rapidement son sac à dos, ouvrit le panneau de bois et se glissa à l'intérieur.

Les jeudis nous appartenaient. Ces jours-là, il venait me retrouver. Il suffit que je ferme les yeux pour le voir devant moi, ouvrir la barrière et remonter l'allée. La chaleur dans ma poitrine. Il faisait attention à essuyer ses pieds sur le paillasson. Puis il était là. Avec ses bras puissants. Ce n'était pas un péché, Seigneur, c'était de l'amour, le genre d'amour que Tu nous as enseigné. Je Te remercie de m'avoir permis de le connaître.

Je faisais toujours le ménage, avant qu'il vienne. Je voulais qu'il sente à quel point j'attendais sa visite. Chaque fois j'espérais qu'il resterait pour de bon, mais, à quatre heures au plus tard, il était forcé de partir. Je savais alors que j'avais sept longues journées et sept longues nuits à attendre avant de le revoir. Et maintenant une vie entière.

Pourtant, je Te remercie, Seigneur, de me montrer le chemin. De m'avoir prouvé que je pouvais l'aider à parvenir dans Ton royaume. Ainsi, je sais qu'il m'attend, là-haut. Merci, Seigneur, de m'avoir permis d'être à Ton service et de faire en sorte que je sois en mesure de redresser les erreurs et les injustices des êtres humains.

Je vous annonce une grande nouvelle : nous ne nous endormirons pas pour l'éternité, nous serons tous métamorphosés, en un instant, lorsque retentira la der-

nière trompette. Car elle retentira et alors les morts ressusciteront sous une forme impérissable. Car ce qui est périssable doit se revêtir de l'impérissable et la mort se muer en immortalité.

Mais lorsque ceci sera consommé, alors se réalisera la prédiction :

« Mort, où est ta victoire ? Mort, où est ton aiguillon ? »

L'aiguillon de la mort, c'est le péché et le pouvoir du péché est fondé sur la loi. Mais Dieu soit loué, qui nous donne la victoire par l'intermédiaire de Notre Seigneur Jésus-Christ !

Je veux aussi Te remercier, Seigneur, de Ta protection. De ne pas m'avoir laissé agir en solitaire et d'avoir envoyé une femme pour m'assister. De lui permettre d'expier ses péchés afin de Te servir.

De tout cela je Te remercie, Seigneur.

Amen.

À son réveil, elle n'avait pas la moindre idée de l'endroit où elle se trouvait. Cela n'avait rien d'inhabituel, en soi, mais ce matin-là elle mit plus de temps pour se repérer. La lumière pénétrait par les interstices de la paroi de bois et éclairait un vaste bric-à-brac. Mais ce n'est que lorsque l'église Sainte-Sophie sonna sept heures qu'elle sut où elle était.

Elle se mit sur son séant et sortit la dernière banane de son sac à dos.

Autour d'elle, le sol était couvert de sciure et, la veille au soir, elle avait dû ôter quelques planches et les placer en travers des verrous pour étaler son tapis de sol. Elle n'avait plus mal à la gorge. Tout en mangeant, elle observa la poussière qui voltigeait dans les rayons de lumière. Après une telle nuit, elle aurait besoin d'une douche. Mais elle n'osait pas aller à la gare centrale. Pas plus que dans une institution caritative.

Depuis qu'elle avait oublié son agenda au Grand Hôtel, elle ne savait plus exactement quel jour c'était. Mais, si elle ne s'était pas trompée, son aumône mensuelle devait être arrivée. Pourtant, il fallait d'abord qu'elle fasse quelque chose à propos de ses cheveux. Elle pourrait prélever un peu d'argent sur sa réserve pour une teinture, puis aller chercher celui du mois.

Elle savait que l'autobus n° 76 était à destination de Ropsten. Elle évitait en général ce moyen de transport, car il était plus facile de prendre le métro sans payer. Elle sortit un billet de vingt couronnes de la pochette accrochée autour de son cou et se dirigea vers l'arrêt d'autobus de Renstiernasgata.

Pour la première fois depuis six ans, elle venait d'enfreindre la règle qu'elle s'était fixée.

Les salauds, c'est eux qui l'avaient forcée.

Au début, elle fut seule à l'arrêt d'autobus, mais au bout de quelques minutes elle eut de la compagnie. Personne ne s'occupait d'elle, mais elle s'efforça d'éviter de croiser le regard des autres.

Lorsque l'autobus arriva, il y avait pas mal de place, bien que ce fût l'heure de pointe du matin. Le trajet coûtait quatorze couronnes. Une petite fortune.

Elle alla s'asseoir au fond du véhicule et posa son sac à dos sur le siège, à côté d'elle. Ce n'est qu'à l'Écluse que tous les sièges furent occupés. Une femme lança alors un regard courroucé en direction de son sac. En temps normal, elle ne s'en serait pas souciée mais, ce jour-là, elle désirait éviter d'attirer l'attention sur elle. Elle mit donc son sac sur ses genoux. La femme s'assit à côté d'elle et sortit un journal de son porte-documents.

Sibylla regarda par la fenêtre. Ils étaient maintenant sur Skeppsbron. L'autobus s'arrêta au feu rouge juste devant un bureau de tabac. Le buraliste était en train d'installer les affichettes des journaux de la journée et, au moment où l'autobus démarrait, il bougea, lui permettant de voir ce qui était marqué.

En fait, ses yeux lurent d'eux-mêmes et firent ensuite parvenir l'information à son cerveau.

Ce n'était pas possible !

Elle resta un moment à regarder dans le vide, devant elle. La peur le disputait en elle à la perplexité, comme si un lacet se resserrait lentement autour de sa gorge.

Elle s'avisa soudain que quelqu'un la regardait et cela rompit le charme. D'instinct, elle plaça son sac à dos entre eux, à la manière d'un rempart. Ce geste eut pour conséquence qu'elle put voir le journal étalé sur les genoux de la femme qui était assise à côté d'elle.

Elle ne voulait pas voir mais, une fois encore, ses yeux furent plus forts qu'elle.

Le titre suffit à lui donner la nausée, elle n'eut pas la force de lire le reste. Pendant la fin du trajet, elle garda le regard obstinément fixé sur son sac à dos et ce n'est que lorsque la femme referma le journal et descendit qu'elle osa bouger à nouveau.

Au terminus, il ne restait plus qu'elle dans l'autobus. En se levant pour sortir, elle vit que la femme avait laissé son journal sur le siège.

Elle ne voulait pas le faire.

Mais elle savait qu'elle était obligée.

Les salauds.

Avant de descendre de l'autobus, elle fourra le journal dans son sac.

Sur le chemin de Nimrodsgatan, elle entra dans un magasin Konsum et acheta un flacon de teinture pour cheveux. C'était la deuxième fois qu'elle prélevait sur son trésor. Mais, dès qu'elle aurait retiré son argent à la poste, elle remettrait ce qu'elle avait pris.

L'immeuble locatif de Nimrodsgatan était pour elle, et pour bien d'autres dans sa situation, une véritable providence. Le genre de trésor dont on se gardait bien de parler, parmi les gens comme elle. Un jour, elle avait dû payer pour avoir eu la langue trop bien pendue.

Mais pas en argent.

La porte d'entrée de l'immeuble était ouverte vingt-quatre heures sur vingt-quatre. Les appartements ne disposaient pas de douches et c'était la raison pour laquelle il en avait été installé au sous-sol. Bien carrelées et avec de l'eau chaude et du papier hygiénique à volonté.

Elles étaient certes fermées à clé, mais elle était une des rares à savoir où était cachée la clé de secours. À mi-chemin de l'escalier descendant au sous-sol, près de la porte donnant accès à ce havre, il y avait une vieille trappe en fer. Derrière celle-ci, les locataires avaient déposé une clé de secours fixée à un morceau de bois de cinquante centimètres de long, pour que personne ne l'emporte par mégarde.

Cette clé valait son pesant d'or, sinon plus.

Une fois à l'intérieur, on pouvait fermer derrière soi.

Et être tranquille.

Elle fit d'abord couler de l'eau dans le lavabo des toilettes et mit sa culotte à tremper. En guise de lessive, elle versa quelques gouttes de shampooing. Puis elle ôta tous ses vêtements et tourna le robinet d'eau chaude de la douche. Elle avait de la chance. Quelqu'un avait oublié un flacon de savon liquide.

Elle ferma les yeux, mais la seule chose qu'elle vit fut l'image de la page de journal de l'autobus.

Quand est-ce que cela s'arrêterait ?

Quand son cauchemar prendrait-il fin ?

La femme du Grand Hôtel frappe à nouveau
Meurtre rituel à Västervik

– Depuis combien de temps est-ce que cela dure ?

Pour une fois, c'était son père qui lui adressait la parole.

Sibylla avala sa salive. La table dansait toujours.

– Quoi ?

Beatrice Forsenström pouffa.

– Ne fais pas l'idiote, Sibylla. Tu sais très bien de quoi nous parlons.

Elle le savait, en effet. Quelqu'un avait dû la voir dans la voiture de Micke.

– On s'est rencontrés au printemps dernier.

Ses parents se regardèrent par-dessus la table. On aurait dit qu'ils étaient reliés par des élastiques.

– Comment s'appelle-t-il ?

C'était à nouveau son père qui lui posait cette question.

– Mikael. Mikael Persson.

– Est-ce que nous connaissons ses parents ?

– Je ne crois pas. Ils habitent Värmamo.

Un instant de silence dont Sibylla tenta de jouir pleinement

– Et qu'est-ce qu'il fait, à Hultaryd ? Je suppose qu'il a un métier.

Sibylla hocha la tête.

– Il est mécanicien. Il est incollable dans son domaine.

– Ah bon.

Ses parents se regardèrent à nouveau. Les élastiques verts et rouges qui les reliaient semblaient ne faire que croître en nombre. Mais ils n'avaient plus de visage. Sibylla baissa les yeux vers la table.

– Nous ne voulons pas que notre fille se promène dans une voiture de voyou.

C'est ainsi qu'ils qualifiaient une De Soto Firedome modèle 59.

– Nous ne voulons pas que tu fréquentes qui que ce soit parmi ce genre de garçons.

Sibylla eut l'impression que sa tête pesait soudain du plomb et se mettait à tomber de côté sans qu'elle puisse la rètenir.

– C'est mes copains.

– Tiens-toi bien, quand on te parle !

Sa tête se redressa automatiquement mais son cou n'avait plus la force de la tenir droite. Elle retomba en arrière et alla cogner contre le dossier de sa chaise.

– Mais enfin, Sibylla, qu'est-ce qui te prend ? Qu'est-ce qui se passe ?

Sa mère s'était levée de table et, du coin de l'œil, Sibylla la vit s'approcher d'elle. Sa tête était comme collée au dossier de la chaise. Au moment où sa mère arriva près d'elle, elle sentit que sa tête glissait sur le côté et que son corps la suivait dans sa chute.

– Sibylla ? Comment ça va, Sibylla ?

Elle était allongée sur quelque chose de moelleux et c'était la voix de sa mère qu'elle entendait. Quelque chose de froid et d'humide était posé sur son front et elle ouvrit les yeux. Elle était couchée dans son lit et sa mère était assise sur le bord de celui-ci. Son père était debout au milieu de la pièce.

– Tu nous as fait peur, ma petite.

Sibylla regarda sa mère.

– Pardon.

– On parlera de ça plus tard.

Henry Forsenström s'approcha du lit.

– Comment vas-tu ? Veux-tu qu'on appelle le docteur Wallgren ?

Sibylla secoua la tête. Son père hocha la sienne pour signifier qu'il avait compris et quitta sa chambre. Sibylla regarda sa mère.

– Je veux dire : pardon de m'être évanouie.

Beatrice ôta la compresse de son front.

– On ne peut rien à ce genre de chose, Sibylla, et il n'y a pas de quoi demander pardon. Mais, pour le reste de ce que nous disions, il en sera comme ton père et moi t'avons dit. Il ne faut plus que tu ailles là-bas.

Sibylla sentit qu'elle était sur le point de se mettre à pleurer.

– Sois gentille, maman.

– Inutile de nous faire une scène. C'est pour ton propre bien, tu le sais.

– Mais ce sont mes seuls amis.

Sa mère se redressa. Sibylla sentit que sa patience était à bout et qu'il n'était pas question de discuter.

Pas plus que d'autre chose, d'ailleurs.

Une bonne douche, en paix, était pour elle la meilleure façon de retrouver le goût de vivre.

Mais, cette fois-là, elle ne servit à rien.

En sortant de la douche et en s'essuyant, elle se sentit encore plus découragée qu'auparavant. Comme si l'espoir avait été évacué avec l'eau sale.

Elle essora sa culotte maintenant propre et gagna la buanderie, de l'autre côté du couloir. La clé y donnait également accès. Elle plaça sa culotte et sa serviette dans un séchoir qu'elle mit en marche et s'enferma ensuite dans la douche pour s'occuper de sa nouvelle coiffure.

Elle coupa ses cheveux, qui lui arrivaient aux épaules, et ils tombèrent sur le sol. Elle eut du mal à les égaliser sur la nuque et elle comprit que, plus elle les raccourcirait, plus elle aurait de difficultés à faire son petit numéro de charme pour se procurer une nuit gratuite à l'hôtel, à l'avenir.

Mais, en fait, cette possibilité n'existait déjà plus.

Elle suivit les instructions figurant sur le flacon de teinture et appliqua le produit sur ce qui lui restait de cheveux. Une fois que ce fut terminé, elle eut l'air d'une punk brune ayant légèrement dépassé l'âge.

Uno Hjelm lui-même ne la reconnaîtrait pas.

Elle prit soin de bien nettoyer derrière elle. C'était un point d'honneur parmi les rares personnes ayant le privilège de connaître cet établissement de luxe clandestin, car la moindre trace de leur passage pourrait inciter les locataires à cacher la clé à un autre endroit.

Une fois qu'elle eut terminé et fut rhabillée, elle s'assit sur le siège de toilette pour attendre que sa petite lessive soit sèche. Le journal était posé à l'envers sur le sol, devant elle. Elle n'avait pas encore eu le courage de le lire et avait fait tout son possible pour retarder au maximum ce moment. Mais elle ne pouvait plus reculer, maintenant. Elle prit sa respiration, se pencha en avant et prit le journal.

Pages 6, 7, 8 et pages du milieu.

Sibylla Forsenström, 32 ans, déjà recherchée depuis avant-hier pour le meurtre de Jörgen Grundberg au Grand Hôtel, a commis hier après-midi un nouvel assassinat empreint de sauvagerie. Un homme de 63 ans a été tué, vers 15 h dimanche après-midi, dans sa maison de campagne, au nord de Västervik. Il était seul chez lui et dormait probablement lorsqu'il a été frappé. Les circonstances de ce drame sont identiques à celles du meurtre commis au Grand Hôtel, mais la police refuse d'en dire plus pour ne pas gêner l'enquête. Il semble pourtant qu'il s'agisse de véritables exécutions. Les deux corps ont été sauvagement profanés et des organes ont été prélevés sur eux, mais la police refuse de préciser lesquels. Les enquêteurs ont donc de bonnes raisons de suspecter Sibylla Forsenström de meurtre et de profanation de cadavre. On ignore encore le mobile de ces crimes, mais il semble que les victimes aient été choisies au hasard.

Elle n'eut pas le courage d'en lire plus et tourna la page. La première chose qu'elle vit alors fut un dessin représentant son propre visage et lui ressemblant à un point qui avait tout pour l'inquiéter. Apparemment, le serveur avait bonne mémoire et Hjelm avait pu compléter ses dires en ce qui concernait ses cheveux, puisqu'il l'avait vue sans perruque, lui.

Mais cela n'allait plus servir à grand-chose.

Bon sang de bordel de merde.

Comment était-ce possible ?

La police ne dispose toujours d'aucune piste en ce qui concerne Sibylla Forsenström, mais elle s'efforce d'obtenir des renseignements parmi les marginaux de Stockholm. Elle a recueilli divers témoignages selon lesquels la jeune femme aurait été vue à la gare centrale de la capitale, entre autres endroits, ainsi que près de jardins ouvriers du quartier de Södermalm. Après le meurtre de Västervik, un mandat d'arrêt national a été lancé contre elle. D'après une source non confirmée, elle aurait déposé, près des cadavres, un message à caractère religieux dans lequel elle revendiquerait la responsabilité de ces meurtres. Mais on ignore toujours le mobile de ces actes.

Elle dut se lever pour vomir dans le lavabo. Comment diable un peu de teinture pourrait-il lui permettre d'échapper au filet, alors que toute la police de Suède était maintenant à ses trousses et la soupçonnait non seulement d'être une meurtrière, mais également de dépecer les cadavres ?

Son corps était encore agité de soubresauts, bien qu'elle n'eût plus rien à vomir. Elle tenta de boire un peu d'eau. Mais, au même moment, on frappa à la porte.

– Vous avez bientôt fini ?

Elle se regarda dans la glace. Son visage était couleur de cendre et ses mèches noires se dressaient sur sa tête. Jamais elle n'avait autant ressemblé à une droguée.

– Je suis sous la douche.

Elle ferma les yeux et pria Dieu que l'homme qui se trouvait à l'extérieur se contente de cette réponse et aille prendre sa douche dans la cabine d'à côté. Mais pourquoi changerait-il d'avis ?

– Si vous voulez bien vous dépêcher. L'autre cabine est occupée, elle aussi.

– Oui, oui.

Le silence retomba. Elle sortit son nécessaire à maquillage de son sac à dos et se mit du rouge sur les joues et sur les lèvres. Cela n'arrangeait certes pas son portrait, mais elle s'était donné tout le mal qu'elle pouvait.

Elle prit un peu de papier de toilette pour nettoyer le lavabo des restes de banane qu'elle avait rendus. Puis elle colla l'oreille à la porte et écouta. Tout ce qu'elle entendait, c'était le tambour du séchoir qui tournait, dans la pièce voisine. Elle n'avait pas le choix. Plus elle aurait l'air honteuse, plus on aurait de raisons de la soupçonner de quelque chose. Elle déverrouilla donc la porte d'un geste décidé, avant de l'ouvrir.

– Ce n'était pas pressé à ce point-là. Mais merci quand même.

L'homme était assis par terre, en train de lire. Il se leva en entendant la porte s'ouvrir. Sibylla esquissa un sourire. Elle vit qu'il s'étonnait de son sac à dos.

– Ma lessive, expliqua-t-elle.

Il opina de la tête. Elle tenait à la main le morceau de bois auquel était fixée la clé et fit un pas en direction de la porte de la buanderie. Sa main tremblait et elle eut du mal à glisser la clé dans la serrure.

– Vous êtes nouvelle dans l'immeuble ?

La porte s'ouvrit enfin. Pour ne pas avoir à affronter son regard, elle se dirigea aussitôt vers le séchoir.

– Oui.

– Enchanté de faire votre connaissance, alors.

Va prendre ta douche, avant que je te fiche sur la gueule, espèce de…

Elle ouvrit le séchoir et sortit sa culotte et sa serviette. Du coin de l'œil, elle vit qu'il se retournait, avant d'entrer dans la cabine. Aussi rapidement qu'elle le put elle fourra sa lessive seulement à moitié sèche dans son sac à dos et le hissa sur son épaule. Quand elle pivota sur ses talons pour sortir, elle vit qu'il s'était retourné à nouveau et la regardait. Il tenait le journal dans sa main gauche. Elle se figea aussi brusquement que si elle avait mis le pied dans du béton frais.

Pendant un instant, il eut l'air un peu perplexe. Puis il lui tendit le journal.

– Pas de panique. Vous avez seulement oublié ça.

La fête de Noël de l'année. Celle de ses dix-sept ans. La table d'honneur.

Elle avait demandé à ne pas y aller. Sa mère avait eu un haut-le-corps, sous le coup de la surprise.

– Tu ferais bien de sortir un peu. Cela fait des mois que tu restes enfermée.

C'était exact. Cela faisait soixante-trois jours et neuf heures qu'elle n'avait pas vu Micke. Gun-Britt allait la chercher tous les jours à la sortie du lycée, à Vetlanda, dans la Renault. Et elle n'avait plus le droit de sortir seule, pour cause de confiance abusée.

– Je ne veux pas.

Sans rien dire, sa mère gagna la penderie et ouvrit la

porte pour en extraire une tenue convenable à l'intention de sa fille.

– Pas de bêtises. Bien sûr que tu vas venir.

Sibylla s'assit sur le lit et observa sa mère en train de fouiller parmi ses vêtements.

– Je viens si je peux être à la table des jeunes.

Beatrice Forsenström resta muette de stupeur devant la violence de cet ultimatum.

– Et pour quelle raison veux-tu y être, si je puis me permettre ?

– Pour être avec ceux de mon âge.

Sa mère avait une curieuse expression sur le visage, lorsqu'elle se retourna pour la regarder. Sibylla sentit son cœur battre. Elle avait pris sa décision. Maintenant, elle avait Micke. Elle n'était plus seule. Dans six mois, elle aurait dix-huit ans et elle pourrait agir à sa guise. En attendant, elle était décidée à vendre chèrement sa peau.

– Sinon, je ne viens pas.

Sa voix n'avait même pas tremblé. Sa mère n'en croyait pas ses oreilles. Elle-même non plus, d'ailleurs. Mais elle s'inquiétait de ne pouvoir interpréter l'expression du visage de sa mère. Un rien de crainte se glissa sous sa peau, une vague sensation de peur.

– Tu sais que, pour ton père et pour moi, c'est la soirée la plus importante de l'année et c'est ainsi que tu te comportes. Pourquoi ne penses-tu jamais aux autres ?

L'horloge déchira le silence.

Sibylla était sur le point de déclencher un tremblement de terre et il ne pouvait régner le moindre doute quant à l'identité de la victime de celui-ci. Elle fut soudain prise de panique. Cette peur se vit peut-être sur son visage, car sa mère profita de l'occasion pour mettre fin à la conversation.

– Nous en reparlerons quand nous reviendrons.

Et, sur ces mots, elle quitta la chambre.

Une nouvelle fois, elle venait de réduire en miettes la volonté de Sibylla.

Le chef des ventes à gauche.

Monsieur Forsenström à la place d'honneur.

Assise non loin de lui, Sibylla avait un sentiment étrange, dans sa belle robe. La pièce lui donnait l'impression de tourner. Les bruits lui parvenaient par vagues et elle réussissait seulement à distinguer ce que disaient ceux qui se trouvaient près d'elle. Des bouffées de colère à l'encontre de sa mère montaient en elle comme des poignées de châtaignes électriques et elle s'étonnait qu'elles ne renversent pas les verres placés entre elles. Elle n'avait encore pas touché à ce qu'on lui avait servi, alors que les autres avaient presque fini. Sa mère souriait à tous les convives et trinquait avec eux, mais, chaque fois que leurs regards se croisaient, ses lèvres se creusaient d'un pli d'amertume, comme si elles étaient incapables de résister à la loi de la pesanteur.

C'est à ce moment précis, alors qu'elle se demandait quelle forme allait prendre la punition, cette fois, qu'elle eut le sentiment que cela suffisait vraiment, désormais. Une colère depuis longtemps contenue l'envahit. Cette femme assise presque en face d'elle et qui la maintenait captive de sa propre existence se changea soudain en un monstre d'absurdité. Elle était certes née de son corps. Et après ? Ce n'était pas elle qui l'avait voulu. La raison pour laquelle Dieu avait fait en sorte que cette femme ait un enfant paraissait mystérieuse. Ce que sa mère avait désiré, c'était un signe extérieur de la supériorité de la famille Forsenström prouvant que tout était comme il fallait. Mais rien n'était comme il fallait. Sibylla comprit soudain que sa mère prenait du plaisir à ce jeu raffiné d'obéissance-réprimandepunition dont elle avait fait l'une des règles d'or de son foyer et au sentiment que Sibylla lui appartenait et qu'elle pouvait faire d'elle ce qu'elle voulait. Qu'elle était maîtresse de sa peur.

– Eh bien, comment cela marche-t-il, à l'école, en ce moment

Le chef des ventes lui posait la même question tous les ans et la réponse ne l'intéressait pas plus, à vrai dire, que la saleté qu'il pouvait avoir sous la semelle de ses chaussures.

– Pas mal, merci, répondit-elle à haute et intelligible voix. On passe son temps à baiser et à picoler.

Il opina tout d'abord du chef de façon mécanique, mais, l'instant d'après, le contenu véritable de la réponse réussit à se frayer un chemin jusqu'à sa cervelle. Il regarda autour de lui pour savoir s'il avait bien compris. Un silence pesant s'était abattu autour de la table, sur l'estrade. Son père la regardait comme s'il ne savait pas ce que voulait dire le verbe baiser et le visage de sa mère était violet. Sibylla se sentait parfaitement calme. Mais tout tournait autour d'elle. Devant elle se trouvait le verre à digestif du chef des ventes, qui venait d'être rempli. Elle le prit et le leva en direction de sa mère.

– À la tienne, maman ! Tu voudrais pas monter sur une chaise et nous chanter un cantique de Noël ? Ça serait drôlement chouette, vous trouvez pas ?

Elle avala d'un trait le contenu du verre. Un silence de mort régnait maintenant dans la salle. Elle se leva de son siège.

– Hein ? Qu'est-ce que vous en dites ? Ça serait chouette si la petite Beatrice poussait la ritournelle, pas vrai ?

Il n'y avait pas une paire d'yeux, dans la salle, qui ne fût braquée sur elle.

– Eh bien, quoi : tu veux pas ? Bon, aucune importance : prends la chanson de corps de garde que t'aimes bien chanter dans la cuisine, le soir.

Son père sortit enfin de sa torpeur et sa voix de stentor retentit dans la salle.

– Bon, ça suffit. Assieds-toi, maintenant.

Elle se tourna vers lui.

– C'est à moi que tu parles ? Ah oui, c'est vrai, c'est toi qu'es mon père, hein ? Il me semblait bien t'avoir déjà vu à la table du dîner. Je m'appelle Sibylla, si tu veux savoir.

Il la regarda, bouche bée.

– Bon. Si vous continuez à faire des tronches pareilles, je m'en vais, moi. Passez une bonne soirée.

En refermant la porte derrière elle, elle eut le sentiment de respirer vraiment pour la première fois de sa vie.

Elle avait jeté le journal dans la première corbeille à papier de la station de métro de Ropsten. Pour ne pas risquer d'attirer l'attention sur elle, elle n'avait pas osé se faufiler sur le quai à partir de celui du train de Lidingö et avait à nouveau fait preuve d'honnêteté en sortant un billet de vingt couronnes de sa pochette.

Ce jour-là, elle avait plus rapporté à la compagnie des transports de Stockholm que depuis près de quinze ans.

Il était onze heures et demie et il n'y avait pas beaucoup de monde dans la rame. Lorsqu'elle s'enfonça dans le tunnel, Sibylla vit le reflet de son visage dans la vitre : c'était celui d'une étrangère. Cela lui vaudrait sans doute un peu de répit. Le temps de trouver comment se sortir de là, au moins.

En premier lieu, il fallait qu'elle aille chercher son

argent dans sa boîte postale, afin de remettre aussitôt, jusqu'au dernier centime, ce qu'elle avait prélevé sur sa réserve. Cela, en tout cas, personne ne pourrait le lui prendre.

Sa boîte postale.

Bon sang de merde.

Elle eut à nouveau l'impression de prendre une poignée de châtaignes. C'était se jeter dans la gueule du loup. Comment avait-elle pu être assez bête pour ne pas y penser ? À l'heure qu'il était, il était fort probable que la police ait pris connaissance de son unique point fixe dans l'existence. Son numéro figurait naturellement dans le seul registre où ils avaient pu trouver son nom. Ils le connaissaient forcément.

La simple idée qu'elle ne pourrait plus aller chercher son argent, à l'avenir, l'emplit d'une colère folle.

Elle serra les poings et sentit la peur fondre en elle. Ils n'avaient pas le droit de lui faire cela. Le seul fait de publier son nom dans les journaux était sûrement contraire à toutes les règles. Si elle avait été une personne respectable, vivant en fonction des normes reconnues, elle n'aurait jamais été exposée de la sorte. Elle n'avait jamais rien demandé à la société et avait bien l'intention de continuer.

Alors, elle n'allait plus se laisser faire.

Désormais, c'était la guerre.

Le bateau de Thomas était amarré à l'autre bout de la ville. Elle était descendue du métro à la station de Hornstull et se trouvait maintenant sur le pont séparant Södermalm de l'île de Langholmen. Thomas était la seule personne en qui elle eût assez confiance pour lui demander de l'aide. Dix ans plus tôt, avant qu'il n'hérite de ce bateau, ils avaient vécu ensemble dans une caravane parquée dans une zone industrielle. La police venait de temps en temps leur signifier un arrêt d'expulsion, mais ils se contentaient de déplacer le véhicule de quelques mètres, à la main, et d'attendre la prochaine descente de flics. Dans l'ensemble, d'ailleurs, on les avait laissés en paix.

Il n'avait jamais été question d'amour, entre eux, plutôt de désir de compagnie et d'amitié. C'était tout ce qu'ils avaient pu se donner et, à cette époque, cela leur avait suffi.

Tout d'abord, elle ne put retrouver le bateau. Cela faisait plusieurs années qu'elle n'était pas venue par là. Mais, en revenant sur ses pas, elle le vit amarré contre un navire de guerre à la coque grise, comme toujours. Apparemment, il n'y avait pas beaucoup de place, à cet endroit.

Elle ôta son sac à dos et le posa sur une palette qui traînait par là, pour ne pas que le fond soit mouillé.

Soudain, elle fut prise d'hésitation.

Maintenant qu'elle était là, elle n'était plus aussi sûre de son fait. Elle savait que Thomas était digne de confiance, mais seulement quand il était sobre. Dès qu'il avait bu un coup, il n'était plus le même. Elle en portait encore les traces sur le corps. Elle respira profondément et serra les poings pour tenter de retrouver l'énergie qui avait été la sienne, dans le métro, peu auparavant.

– Thomas !

Elle regarda autour d'elle. Le quai était désert.

– Thomas ! C'est moi, Sibylla.

Une tête pointa par-dessus la lisse du bateau de l'armée. Elle eut peine à le reconnaître. Il s'était laissé pousser la barbe. Il eut l'air perplexe, tout d'abord, puis son visage se fendit d'un sourire.

– Merde alors ! Ils t'ont pas encore mis le grappin dessus, on dirait ?

Elle ne put s'empêcher de lui rendre son sourire.

– Tu es seul ?

– Bien sûr que oui.

Il ne lui fit pas signe de monter à bord. Pourtant, elle était sûre qu'il était sobre, elle le connaissait assez pour cela.

– Je peux venir ?

Il ne répondit pas aussitôt, se contentant de la regarder et de lui sourire.

– C'est peut-être un peu risqué, non ?

– Arrête. Tu sais bien que c'est pas moi.

Le sourire se fit plus large.

– Allez, monte. Mais attention : faut laisser les couteaux au vestiaire, avant de monter à bord.

Son visage disparut dans les profondeurs du bateau et elle prit son sac à dos. Thomas était un ami. Peut-être le seul qu'elle eût. En ce moment, cela importait plus que tout.

Il avait laissé l'écoutille ouverte et elle lui passa son sac à dos avant de descendre l'échelle.

La cale du bateau avait été transformée en un mélange d'atelier de menuiserie et de local d'habitation. Le sol était couvert de sciure et de petits morceaux de bois et semblait ne pas avoir été nettoyé depuis des dizaines d'années.

Cela tendait à prouver qu'il n'y avait pas de femme à bord, pour l'instant. Tant mieux.

Il suivit son regard, qui faisait le tour de l'endroit.

– Ça n'a pas beaucoup changé depuis la dernière fois que t'es venue.

– Non. C'est toujours aussi bordélique.

Il ricana et se dirigea vers une machine à café, dans ce qui était censé être la cuisine. Une table, trois chaises dépareillées, un réfrigérateur et un four à micro-ondes. Mais pas de bouteilles vides. Tant mieux également.

– Un peu de café ?

Elle accepta d'un simple signe de tête et il vida dans un seau la goutte qui restait dans le récipient. Mais celui-ci était tellement crasseux que la différence fut imperceptible. Elle s'assit sur la chaise qui lui parut la moins branlante. Thomas alla prendre de l'eau dans un bidon en plastique.

– Alors, dans quel pétrin tu t'es fourrée ?

Sibylla poussa un soupir.

– Tu vas pas me croire, mais j'en sais rien, en fait.

Il se retourna pour la dévisager.

– Qu'est-ce que t'as fait à tes cheveux ?

Elle ne répondit pas mais désigna du doigt un journal du soir qui dépassait d'une corbeille à papier.

– T'étais mieux comme ça, dit-il en renversant le filtre usagé sur la corbeille, en répandant la moitié à côté.

– En fait, je suis venue te demander ton aide.

– Ah bon. T'as besoin d'un alibi ?

Cela la contraria. Elle savait qu'il plaisantait pour masquer sa gêne, comme toujours. Mais, en général, il savait s'arrêter à temps. Or, cette fois-ci, ce n'était plus drôle.

– J'étais au Grand Hôtel, ça c'est vrai. Et j'aurais du mal à expliquer aux flics comment et pourquoi, c'est vrai aussi.

Il vint s'asseoir en face d'elle. La machine à café se mit à frémir, derrière lui, et les premières gouttes tombèrent dans le récipient.

Peut-être avait-il été sensible à un accent de sincérité dans sa voix, car il arbora soudain un air sérieux.

– Tu t'es payé une nuit à l'œil, quoi ?

Elle opina.

– Et c'est ce type qu'a casqué ? demanda-t-il en montrant le journal.

Nouveau hochement de tête.

– Sacré manque de pot. Et Västervik, alors ?

Elle renversa la tête en arrière et ferma les yeux.

– Ça, j'en ai pas la moindre idée. J'ai jamais mis les pieds là-bas de ma vie. Je comprends pas ce qui se passe.

Elle le regarda à nouveau en secouant la tête.

– Sale coup.

– Ça, tu peux te le dire.

Il se gratta la barbe et secoua à nouveau la tête.

– Bon. De quoi est-ce que t'as besoin ?

– Le fric de ma mère. J'ose pas aller à ma boîte postale.

Ils se regardèrent par-dessus la table. Il était au courant de cette affaire de mensualités. Et, pendant le temps qu'ils avaient vécu ensemble, il avait même contribué à les convertir jusqu'au dernier centime en produits liquides. Il se leva pour aller chercher le café et, en revenant, prit une tasse au passage. Elle n'avait plus d'anse et semblait ne pas avoir été lavée depuis la première fois qu'elle avait servi.

– T'as bouffé quelque chose, aujourd'hui ?

– Non.

– Y a du pain et de la pâte à tartiner dans le frigo.

Elle se leva pour aller les chercher. Elle n'avait plus très faim mais il aurait été stupide de ne pas profiter de l'occasion. Quand elle regagna la table, il avait servi le café. Il se gratta à nouveau la barbe tandis qu'elle posait le morceau de pain et le tube de pâte.

– Je te demanderais pas ça si je pouvais faire autrement. Mais, sans ce fric, je m'en tirerai jamais.

– D'accord, dit-il en hochant la tête.

Avant de continuer, il but une gorgée de café.

– Bon, je vais aller voir ce que je peux faire. Entre vieux copains...

Ils s'observèrent à nouveau. Tant qu'il serait sobre, elle pourrait compter sur lui. Et ils n'étaient pas tellement nombreux, les gens dans ce cas-là.

Mais, s'il se mettait à boire, il faudrait qu'elle y passe. Entre vieux copains…

Aussitôt sortie de la salle, elle avait pris le chemin de l'association de Micke. Personne ne l'en avait empêchée. Sa mère devait être en train d'essayer de sauver les meubles de sa si précieuse soirée.

Elle n'avait pas mis de manteau et il faisait froid. Mais ce n'était pas grave. De légers flocons tombaient du ciel tels des confettis et elle renversa la tête pour tenter d'en gober au vol.

Elle se sentait très bien, maintenant. Toute inquiétude avait disparu. Rien n'avait plus d'importance. Elle allait retrouver Micke, rien d'autre ne comptait.

Sur le chemin, des gens en blanc lui firent des signes. Comme dans le film qu'elle avait vu à la télé le samedi précédent. Elle marchait dans un halo de lumière, un cône qui tombait du ciel et la suivait partout. Elle répondit aux signes que lui faisaient ces gens en fête et se mit à danser au milieu des flocons de neige.

La De Soto était parquée devant le garage. L'idée que Micke puisse ne pas être là ne l'avait même pas effleurée.

Maintenant, c'était elle qui contrôlait la situation.

Bien sûr qu'il était là.

Elle s'inclina devant le public qui l'avait suivie, ouvrit la porte et entra. Elle perçut aussitôt cette odeur d'huile de moteur qu'elle aimait tant et sentit la joie se répandre dans son corps.

– Micke !

Le cône de lumière la suivait toujours. Quelque chose bougea derrière les piles de pneus et elle n'eut pas le temps de s'en approcher avant que la tête de Micke ne fasse son apparition.

– Salut… Qu'est-ce que tu fais là ?

Elle eut l'impression qu'il n'était pas très content de la voir et même plutôt contrarié.

– Je suis venue, dit-elle avec un sourire.

Il baissa les yeux vers quelque chose qui se trouvait hors de son champ de vision et elle eut l'impression qu'il rajustait, son pantalon.

– Euh, c'est pas vraiment le moment, tu vois. Tu peux pas revenir demain ?

Demain ?

Pourquoi ça ?

Elle avança de quelques pas. Sur le sol, derrière les pneus, était étalée la couverture à carreaux. Et, sous la couverture, était couchée Maria Johansson.

Le cône de lumière s'éteignit.

Tout entier à elle, toute entière à lui.

Rien qu'eux deux, enchaînés pour toujours l'un à l'autre.

N'importe quoi pour une seconde de ce sentiment d'intimité.

N'importe quoi.

Elle le regarda. Son visage avait disparu. Elle s'éloigna à reculons.

– Sibylla…

Elle se cogna le dos contre le mur. La porte, sur la droite. La poignée à abaisser.

Les gens en fête étaient partis et l'avaient laissée seule. Devant elle se trouvait la De Soto Firedome et ses 305 chevaux. Pas plus de quatre pas à faire, la porte n'était pas fermée à clé.

Partir de là, vite, très vite.

Elle était seule sur le bateau depuis près de deux heures, quand il revint. Elle avait passé son temps à errer comme une âme en peine, dans la coque de ce rafiot, oscillant entre la confiance et l'inquiétude, l'espoir et le désespoir.

Et s'ils surveillaient la boîte postale ? Thomas saurait-il se montrer suffisamment prudent pour éviter de les amener droit vers l'endroit où elle se cachait ?

Mais il n'était pas né de la dernière pluie, lui non plus. Bien sûr qu'il ferait ce qu'il fallait.

Et s'ils l'avaient arrêté ? Était-ce pour cette raison qu'il tardait tant ?

Chacune des fibres de son corps attendait le bruit de ses pas et pourtant elle fut prise de panique en les entendant résonner sur le pont, au-dessus de sa tête.

Puis l'écoutille s'ouvrit.

Elle alla se dissimuler derrière la scie mécanique et ferma les yeux. Elle était prise au piège, comme dans une souricière.

Les salauds.

Mais il était seul. Il descendit l'échelle en la cherchant du regard.

– Sibylla ?

Elle sortit de sa cachette.

– Pourquoi est-ce que t'as mis aussi longtemps ?

Il s'avança vers la machine à café, qui était toujours allumée. Il jeta dans la corbeille à papier la goutte qui restait au fond de la tasse.

– J'ai voulu m'assurer que j'étais pas suivi.

– Et alors ?

Il secoua la tête et se versa un peu de café.

– Non. Tout paraissait normal, là-bas.

Il lui tendit la cafetière sans même lui poser la question, mais elle secoua la tête. Il prit une profonde respiration qui ressemblait à s'y méprendre à un soupir et dit :

– Mais l'argent était pas là.

Elle le dévisagea, incrédule. Il reposa la cafetière.

– Qu'est-ce que tu veux dire, bon sang ?

Il écarta les bras.

– La boîte était vide.

C'était sûrement un mensonge.

Pendant quinze ans, une somme de mille cinq cents couronnes avait atterri dans sa boîte postale au plus tard le 23 de chaque mois. Elle se retourna et le regarda.

– Salaud ! Et moi qu'avais confiance en toi !

Ce fut à son tour d'avoir l'air incrédule.

– Qu'est-ce que tu veux dire, au juste ?

Elle reconnut son regard. C'était celui qu'il avait quand il se mettait en colère, une fois ivre. Mais elle n'avait plus la force d'avoir peur.

– Il est à moi, ce fric. Il me le faut absolument !

Il se contenta d'abord de la regarder sans bouger. Puis il jeta contre la paroi la tasse de café à moitié pleine, qui fit tomber divers outils et laissa derrière elle une tache noire.

Le bruit la fit sursauter mais elle ne le lâcha pas du regard. Il prit une profonde respiration, comme s'il tentait de se concentrer, et alla regarder à l'extérieur par l'un des hublots. Puis il se mit à lui parler, le dos tourné.

– Je sais que j'ai fait des choses qu'étaient pas toujours très réglo. Mais, si tu m'accuses de t'avoir piqué ton fric, tu te fourres le doigt dans l'œil.

Il se retourna vers elle.

– Il t'est pas venu à l'idée que ta vieille avait peut-être plus très envie d'envoyer du fric à quelqu'un qui dépèce les cadavres ?

Elle le regarda et, pendant que ses paroles se frayaient un chemin jusqu'à son cerveau, à travers ses conduits auditifs, elle comprit qu'il disait vrai.

Finies les aumônes.

Beatrice Forsenström considérait qu'elle avait payé sa dette.

Le vide se fit soudain en elle.

Elle s'avança lentement vers la porte, tira l'un des sièges et s'assit. Elle enfouit son visage dans ses mains et se mit à pleurer.

Elle était perdue.

Elle avait fait tout cela pour rien.

Pourtant, elle avait été bien décidée à y arriver. Et au moment où elle allait y parvenir, le destin était intervenu pour réduire son projet à néant.

Quand on est une perdante… Elle avait défié le système et voulu se tailler une place qui ne lui était pas destinée. Tu n'as pas honte, Sibylla Wilhelmina Beatrice Forsenström ? Tu avais tout ce qu'il te fallait mais tu n'as pas eu le bon sens de t'en contenter. Ce n'était pas assez bien pour toi. Tu avais à manger à ta faim mais tu as préféré céder ta place.

Qui va à la chasse…

– Qu'est-ce qu'il y a ?

Elle sentit sa main sur son épaule.

– T'en fais pas, Sibylla. Ça va s'arranger.

Bien sûr. Une fois que j'aurai fait perpète. Après, ça n'aura plus guère d'importance, hein ?

– Toi, t'as besoin de boire un coup.

Elle s'efforça d'avoir l'air contente.

Oui, pourquoi pas ? Rien de tel qu'une bonne cuite. S'étourdir. Oublier.

Il avait déjà sorti une bouteille entière de vodka. Elle regarda la bouteille puis son visage. Il avait à nouveau l'air calme. Elle hocha la tête.

– Merci. Pourquoi pas ?

Elle eut le temps d'aller jusqu'à Vetlanda avant de se faire prendre par la police. Un feu rouge se mit à clignoter devant elle, sur la route, elle se rangea et s'arrêta. Deux agents vinrent se poster près de la vitre du conducteur et elle actionna la commande électrique. L'un d'entre eux se pencha par la portière, coupa le moteur et ôta la clé de contact. Puis il sortit le haut du corps ; il resta penché vers elle et elle put voir son visage.

– Parfait... Voyons un peu ça.

Elle n'eut même pas peur. Elle ne ressentait rien.

– Tu veux bien sortir ?

Il ouvrit la porte et elle sortit. Une voiture vint se ranger derrière la De Soto. Micke en descendit précipitamment et se dirigea vers elle :

– Espèce de salope ! Si t'as fait quelque chose à ma bagnole, je te bute !

Maria Johansson était assise à la place du passager.

L'un des agents posa la main sur l'épaule de Micke.

– On se calme !

Micke bondit sur le siège du conducteur de la De Soto pour vérifier que tout était en ordre. Rassuré, il redescendit et l'agent lui remit les clés. Micke la regarda avec dégoût.

– T'es complètement cinglée, ma parole !

Elle sentit les agents la prendre chacun par un bras et la conduire vers une voiture de police. La main sur sa tête, ils la firent asseoir sur le siège arrière. L'un des deux monta à côté d'elle et l'autre s'installa au volant. Ni l'un ni l'autre n'ouvrit la bouche.

– Sibylla Forsenström ? C'est bien comme ça que tu t'appelles ?

Pourquoi y avait-il une aussi drôle d'odeur, dans cette pièce ?

– Pourquoi as-tu volé cette voiture ?

Et si c'était une fuite de gaz ?

– Tu as ton permis de conduire ?

Et puis ces fissures, là-bas, dans le mur ?

– Tu es muette ?

L'homme assis en face d'elle poussa un soupir et tourna quelques feuilles de papier. Quatre hommes en noir sortirent du mur en la regardant.

– Tu ne figures pas dans nos fiches. C'est la première fois que tu fais ce genre de chose ?

Les hommes en noir approchèrent. L'un d'entre eux tenait une clé à tube incandescente à la main.

– Nous allons prendre contact avec les services sociaux, mais, d'abord, il faut qu'on appelle tes parents pour qu'ils viennent te chercher.

Ils allaient la mettre en morceaux. Prélever sur elle des pièces de rechange pour les utiliser sur des modèles plus satisfaisants. Celui à la clé à tube ouvrit la bouche mais elle ne parvint pas à entendre ce qu'il disait.

Elle regarda l'homme assis en face d'elle. Son visage avait disparu. Il avait un trou qui lui perçait la tête de part en part. Elle ne voyait plus rien.

Pourquoi était-elle allongée sur le sol ?

Le bruit d'une chaise qu'on poussait. Quelqu'un qui criait :

– Lasse ! Lasse, viens m'aider !

Les pas de quelqu'un qui accourait.

– Je sais pas ce qui lui a pris. Appelle une ambulance.

Elle fut réveillée par un coup de pied dans les côtes. Pas très violent, mais assez pour la tirer de sa torpeur.

Thomas était debout à côté d'elle, en slip, et il ne lui fallut qu'une seconde pour se rendre compte de deux choses.

Il était ivre et, dans l'une de ses mains, il tenait vingt-neuf mille couronnes.

Elle porta instinctivement la main à sa poitrine, à l'endroit où se trouvait la pochette. Mais tout ce qu'elle sentit fut sa propre peau. Elle était nue.

Il ricana et tendit l'autre main, qui tenait la pochette.

– C'est ça que tu cherches ?

Elle déglutit péniblement. Sa bouche était sèche comme de l'amadou. Cela faisait des années qu'elle n'avait pas bu d'alcool pur. D'après ses souvenirs, elle n'en avait pas pris beaucoup, mais elle vit que la bouteille posée sur la table était vide.

– Sale pute ! Tu m'envoies à la poste et tu chiales parce que t'as pas de fric !

Elle s'efforça de réfléchir. Son soutien-gorge était posé à côté d'elle et elle tendit la main, mais il fut plus prompt. Un rapide mouvement du pied et le sous-vêtement se retrouva hors de sa portée. Elle tenta de se couvrir avec son sac de couchage.

– Sois gentil, Thomas…

Ses yeux se réduisaient à de minces fentes.

– Comment t'as pu m'envoyer là-bas ? Tu comprends pas que j'aurais pu me faire pincer ? Alors que tu te balades avec une fortune autour du cou !

Il froissa les billets dans sa main.

– C'est mes économies, murmura-t-elle.

– Tiens donc.

– Oui, pour acheter une maison.

Tout d'abord, il se contenta de la regarder. Puis il se rejeta en arrière et éclata de rire. Il faillit perdre l'équilibre et dut se retenir à l'échelle pour ne pas tomber à la renverse. Cela ne fit bien entendu que renforcer sa colère. Avant qu'il ait le temps de dire quoi que ce soit, elle ouvrit le sac de couchage.

– Thomas, dit-elle aussi doucement qu'elle le put.

Faut pas qu'on se dispute pour ça. Je voulais te le montrer, cet argent.

Elle avait mal au cœur. Quant à lui, il se tenait toujours à l'échelle mais avait du mal à rester sur ses jambes.

– Je suis venue ici parce que j'avais envie de te revoir.

Il regarda ses seins. Elle eut l'impression que ses yeux étaient des mains et elle dut réprimer un frisson involontaire. Il lâcha la pochette, qui tomba sur le sol. Elle tenta de sourire. D'un geste négligent il balaya ses espoirs, éparpillant les billets qui tombèrent sur le sol, dans la sciure, en virevoltant

Puis il se jeta sur elle et elle pria le ciel que cela aille vite.

Seigneur, donne-moi du courage pour affronter ces journées dépourvues de contenu. Donne-moi la force de survivre à l'heure qui vient, au jour qui vient, au reste de ce vide éternel qui m'attend.

Quelque part, là-bas, dans l'Au-delà, il attend que je vienne le rejoindre. Car, là où se trouve mon trésor, là est aussi mon cœur.

En vérité, en vérité je vous le dis : celui qui entend mes paroles et croit en Celui qui m'a envoyé possédera la vie éternelle et ne sera pas jugé, puisqu'il est passé de la mort à la vie.

Car le moment est venu où tous ceux qui sont dans la tombe entendront Sa voix et répondront à Son appel : ceux qui ont fait le bien ressusciteront et ceux qui ont fait le mal seront jugés.

Je ne peux rien faire moi-même. Je juge en fonction de ce qu'Il me dit. Et mon jugement est juste, car je ne cherche pas à accomplir ma volonté, mais celle du Seigneur qui m'envoya.

Dieu ne l'entendit pas cette fois-là non plus. Mais Thomas finit par se lasser et s'endormir sur elle, comme une sorte d'énorme couverture qui l'étouffait. Avec des gestes très lents et beaucoup de précautions, elle parvint à l'écarter d'elle et à se lever.

Toujours nue, elle ramassa ses billets froissés sur le sol. Elle fit de son mieux pour les lisser contre sa cuisse et les fourra rapidement dans la pochette.

Thomas était allongé sur le côté, la bouche ouverte. Un mince trait de salive coulait de sa bouche, traversait sa barbe hirsute et se perdait dans le matelas. Elle fut reconnaissante de ne pas s'être couchée sur son tapis de sol, car elle aurait été obligée de l'abandonner. Le sac de couchage, lui, avait glissé sur le côté et elle n'eut qu'à soulever légèrement l'une des jambes de Thomas pour le tirer.

Elle s'habilla en hâte. Elle avait envie d'une douche, pour se laver de son regard.

Il fallait absolument qu'elle trouve un endroit où il y avait de l'eau courante, sans quoi elle ne tiendrait jamais le coup.

Elle eut bientôt fourré toutes ses affaires dans son sac à dos et elle le referma. La culotte et la serviette encore un peu mouillées, qu'elle avait oublié de sortir, sentaient mauvais. Il faudrait qu'elle les lave à nouveau.

Mais où ? Et où aller ?

Elle désirait partir de là le plus vite possible, mais la soif l'incita à s'attarder un peu, le temps de boire un peu d'eau au bidon en plastique. Pendant qu'elle y était, elle laissa l'eau couler et se lava rapidement les mains et le visage. Il se forma une sorte de pâte faite de sciure mouillée et de marc de café, sur le sol. À ce moment, Thomas remua celle de ses jambes à laquelle elle avait touché et elle se figea sur place, un instant, pour s'assurer qu'il dormait toujours.

Puis elle escalada l'échelle, ouvrit l'écoutille et sortit.

Elle se retrouva… où cela, au juste ? En liberté ? Non, c'était impossible, désormais.

Les salauds.

Il faisait maintenant nuit. Elle regarda machinalement sa montre, mais celle-ci était toujours arrêtée. Sur le quai de Söder Mälarstrand les deux files de circulation étaient désertes et il n'y avait que quelques lumières allumées sur les façades des maisons qui le surplombaient. Peu de gens étaient encore éveillés. Tant mieux. Moins ils seraient nombreux à la voir, mieux cela vaudrait.

Elle avança en faisant le moins de bruit possible et enjamba la lisse pour passer sur le navire de guerre. Quelques instants plus tard elle était sur le quai et se dirigeait vers le pont.

Ses jambes bougeaient d'elles-mêmes, car elle n'avait aucune idée de l'endroit vers lequel elle se dirigeait. Cela n'avait d'ailleurs rien d'extraordinaire, pour elle. C'était en quelque sorte son état normal. Un jour comme les autres, donc. Il lui arrivait parfois de se demander si les difficultés qu'elle avait à faire des projets avaient trait à la maladie dont elle avait souffert étant jeune. Peut-être le système régissant l'aptitude à prévoir avait-il été endommagé, en elle. Tout ce à quoi il servait, désormais, était à lui assurer de quoi manger et un endroit assez tranquille pour qu'elle puisse y dérouler son sac de couchage. Si l'on n'était pas trop exigeant, ce n'était guère difficile. Dans l'existence errante qui était la sienne, la sécurité résidait dans la liberté. N'avoir personne qui décidait pour elle. Pouvoir faire ce qu'elle voulait, quand elle en avait envie.

Mais maintenant, plus rien n'était pareil.

Elle ne savait même plus où elle *pouvait* aller.

Elle s'engagea dans Heleneborgsgatan et, une fois parvenue au bout de la rue, entra dans Skinnarviksparken. Le jour commençait à poindre. Un homme était en train de contempler la vue, tandis que son chien faisait sa crotte. En entendant ses pas sur l'allée de gravier, tous deux tournèrent la tête dans sa direction. L'homme se pencha et ramassa, ainsi qu'il se devait, la crotte de son chien dans un sac en plastique. Comme s'il avait peur qu'elle ne lui adresse une remontrance.

Elle continua son chemin. Au coin de Hornsgatan, un panier de pain frais avait été posé à la porte d'un restaurant. Un de plus ou de moins, ils ne verraient pas la différence.

Ce qu'il lui fallait, maintenant, c'était un endroit où rester cachée pendant quelques jours. Où elle pourrait être tranquille et où personne n'aurait l'idée de venir la chercher. Elle était lasse de cette inquiétude qui la suivait partout où elle allait. Elle avait besoin de repos. Si elle ne parvenait pas à dormir tout son soûl, elle savait d'expérience qu'elle aurait plus de mal à faire fonctionner son cerveau et, si son jugement était défaillant, elle serait une proie facile.

Elle fouilla dans sa mémoire pour se remémorer la liste des endroits où elle avait dormi. Mais elle n'en trouva aucun offrant la tranquillité dont elle avait besoin.

Les voitures étaient de plus en plus nombreuses, maintenant. Elle avait choisi de monter sur ce qu'on appelait « la bosse » de Hornsgatan, afin d'échapper à la circulation. À sa droite se trouvait l'église Sainte-Marie. Elle regarda la pendule pour savoir l'heure.

Au même instant, elle sut où elle allait pouvoir se cacher.

Jour et nuit. Les mêmes êtres sans visage lui parlant une langue qu'elle ne comprenait pas et ne semblant pas comprendre le danger qui la menaçait.

Des êtres sans visage qui entraient et sortaient de la pièce en tendant les mains vers elle et la forçant à avaler des comprimés empoisonnés. Des voix qui montaient du radiateur pour se moquer d'elle. Sous son lit était caché le Diable, qui attendait qu'elle pose le pied sur le sol. Sitôt qu'elle l'effleurerait, il la saisirait et la tirerait vers ce trou, en dessous d'elle, et la jetterait dans le cachot où l'attendaient les hommes en noir avec leurs outils incandescents.

Elle ne voulait pas dormir, n'osait pas le faire, mais les pilules empoisonnées l'y contraignaient. C'était pour cette raison qu'ils voulaient qu'elle dorme.

Un cauchemar interminable.

Elle refusait de se lever, mais ils lui enfonçaient quelque chose dans le ventre pour l'empoisonner encore un peu plus. Le poison était de couleur jaune et le sac le contenant était accroché à côté de son lit. Pour que le Diable puisse en remettre, quand il n'y en aurait plus.

Si elle arrachait ce tuyau, ils lui attachaient les mains.

L'homme en blanc entrait de temps en temps et lui demandait de lui parler. Il faisait semblant d'être gentil, pour qu'elle lui révèle ses secrets, qu'il irait aussitôt rapporter aux hommes de la cave.

La lumière et les ténèbres ne cessaient d'alterner. Le temps n'existait plus, il n'y avait plus que des mains qui la forçaient à avaler ces pilules blanches empoisonnées.

Mais, un jour, elle avait soudain compris ce qu'ils lui disaient. Ils lui parlaient doucement et semblaient vraiment vouloir son bien. La protéger. L'un d'entre eux avait poussé le lit sur lequel elle se trouvait, afin qu'elle voie qu'il n'y avait pas de trou en dessous. Elle avait accepté d'en sortir et de se rendre aux toilettes. Ils avaient alors retiré le tuyau de son ventre et enlevé le sac au liquide jaune.

Le lendemain, tous ceux qui venaient la voir avaient retrouvé leur visage. Ils lui souriaient. Ils bavardaient avec elle tout en lissant ses draps et redressant son oreiller. Mais ils continuaient à la forcer à avaler des pilules. Ils disaient qu'elle était malade et qu'elle était à l'hôpital. Qu'elle allait y rester encore un certain temps, jusqu'à ce qu'elle soit complètement guérie.

Et après cela ? Elle s'efforça de ne pas penser à ce qui se passerait ensuite.

D'autres jours et d'autres nuits. Les voix du radiateur se turent et la laissèrent en paix.

Maintenant, elle sortait parfois dans le couloir. À l'une des extrémités, se trouvait un poste de télévision. Aucun des autres malades ne lui parlait. Chacun était dans son petit monde. Souvent, elle se tenait debout près de la fenêtre de sa chambre, le front contre la grille très froide, et observait le monde extérieur. La vie continuait, là-bas. Sans elle.

Beatrice Forsenström vint lui rendre visite. Vêtue impeccablement mais avec des cernes sous les yeux. Elle était accompagnée de l'homme qui voulait toujours la faire parler. Ils s'assirent tous deux au bord de son grand lit. Beatrice avait posé son sac sur ses genoux.

L'homme qui voulait la faire parler souriait et avait l'air gentil.

– Alors, comment te sens-tu ?

Sibylla regarda sa mère.

– Mieux.

L'homme eut l'air satisfait.

– Est-ce que tu sais pourquoi tu es ici ?

Sibylla avala sa salive.

– Peut-être que j'ai fait des bêtises.

L'homme regarda sa mère qui mettait sa main devant sa bouche.

Elle n'aurait pas dû dire ça. Cela allait faire de la peine à sa mère et la décevoir.

– Non, Sibylla, dit-il. Tu as été malade. C'est pour ça que tu es ici.

Elle fixa du regard ses propres mains, posées sur ses genoux. Personne ne dit rien pendant un moment. L'homme finit par se lever et se tourner vers sa mère.

– Je vous laisse un moment. Je reviendrai un peu plus tard.

Elles étaient maintenant seules dans la pièce. Sibylla regardait toujours ses mains.

– Pardon.

Sa mère se leva.

– Arrête de dire cela.

Elle avait réussi à la mettre en colère, également.

– Tu as été malade et tu n'as pas besoin de demander pardon pour cela, Sibylla.

Elle se rassit. Pendant un bref instant, leurs regards se croisèrent et, cette fois, ce furent les yeux de sa mère qui se dérobèrent les premiers.

Mais Sibylla avait eu le temps de saisir clairement ce qui se passait derrière eux, à ce moment. Elle était purement et simplement en colère que sa fille ait réussi à la placer dans cette délicate situation. Et de ne rien pouvoir y faire.

Sibylla baissa à nouveau les yeux vers ses propres mains.

Puis on frappa à la porte et l'homme qui voulait qu'elle parle entra. Il tenait un dossier de couleur brune dans l'une de ses mains et alla se placer au pied de son lit.

– Sibylla. Il y a une chose dont nous voulons te parler, ta maman et moi.

Elle chercha le regard de sa mère, mais celui-ci était fixé sur le sol. Elle serrait si fort son sac à main qu'elle avait les phalanges blanches.

– Est-ce que tu as un petit ami ?

Sibylla le fixa des yeux. Il répéta sa question.

– Hein ? Est-ce que tu en as un ?

Elle secoua la tête. Il fit quelques pas et vint s'asseoir sur le bord de son lit.

– Tu comprends que la maladie dont tu es atteinte peut aussi avoir des causes d'ordre physique, n'est-ce pas ?

Ah bon.

– Nous avons pratiqué des tests sur toi.

Ça, elle le savait.

– Il apparaît que tu es enceinte.

Ce dernier mot se répercuta en écho dans sa tête. Mais tout ce qu'elle voyait, c'était la couverture à carreaux.

Toute à lui, tout à elle. Eux deux.

N'importe quoi pour une seconde de ce sentiment d'intimité.

N'importe quoi.

Elle regarda sa mère. Elle savait déjà.

L'homme qui voulait qu'elle parle posa la main sur celle de Sibylla. Ce contact fit passer un frisson dans son corps.

– Sais-tu qui est le père de l'enfant ?

Unis pour la vie, tous les deux. Pour toujours.

Sibylla secoua la tête. Sa mère regarda en direction de la porte. Elle n'avait qu'un seul désir : partir.

– Tu en es déjà à plus de six mois, alors il n'y a pas d'autre solution que de mener cette grossesse à son terme.

Sibylla posa la main sur son ventre. L'homme qui voulait qu'elle parle lui sourit, mais il n'avait pas l'air d'être très content.

– Comment te sens-tu ?

Elle le regarda. Comment se sentait-elle ?

– Ta maman et moi avons beaucoup parlé de cela.

Elle regarda sa mère, dont les lèvres étaient exsangues.

– Nous pensons que le mieux, pour toi, serait de décider maintenant ce que nous allons faire.

Quelqu'un se mit à crier, dans la chambre d'à côté.

– Comme tu n'es pas encore majeure et que ce sont tes parents qui te connaissent le mieux, je crois que c'est eux qui sont le mieux placés. Et, comme je suis ton médecin, je pense qu'ils ont pris la bonne décision.

Elle le regarda sans comprendre. Quelle décision ? Ils ne pouvaient quand même pas imposer leur volonté à son corps.

– Nous pensons que le mieux est que l'enfant soit donné en adoption.

Elle ne s'offrait que rarement le luxe de faire quelques achats dans ce supermarché ouvert de sept heures du matin à onze heures du soir. Les prix y étaient bien au-dessus de la moyenne. Mais elle ne pouvait plus observer les règles qu'elle s'était jadis imposées. Il lui fallait acheter de quoi rester cachée pendant quelques jours et cela dès que possible, afin de pouvoir être prête sitôt qu'ouvriraient les portes de l'école Sainte-Sophie. Avant que les couloirs ne grouillent d'élèves et de professeurs toujours prêts à poser des questions.

Dès sept heures, elle avait acheté une boîte de haricots, des bananes, du yaourt et du pain suédois, et elle attendait maintenant que le concierge de l'école ou quelqu'un d'autre lui ouvre les portes du paradis.

Car là, elle serait en paix.

À sept heures vingt, elle vit, de là où elle s'était postée, que le préposé à l'ouverture des portes accomplissait son devoir et, sitôt qu'il eut disparu, elle traversa la rue et entra. Elle escalada les escaliers et enfila le couloir. Elle ne croisa personne mais, comme dans tous les vieux bâtiments de pierre, les différents bruits de l'école se répercutaient contre les murs.

La porte du grenier était bien là où elle se souvenait. Avec l'inscription : Accès interdit à toute personne étrangère au service. En dessous, une personne scrupuleuse avait mis en garde, à la main, contre le plancher défectueux, qui risquait de s'effondrer.

L'endroit idéal, non ?

La porte était fermée au moyen d'un banal cadenas et elle aurait eu bien besoin de son couteau suisse. Mais, en ce moment, il devait se trouver dans un commissariat quelconque à titre de pièce à conviction. Elle poussa un soupir. L'anneau était fixé au mur au moyen de quatre vis et elle se pencha sur son sac à dos pour tenter d'y trouver un outil approprié. Elle arrêta son choix sur sa lime à ongles et il se révéla bon. Elle avait à peine commencé à tourner la vis supérieure que celle-ci céda. Elle tâta les autres : elles ne tenaient pas plus. Un soupçon de méfiance l'effleura. Ce grenier, qui d'autre qu'elle connaissait son existence et l'abri qu'il offrait ? Mais elle n'avait pas le temps de se livrer à de telles supputations. Le bruit des voix commençait à enfler, en dessous d'elle. Elle mit la lime à ongles dans sa poche et ouvrit la porte. Derrière, il y avait quelques marches et, sur le côté, une rampe. Elle entra et referma derrière elle.

Ce n'était plus comme la dernière fois qu'elle était venue. Il devait y avoir six ou sept ans de cela et des travaux avaient été effectués. Elle s'en était rendu compte dès l'escalier. La dernière fois, ce grenier était plein de vieilleries et de bric-à-brac, mais on avait sans doute dû le débarrasser à cause de l'état du plancher. Il ne restait plus que des manuels scolaires oubliés dans un coin. Elle se souvenait aussi que, la fois précédente, c'était l'été et que la chaleur était étouffante, sous les toits. Peut-être était-ce pour cela que l'endroit était tombé dans l'oubli ?

Cette fois, elle ne serait pas dérangée par la chaleur, ce serait plutôt le contraire.

Mais l'horloge était toujours à sa place.

Cette horloge était énorme, vue de l'intérieur. Deux lampes éclairaient son cadran. Elles avaient été installées depuis sa dernière visite. L'horloge ne marchait pas, à cette époque. Mais elle avait déjà pu voir l'aiguille des minutes avancer. Cela lui inspira quelques secondes d'inquiétude, à nouveau. À quel intervalle fallait-il régler ce genre de grosse horloge ?

Elle écarta cette pensée. Si elle déballait ses affaires le long du mur opposé, elle aurait le temps d'aller se cacher si, contre toute attente, quelqu'un arrivait de façon inopinée.

Elle déroula son tapis de sol et son sac de couchage. Puis elle accrocha sa culotte et sa serviette encore humides à un fil électrique. Au cours de la nuit, quand l'école serait déserte, elle se mettrait en quête du vestiaire du personnel et prendrait une douche. Elle en profiterait pour faire à nouveau un peu de lessive, car, si elle laissait ce linge s'imprégner d'une odeur de moisi, elle ne pourrait plus l'utiliser.

Elle se sentait toujours aussi sale. Les mains de Thomas lui faisaient encore l'effet d'une membrane gluante sur sa peau, bien qu'elles fussent loin, désormais. Elle se demanda s'il était réveillé et s'il s'était aperçu qu'elle n'était plus là. Et ce qu'il ferait quand il s'en aviserait.

Elle était où elle voulait être.

Dissimulée dans un grenier.

Offensée, calomniée et anéantie.

Au cours de ces années, elle avait eu bien des excuses pour abandonner la lutte. Mais quelque chose l'avait toujours amenée à continuer. Peut-être disposait-elle d'une raison suffisante, désormais ? Peut-être même cela lui paraîtrait-il bon ? La preuve définitive qu'elle était vraiment une erreur de la vie.

Elle entendit le brouhaha des élèves, en bas. Cela lui rappela des mauvais souvenirs : les sarcasmes et moqueries qu'elle avait dû endurer.

Mais peut-être était-ce eux qui avaient raison, en définitive ?

Peut-être sa faiblesse était-elle perceptible dès sa jeunesse ? Après, ils n'avaient plus eu qu'à suivre leur instinct. Tout le monde avait compris dès le début qu'elle n'était pas faite pour participer aux jeux et aux activités des autres. Tout le monde sauf elle, et il avait fallu le lui apprendre. La lutte qu'elle s'était obstinée à mener pour quelque chose de mieux n'était peut-être qu'une façon de se procurer clandestinement un répit qui ne lui était pas destiné, en fait. Heino, elle et les autres étaient peut-être faits pour constituer la lie de la société. Pour que le citoyen moyen puisse se sentir satisfait de son existence, par comparaison. Évaluer son degré de réussite à l'aune de leur échec.

Cela pouvait toujours être pire.

Peut-être étaient-ils là afin d'équilibrer le corps social ? De séparer le bon grain de l'ivraie dès le début. Pour qu'ils s'habituent à ne pas trop en demander, par la suite.

Elle s'allongea sur son tapis de sol. Une cloche sonna et le silence se fit dans le bâtiment.

Ce serait trop facile de se contenter d'abandonner. D'accepter de faire partie de l'ivraie et de se laisser aller. Elle n'avait pas l'intention de se livrer à la police, jamais de la vie, mais il y avait d'autres façons de renoncer.

Et si elle n'avait pas la force d'aller jusqu'au pont de l'Ouest, pour se jeter de là-haut, il y avait d'autres façons de régler le problème, dans ce grenier.

Deux semaines plus tard, elle avait pu rentrer chez elle. Le silence était oppressant, dans la grande maison. Gun-Britt avait été renvoyée et Sibylla soupçonnait que c'était parce que sa mère ne supportait pas la honte que suscitait le ventre de plus en plus proéminent de sa fille. Les yeux qui n'étaient pas absolument nécessaires ne devaient pas le voir.

Les sorties lui étaient rigoureusement interdites. Elle avait seulement le droit d'aller dans le jardin après la tombée de la nuit – en restant du bon côté de la clôture, bien entendu.

Son père ne sortait guère de son bureau. Elle entendait parfois le bruit de ses pas sur le dallage, en bas de l'escalier.

Quant aux repas, elle les prenait dans sa chambre. C'était elle-même qui en avait décidé ainsi, après avoir dû, juste après son retour à la maison, subir le mutisme – très parlant à sa façon – d'un repas en compagnie de ses parents. Pouvait-elle vraiment leur en vouloir, d'ailleurs ? Elle avait été le contraire de ce qu'ils attendaient d'elle. Non pas cet être exemplaire qu'ils pourraient exhiber fièrement et qui aurait été la preuve définitive de la supériorité de la famille Forsenström, mais une honte, un échec complet qu'il fallait dissimuler aux yeux des habitants de Hultaryd, qui n'auraient été que trop contents de pouvoir en faire des gorges chaudes.

Non, elle préférait manger seule dans sa chambre.

Elle ne pensait plus tellement à Micke. C'était un rêve qu'elle avait fait et rien d'autre. Quelqu'un qu'elle avait rencontré à une autre époque. Il n'existait plus.

Rien de ce qui existait jadis n'existait plus, d'ailleurs.

À partir de maintenant, tout était différent.

Elle avait été atteinte de démence.

Elle était une autre. Quelqu'un qui avait été malade de la tête. Rien ne serait plus comme avant. Elle avait vécu des choses qu'elle ne pourrait plus partager avec personne. Nul ne comprendrait. Nul ne voudrait comprendre.

Mais, quelque part au fond d'elle-même, elle avait le sentiment d'une injustice. Il grandissait de jour en jour et avait fini par s'emparer totalement d'elle.

Elle ne voulait plus vivre là.

Si elle le pouvait, elle les quitterait volontiers.

Ils faisaient porter toute la faute sur elle et elle n'avait pas de plus cher désir que d'échapper à leurs regards déçus. Au lieu de cela, elle était prisonnière, avec son ventre qui grossissait, et elle n'en finissait pas d'attendre.

D'attendre quoi ?

Qu'est-ce qu'elle attendait, au juste ?

Elle était tel un outil dépourvu de volonté, en train de réaliser le vœu de deux futurs parents inconnus.

Avec son corps.

D'un seul coup, on se souciait beaucoup de sa santé. Sa mère elle-même faisait de son mieux. Ce ventre proéminent était un abri derrière lequel se cacher. Mais que se passerait-il lorsqu'elle n'en disposerait plus ?

Qu'adviendrait-il d'elle ?

Donner en adoption.

L'expression était parfaitement hypocrite. On ne donnait pas, on se débarrassait. Quant à l'adoption, c'était un mot aussi vide de sens que pourcentage ou démocratie.

Ce mot était dépourvu de valeur, de contenu.

Elle allait donner à d'autres ce qui était venu s'installer dans son corps et faisait grossir son ventre. Quand elle était assise, ou couchée sur son lit, elle sentait l'enfant bouger en elle. Il donnait des coups de pied contre sa peau tendue, comme s'il voulait rappeler son existence.

On frappa à la porte.

Sibylla tourna la tête et vit sur le réveil qu'il était l'heure du repas.

– Entre.

Sa mère entra avec un plateau qu'elle posa sur le bureau. Sibylla comprit aussitôt qu'elle avait quelque chose sur le cœur. En général, la dépose du plateau se passait très vite, mais, cette fois, sa mère s'attardait dans la chambre et se donnait même le mal de remettre la nappe en place.

Sibylla était en train de lire sur son lit. Elle se mit sur son séant et observa le dos de sa mère.

– Tu as laissé les légumes, hier. Mais il est important que tu les manges.

– Pourquoi ça ?

Sa mère se figea. Il lui fallut quelques secondes pour répondre.

– C'est important pour…

Elle se racla la gorge.

– … pour l'enfant.

Ah bon. Pour l'enfant. Elle avait vraiment eu du mal à prononcer ce mot. Cela se voyait même de dos.

Sibylla sentit soudain la colère monter en elle.

– Et pourquoi est-il si important qu'il se porte bien ?

Sa mère se retourna lentement.

– Ce n'est pas moi qui suis allée me faire faire un enfant. Alors, assume tes responsabilités.

Sibylla ne répondit pas. Elle aurait eu trop à dire.

Sa mère tenta de reprendre le contrôle d'elle-même. De toute évidence, elle n'était pas venue pour parler des légumes, c'était seulement un biais assez mal choisi. Sibylla la vit prendre son courage à deux mains pour dire ce qu'elle avait vraiment sur le cœur.

– Je veux que tu me dises qui est le père de l'enfant.

Sibylla ne répondit pas.

– Le type à la voiture ? Ce Mikael Persson ? C'est lui ?

– C'est possible. Pourquoi ? Quelle importance ?

Elle ne pouvait pas s'en empêcher. Sa mère fit son possible pour rester maîtresse d'elle-même, mais Sibylla n'avait pas l'intention de lui venir en aide. Plus maintenant.

– Je veux que tu saches qu'il n'est plus à Hultaryd. C'est ton père qui était propriétaire du local et il a décidé de le faire démolir. Ce Mikael a quitté la ville.

Sibylla ne put s'empêcher de sourire. Non parce qu'on allait détruire le bâtiment de l'Association des jeunes amateurs d'automobiles, mais parce que, pour la première fois, elle osait se dire que sa mère était cinglée. Elle se croyait vraiment toute-puissante.

– Je voulais simplement que tu le saches.

De toute évidence elle avait maintenant dit ce qu'elle avait sur le cœur et s'apprêtait à quitter la pièce. Mais, alors qu'elle n'était encore qu'à mi-chemin de la porte, sa fille lui demanda.

– Pourquoi as-tu voulu avoir un enfant ?

Beatrice Forsenström se prit le pied gauche dans le tapis. Elle se retourna. Soudain Sibylla vit quelque chose de nouveau dans les yeux de sa mère. Quelque chose qui n'y était pas auparavant. Qui ne s'y était jamais trouvé.

Elle avait peur.

Peur de sa propre fille.

– Parce que grand-mère voulait que vous en ayez un ?

Sa mère resta sans rien dire.

– Tu es contente d'être mère ? D'avoir une fille ?

Elles se regardèrent. Sibylla sentit l'enfant bouger dans son ventre.

– Qu'est-ce qu'elle en pense, grand-mère, que je sois folle ? Mais tu ne lui as peut-être rien dit ?

Soudain la lèvre inférieure de sa mère se mit à trembler.

– Pourquoi est-ce que tu me fais ça ?

Sibylla ironisa durement.

– Pourquoi est-ce que JE te fais ça ? Mais c'est toi qu'es cinglée, merde !

La dureté de l'expression parut redonner son équilibre à Beatrice Forsenström.

– Surveille ton langage !

– Parle pour toi. Moi, je dis ce que je veux. MERDE. MERDE. MERDE.

Sa mère gagna la porte à reculons. Sans doute allait-elle courir appeler l'hôpital. Elle avait une folle à la maison.

– Alors, qu'est-ce que t'attends pour aller téléphoner ? Comme ça tu seras débarrassée de moi une fois pour toutes.

Elle avait réussi à ouvrir la porte.

– Pendant ce temps, je vais manger mes légumes, pour ne pas que l'enfant en souffre, n'est-ce pas ?

Beatrice lui lança un dernier regard d'effroi et disparut. Sibylla l'entendit descendre l'escalier à vive allure et elle se précipita dans le couloir sur ses talons. Elle la vit traverser le hall en direction du bureau de monsieur Forsenström.

– T'as oublié de répondre à ma question ! lui cria-t-elle.

Elle n'obtint pas de réponse.

Sibylla rentra dans sa chambre et se dirigea vers le plateau. Carottes cuites et petits pois. Elle prit l'assiette à deux mains et la jeta dans la corbeille à papier. Puis elle sortit une valise et commença à la remplir.

Elle se réveilla en entendant ouvrir la porte. Avant qu'elle ait eu le temps de bouger, il avait monté les quelques marches et était resté quelques instants immobile, puis s'était remis à avancer.

Il ne l'avait pas vue.

Elle le regarda sans bouger un cil.

Blond, menu, avec des lunettes cerclées de métal.

Il monta sur la petite plate-forme située devant l'horloge et alla coller le visage contre le cadran. Il écarta les bras, ce qui, à contre-jour, lui donna l'air d'un Christ en croix pourvu d'antennes.

Il était midi moins deux.

Elle examina la situation.

Elle aurait le temps de gagner la porte avant lui, mais alors il lui faudrait abandonner ses affaires.

Il était en équilibre assez instable, sur cette petite plate-forme. S'il basculait vers l'avant, il risquait de passer à travers le cadran de l'horloge.

Les secondes passèrent. La plus grande des antennes de Jésus fit un bond.

Elle osait à peine respirer, de crainte de bouger.

Pour finir, il baissa les bras et les laissa retomber le long de son corps. L'instant suivant il se retourna et l'aperçut.

Elle vit qu'il prenait peur. Mais il n'avait pas seulement peur : il était également gêné que quelqu'un l'ait observé.

Ils ne dirent rien, ni l'un ni l'autre, mais ne se lâchèrent pas du regard. Elle ne parvenait pas vraiment à distinguer ses traits, car le contre-jour les rendait indistincts.

Comment diable allait-elle se tirer de cette situation ? Il n'avait pas l'air très costaud et il ne fallait sous aucun prétexte qu'il puisse quitter le grenier sans qu'elle lui ait parlé. Elle se mit lentement sur son séant. Debout, elle pourrait peut-être avoir l'air menaçante.

– Qu'est-ce que tu fais ? demanda-t-elle prudemment.

Il ne répondit pas immédiatement, mais elle vit qu'il baissait légèrement sa garde.

– Rien de particulier.
– Hm. Pourtant, ça avait l'air dangereux, vu d'ici.
Il haussa les épaules.
– Et toi, alors ? Qu'est-ce que tu fais ici ?
C'est vrai. Qu'est-ce que je fais ici ?
– Je me reposais un peu, c'est tout.
Ce n'était pas un mensonge, au moins.
– T'es SDF ou quoi ?
Elle eut un petit sourire. Il ne s'embarrassait pas. En général, les gens disaient les choses moins carrément.
– Je ne couche pas dehors, n'est-ce pas ?
– Non, mais je veux dire : t'as pas de maison, d'endroit où habiter ?
Pourquoi le nier ? Il n'y avait guère d'autre explication plausible à sa présence en cet endroit.
– Peut-être bien, en effet.
Il descendit de la plate-forme.
– Cool. Moi aussi, je serai SDF, quand j'aurai fini d'aller à l'école.
– Pourquoi ça ? demanda-t-elle en le regardant.
– C'est super. Personne se mêle de vos affaires ou vous dit quoi faire.
Ah oui, c'était également une façon de voir les choses.
– Mais tu peux aussi trouver d'autres buts qui vaillent la peine, dans la vie.
– Tu crois ! ricana-t-il.
Elle ne savait toujours pas s'il se moquait d'elle ou non.
– T'es camée, aussi ?
– Non.
– Ah, je croyais que tous les SDF l'étaient. Que c'était parce qu'ils étaient drogués qu'ils étaient SDF. C'est ce que dit ma mère, en tout cas.
– Les mères ne savent pas tout.
– Non, je sais.

Il pouffa légèrement en disant cela et elle put ainsi constater qu'il n'avait plus peur. Il approcha d'elle et elle se leva.

– C'est tout ce que tu possèdes, ça ?

– Oui, on peut le dire.

Il parcourut des yeux le tapis de sol et le sac à dos. Elle suivit son regard. Il avait l'air assez impressionné.

– Supercool !

C'était pour elle une expérience assez étrange que d'être, pour une fois, considérée comme un modèle de vie, mais elle estima qu'ils avaient assez parlé d'elle.

– Et toi, qu'est-ce que tu fais ici ? Tu ne sais pas que le plancher peut s'effondrer ?

– Ouais ! C'est vachement dangereux !

Pour bien montrer à quel point il se souciait peu du danger, il se mit à sauter à pieds joints. Elle posa la main sur son bras.

– Arrête. Ce serait pas drôle si tu passais à travers.

– Bah !

Il dégagea son bras mais cessa de sauter. Elle le regarda en silence pendant un moment. Sa soudaine apparition dans sa cachette constituait une menace. Toute la question était de savoir si c'était vraiment dangereux. Il fallait qu'elle parvienne à le savoir avant qu'il parte. Elle ramassa un vieux stencil bleuté sur le sol pour avoir l'air plus décontractée.

– Vous venez souvent ici ?

Il attendit un peu trop longtemps avant de répondre.

– Parfois.

Il mentait, mais elle n'arrivait pas à déterminer pour quelle raison.

– T'es en quelle classe ?

– En troisième.

– Et les autres, où est-ce qu'ils sont ? Ils vont monter, aussi ?

Il secoua la tête. Elle comprit alors qu'il était seul à venir là.

– Alors, c'est toi qui as défait les vis du cadenas ?

Il prit sa respiration tout en répondant.

– Ouais.

Elle comprit qu'il était une ivraie comme elle, déjà exclu par la grande masse homogène.

– Tu te plais ici ? Ça marche, à l'école ?

Il la regarda comme si elle était folle.

– Vachement, tiens !

Le langage de l'ironie. Elle l'avait déjà rencontré. C'était celui de tous les jeunes de l'époque, apparemment. En tout cas de ceux, très rares, avec lesquels elle avait eu l'occasion de parler.

Il donna un coup de pied dans un livre qui se trouvait à ses pieds. Celui-ci vint buter contre son tapis de sol et s'arrêta. Elle vit que c'était un manuel de mathématiques.

– Tu touches des allocs ? demanda-t-il.

Elle secoua la tête. Il s'était déjà informé de ses futurs droits de SDF.

– Qu'est-ce que tu croûtes, alors ? Me dis pas que tu vas fouiller dans les poubelles.

Il prit un air dégoûté, pour dire cela.

– Ça m'est arrivé.

– Bon sang, c'est dégueulasse.

– C'est ce qui t'arrivera à toi aussi, si c'est l'avenir que tu choisis.

– On peut avoir des allocs. Pour la bouffe et tout ça.

Elle n'eut pas la force de répondre. Elle aurait pu lui dire que, dans ce cas, il y aurait toujours des gens pour lui dire ce qu'il fallait qu'il fasse et ne fasse pas.

La cloche se mit à sonner, mais il ne bougea pas.

– Mais je sais pas vraiment. Je vais peut-être essayer de trouver un boulot à la télé.

– Tu ne retournes pas en classe ?

Il haussa les épaules.

– Si, j'y vais, mais y a pas le feu.

Il poussa un soupir et fit quelques pas vers la porte. Elle ne savait toujours pas avec certitude s'il allait la dénoncer ou non. Cela commençait à devenir urgent et elle se rendit compte que le meilleur moyen d'en avoir le cœur net était de le lui demander.

– Tu vas rien dire, hein ?

– À propos de quoi ?

– De moi. Que je dors ici.

Apparemment, cela ne lui était même pas venu à l'idée.

– Pourquoi que je le ferais ?

– Je sais pas, moi.

Il descendit les quelques marches menant à la porte.

– Comment tu t'appelles ?

Il se tourna vers elle.

– Tabben. Et toi ?

– Sibylla, mais on m'appelle Sylla. Et toi, ton petit nom, tu l'as choisi toi-même ?

– Je me souviens plus, répondit-il, haussant les épaules.

Il avait posé la main sur la poignée de la porte.

– Mais ton vrai nom, c'est quoi ?

– C'est p't-être Jeopardy ou quelque chose comme ça, répondit-il avec un geste de la main.

Elle n'avait pas la moindre idée de ce qu'il voulait dire.

– Je me demandais seulement.

Il poussa un soupir, lâcha la poignée de la porte, se retourna et la regarda.

– Patrik. C'est Patrik que je m'appelle.

Elle lui sourit et, après une seconde d'hésitation, il lui rendit son sourire. Puis il se retourna à nouveau et posa la main sur la poignée.

– Bye.

– Salut, Patrik. À bientôt, peut-être ?

Mais il avait déjà disparu.

Bien entendu, on l'avait renvoyée à l'hôpital. Quelques heures après l'incident des légumes, une voiture était venue se ranger devant la maison. Une minute plus tard, la sonnette retentissait.

Lorsque Beatrice Forsenström alla ouvrir, Sibylla était déjà assise sur la plus haute marche de l'escalier, sa valise faite.

Personne ne prêta attention à elle.

– Merci d'être venus si vite.

Sa mère leur ouvrit la porte et les laissa entrer. Le plus jeune d'entre eux regarda autour de lui, de toute évidence impressionné par la splendeur du hall. Comme s'il se demandait comment on pouvait tomber fou dans une maison pareille.

Sa mère dispersa rapidement tous ses doutes.

– Je n'arrive plus à rien, avec elle. Elle est absolument impossible.

L'autre infirmier hocha gravement la tête.

– Pouvez-vous dire si elle est à nouveau en état de crise ?

– Je ne sais pas. Elle ne cesse de proférer des accusations contre nous. Je sais qu'il ne faut pas la contrarier, mais…

Sa mère se mit la main devant les yeux. Sibylla entendit la porte du bureau s'ouvrir et, avant qu'il n'apparaisse sous la balustrade, elle reconnut le bruit des chaussons de son père sur le dallage. Il s'avança, la main tendue.

– Henry Forsenström.

– Hakan Holmgren. Nous sommes venus chercher Sibylla.

Il opina du chef

– Oui, dit-il avec un soupir. Je crois que c'est ce qu'il y a de mieux à faire.

Sibylla se leva et commença à descendre l'escalier.

– Me voilà, je suis prête.

Tous les regards se braquèrent vers elle. Sa mère fit un pas vers son mari et il passa un bras protecteur autour de ses épaules. Peut-être avaient-ils peur que leur fille ne soit prise d'une crise d'une sorte ou d'une autre. Lorsqu'elle fut en bas de l'escalier, le petit groupe se dispersa pour la laisser passer. Une fois sur le perron, elle se retourna. Les deux hommes n'avaient pas bougé d'un pouce.

– Alors, qu'est-ce que vous attendez ?

Celui qui répondait au nom de Hakan Holmgren fit un pas dans sa direction.

– Eh bien, on y va. Tu as tout ce dont tu as besoin ?

Sibylla ne répondit pas. Elle leur tourna le dos et se dirigea vers la voiture qui était parquée devant le perron. Sans dire un mot, elle ouvrit la portière et s'assit sur le siège arrière.

Les autres ne vinrent la rejoindre qu'au bout d'un moment. Sans doute avaient-ils besoin d'un petit briefing, avant de partir.

Elle s'abstint de les regarder à nouveau.

Ils pouvaient dire tout ce qu'ils voulaient sur elle, là-bas, elle s'en fichait complètement.

Au bout de quelques jours, on lui donna une chambre particulière. Dès son arrivée dans le service, l'une des autres malades s'était avisée qu'elle était la Vierge Marie et qu'elle portait dans son ventre le nouvel Enfant Jésus. Elle pouvait penser ce qu'elle voulait, mais le personnel avait fini par se lasser d'entendre cette vieille femme parler sans cesse de la rémission des péchés et la meilleure solution avait alors été de donner une chambre à part à Sibylla. Celle-ci remercia intérieurement la vieille femme et referma la porte derrière elle avec gratitude.

Avant tout, elle désirait qu'on la laisse en paix.

Son ventre grossissait.

Parfois, une sage-femme venait y appliquer un cornet, afin de s'assurer que tout allait bien à l'intérieur. Ce devait être le cas, car elle ne revint pas très souvent. On lui donna à lire un livre sur la grossesse et les accouchements. Mais elle le fourra dans le tiroir de sa table de chevet à roulettes.

On la laissait maintenant se déplacer librement à l'intérieur de l'hôpital, car cela lui faisait du bien de bouger un peu. Chaque jour, elle passait une ou deux heures dehors. Le tour de la clôture, à lui seul, représentait une belle promenade. Les bâtiments de pierre blanche étaient en fait jolis à voir de l'extérieur, du moins de loin, et en fermant un peu les yeux elle pouvait croire qu'elle se trouvait dans le parc d'un château.

L'homme qui voulait qu'elle parle ne revenait pas très souvent. Sans doute avait-il des malades ayant plus besoin de lui. D'ailleurs, elle n'était plus folle, seulement enceinte. Il n'y pouvait rien si c'était à peu près la même situation que dans le foyer d'où elle venait.

On attendait d'elle qu'elle se conduise bien, un point c'est tout.

Elle était à deux semaines de son terme lorsque survinrent les premières douleurs. Si brutalement qu'elle eut l'impression de recevoir un coup de massue. Puis cela disparut. Elle était seule dans la chambre et elle eut si peur qu'elle alla se coucher. Qu'est-ce qui lui arrivait ? La douleur revint. Lourde et implacable. Quelque chose se brisait en elle.

Puis elle vit un liquide qui coulait entre ses jambes. Elle se dit qu'elle allait mourir, que c'était sa punition. Quelque chose s'était brisé en elle et elle perdait son sang.

La douleur s'atténua une nouvelle fois et elle regarda ses jambes. Mais elle ne vit pas de sang. Peut-être avait-elle uriné, en fait, sans s'en rendre compte ?

Lorsque la douleur revint, elle se mit à crier très fort. Une minute plus tard la porte s'ouvrit et une infirmière entra en coup de vent. Elle tâta le drap humide et Sibylla fut prise de honte.

– Soyez gentille, aidez-moi. Je suis en train de me vider.

Mais l'infirmière se contenta de sourire.

– Ce n'est rien, Sibylla. Tu vas avoir ton bébé, c'est tout. Je vais aller demander l'ambulance.

Elle sortit aussi vite qu'elle était entrée. L'ambulance ? Où allait-on la transporter ?

– Bonne chance, Sibylla.

C'est sur ces mots qu'ils enfournèrent dans la voiture la civière sur laquelle elle était étendue.

Et maintenant elle était seule dans une chambre d'un autre hôpital.

– Faut-il prévenir le mari ?

Elle secoua la tête. Il s'ensuivit un silence gêné.

– Ou quelqu'un d'autre ?

Elle n'avait pas répondu, se contentant de fermer les yeux pour empêcher, en vain, la vague de douleur suivante de l'atteindre. Rien de ce qu'elle faisait ne pouvait mettre un terme à la souffrance insupportable qui s'était emparée d'elle. Elle n'était plus qu'un corps. Un corps totalement soumis à cette force qui essayait d'ouvrir en elle un trou suffisamment grand pour laisser sortir ce qu'il y avait dans son ventre. Elle n'avait pas la parole. Elle était privée de toute volonté et livrée en pâture à cette force démente et obstinée qui ne la laisserait pas en paix tant qu'elle n'aurait pas obtenu ce qu'elle voulait.

Elle allait donner la vie.

Sur le mur, en face d'elle, se trouvait une pendule murale de couleur blanche. La seule preuve que le monde suivait son cours, quelque part, était le fait que l'aiguille des minutes faisait un bond vers l'avant, à intervalles réguliers.

Des intervalles très longs.

Les heures passaient.

Personne ne venait s'occuper d'elle. Elle entendit une autre femme crier, dans la chambre d'à côté.

Sa mère avait-elle connu cela, quand elle lui avait donné naissance ? Était-ce pour cela qu'elle ne l'avait jamais acceptée ? Comment pouvait-on demander qu'on vous aime, si vous causiez une telle douleur aux autres ?

Lorsque l'aiguille des minutes eut fait quatre fois le tour du cadran, sans se presser, et qu'elle eut presque perdu connaissance, ils vinrent à nouveau fourrer leurs doigts en elle. Le moment était venu. Elle s'était ouverte de quatre centimètres. Mais ils avaient dû se tromper dans leurs calculs. Son corps était en morceaux, rien n'était plus en place.

On la fit asseoir sur un siège de travail, jambes écartées, le bas-ventre exposé à la vue de tous. Et on lui dit de pousser.

Elle essaya de faire ce qu'on lui disait, mais elle avait le sentiment que, si elle obéissait, elle allait se fendre en deux. Depuis le menton jusqu'à la nuque. Elle gémit et supplia qu'on lui épargne cette douleur, mais les autres étaient au service de cette force, eux aussi. Ils ne feraient rien pour lui venir en aide.

Soudain, elle les entendit dire qu'ils voyaient la tête. Il fallait qu'elle se retienne.

Une tête. Ils voyaient une tête. Une tête était en train de sortir d'elle.

Plus qu'une fois, Sibylla, et ce sera fini. Soudain, les cris d'un enfant percèrent le silence de la salle et la douleur perdit peu à peu de son intensité, l'abandonnant aussi vite qu'elle était venue.

Elle tourna la tête et aperçut une petite tête aux cheveux bruns qui disparaissait par la porte, dans les bras d'une infirmière.

L'aiguille des minutes fit encore un petit saut. De façon aussi régulière que si tout avait été normal.

Un être humain venait de sortir d'elle.

Un petit être humain, avec une petite tête affublée de poils bruns.

Il s'était mis à grandir en elle sans qu'elle lui en donne la permission et ne s'en était pas plus soucié quand il avait décidé de la déchirer afin de sortir.

La tête lourdement appuyée sur le dossier du siège de travail, les jambes toujours écartées, elle observa l'aiguille des minutes faire un pas de plus, dans sa marche à travers le temps.

Et elle se demanda pourquoi personne ne lui avait demandé la permission.

Les jours et les nuits passèrent, dans ce grenier glacial. Les grandes aiguilles firent un grand nombre de fois le tour du cadran blanc.

Elle avait trouvé une salle de douches pour laquelle il

n'y avait pas besoin de clé et, chaque nuit, elle s'y glissait. Elle restait longtemps sous le jet d'eau chaude qui la dégelait lentement. Mais l'eau ne parvenait pas à lui rendre son courage.

Elle avait d'abord décidé de tout remballer et de quitter cet endroit, dès que son visiteur inattendu aurait disparu.

Mais pour aller où ?

Elle n'en avait pas la moindre idée et cela l'avait incitée à rester.

Elle n'avait plus envie.

Advienne que pourra.

Elle prit cependant, à titre de précaution, la décision de mettre ses affaires derrière le pan de mur. Elle aurait plus loin à aller pour gagner la porte, mais elle risquait moins d'être prise au dépourvu.

Le troisième jour, il revint. Elle entendit la porte s'ouvrir et se fermer. Elle resta immobile et prêta l'oreille.

– Sylla ?

C'était lui. Elle se détendit légèrement. Mais elle ne pouvait pas voir la porte, de là où elle était, et ne savait donc pas s'il était seul.

– Sylla. C'est Tabben… Enfin : Patrik. T'es là ?

Elle passa la tête. Il l'aperçut et son visage s'éclaira. Il était seul.

– Merde alors. J'ai eu peur que tu sois partie.

Elle soupira et se leva.

– J'en ai eu l'intention, mais je n'ai pas tellement d'endroits où aller.

C'est alors qu'elle vit qu'il avait un tapis de sol en mousse sous le bras et un sac bien rempli sur le dos.

– Où est-ce que tu vas ?

– Je viens ici.

– Ici ?

– Oui. Je voudrais pieuter ici, si t'as pas d'objection.

Elle secoua la tête d'un air navré.

– Mais pourquoi ?

– C'est super. Je veux savoir comment ça fait.

Elle poussa un soupir et regarda autour d'elle.

– Ce n'est pas un jeu, Patrik. Si je dors ici, moi, ce n'est pas parce que je trouve ça drôle.

– Pourquoi, alors ?

Elle fut légèrement contrariée.

– Parce que je n'ai nulle part où aller.

Il laissa tomber son sac à dos sur le sol. Il avait dû se préparer à devoir la convaincre car, l'instant d'après, elle vit qu'il tenait un emballage à la main.

– Des côtes de porc. T'aimes ça ?

Elle ne put s'empêcher de lui éclater de rire au nez. Il avait tout prévu : même de quoi acheter son accord. Il posa à nouveau sa question, la tête légèrement de côté.

– Alors, je peux… coucher ici cette nuit ?

Elle écarta les bras en un geste d'impuissance.

– Je ne peux pas t'en empêcher, moi. Mais qu'est-ce que vont dire tes parents, si tu ne rentres pas chez toi ?

– Bah…

Elle fut soudain prise d'inquiétude. Que leur avait-il dit, au juste ?

– Est-ce qu'ils savent que tu es ici ?

Il la regarda, l'air de dire : t'es cinglée ou quoi ?

– Mon paternel fait le taxi de nuit et ma mère est partie faire une formation.

– Est-ce qu'il y a quelqu'un d'autre qui sait que tu es là ?

Ce fut à son tour de pousser un soupir.

– T'inquiète. Non, y a personne qu'est au courant.

Tu serais inquiet, toi aussi, si tu savais que tu allais

passer la nuit dans un grenier en compagnie de quelqu'un qui est recherché pour meurtre avec circonstances aggravantes.

– Bon, eh bien, installe-toi.

Il ne se fit pas prier. Il chercha aussitôt du regard un endroit convenable pour mettre ses affaires et arrêta très vite son choix sur la plate-forme en dessous de l'horloge. Elle le regarda déballer son sac et préparer ce qui allait lui servir de lit. Pour sa part, elle tira son tapis de sol de l'autre côté du pan de mur, pour qu'ils puissent se voir depuis leur couche respective. Quand il eut terminé, il observa le résultat avec une satisfaction évidente, puis il la regarda, l'air d'attendre des compliments.

– T'as faim ?

Plutôt, oui. Les haricots, ça va un certain temps.

– Si t'en as trop pour toi.

Il ouvrit l'emballage et le posa sur le sol, devant lui. Puis il sortit de son sac, comme par magie, une salade de pommes de terre, un sac de chips et deux canettes de Coca-Cola.

– Sers-toi.

C'était la fête ! Elle alla s'asseoir à côté de lui. Il avait l'air d'avoir aussi faim qu'elle et ils mangèrent en silence. Les côtes de porc furent bientôt débarrassées de leur chair, avant d'être remises dans l'emballage avec celles qui n'étaient pas encore mangées. Lorsque les deux tas furent d'égale hauteur, elle dut se rejeter en arrière pour digérer un peu.

– T'as déjà plus faim ? s'étonna-t-il. Et moi qui en ai acheté plus en pensant à toi.

– Oui, je vois ça. Mais on peut les garder pour demain.

Il jeta un coup d'œil en direction de son ventre.

– C'est p't-être ton estomac qu'a rétréci, dit-il la bouche pleine. Ça arrive, quand on mange pas beaucoup.

C'était peut-être vrai. Mais ce n'était pas le cas du sien, à lui, car il venait d'attaquer un nouveau morceau de viande. Il eut de la graisse jusque sur les joues.

– Pouah, j'ai les mains collantes ! Où est-ce qu'on peut se laver, ici ?

Sibylla haussa les épaules.

– C'est le genre de chose auquel il faut s'habituer, quand on est SDF. L'eau courante, c'est un luxe.

Il regarda ses mains poisseuses, puis celles de Sibylla. Elle les lui montra, pour qu'il les voie mieux. Elle avait pris soin de ne toucher la viande qu'avec le pouce et l'index d'une seule main. Il se décida à lécher les siennes et à les essuyer sur la jambe de son pantalon.

Puis il regarda autour de lui.

– Bon, qu'est-ce qu'on fait, maintenant ?

– Qu'est-ce que tu veux dire ?

– Eh bien, on va pas rester là comme ça. Qu'est-ce que tu fais, d'habitude ?

Ce petit être humain était encore très naïf, malgré son corps déjà presque adulte.

– Et toi ? Quand tu joues pas les SDF dans les greniers ?

– Je suis à mon ordinateur.

Elle hocha la tête et avala une gorgée de boisson.

– Ça risque d'être difficile, à l'avenir, si tu deviens SDF.

Il ricana légèrement.

– Ouais, je vais p't-être prendre ce boulot à la télé, après tout.

Elle retourna s'allonger sur son tapis de sol et se couvrit avec le sac de couchage. Elle mit ses mains sous ses aisselles pour les réchauffer, tourna la tête et lui lança un coup d'œil.

Il était visible qu'il commençait déjà à s'ennuyer. Faute de mieux, il se mit à débarrasser les restes de leur repas.

Derrière lui, l'horloge indiquait six heures dix.

Quand il eut fait place nette, il suivit son exemple, après avoir sorti un sac de couchage de son sac à dos. Il n'était pas très épais et elle se dit qu'il allait avoir froid, au cours de la nuit. Parfait. Ainsi, il se lasserait peut-être assez vite. Pour l'instant, il était couché, les bras sous la nuque et fixait le toit.

– Pourquoi t'es SDF ? T'as jamais habité nulle part ?

Elle poussa un soupir.

– Si.

– Où ça ?

– Dans le Småland.

– Pourquoi t'en es partie ?

– C'est une longue histoire.

Il tourna la tête et la regarda.

– Ah bon, j'aimerais la connaître. On a tout le temps qui faut, pas vrai ?

Après cela, ils l'avaient aidée à prendre une douche et l'avaient ramenée à la maternité, allongée sur une civière roulante. L'un des lits était vide, dans la chambre. Les quatre autres étaient occupés par des femmes venant d'accoucher et leurs bébés. Toutes la saluèrent gentiment, lorsqu'elle fit son entrée. Son lit était près de la fenêtre et il lui suffisait de se mettre sur le côté pour ne pas les voir. Mais les bruits, il n'était pas aussi facile de les éliminer.

Les rideaux étaient rayés de bleu et se terminaient par une frange, en bas.

Personne ne lui demanda quoi que ce soit. Chacune de ces femmes avait assez à faire avec ce qui la concernait.

Les nouveau-nés.

Son ventre était toujours aussi gros. Mais il était vide, maintenant. Elle le sentait bien. Cela faisait longtemps qu'elle souhaitait pouvoir se coucher sur le ventre, mais cela lui était toujours impossible. En outre, elle avait la poitrine douloureuse.

Au bout d'environ une heure, on vint la chercher. On l'aida à s'asseoir puis à mettre le pied par terre. Mais cela lui fit mal. C'était sans doute dû aux points de suture qu'ils lui avaient faits, d'après ce qu'ils lui avaient dit.

Vint le moment de parler au médecin. Elle préféra rester debout, quand il lui offrit de s'asseoir dans le fauteuil du visiteur. Il hocha la tête et consulta le dossier brun.

– Eh bien, ça s'est passé de façon satisfaisante.

Elle le regarda.

Voyant qu'elle ne répondait pas, il leva les yeux mais continua à feuilleter son dossier.

– Comment vas-tu ?

Vide. Vidée. Usée. Abandonnée.

– Qu'est-ce que c'est ? demanda-t-elle.

– Quoi ?

– Eh bien oui : qu'est-ce que j'ai eu ?

Il était clair que la question le gênait. Ici, c'était lui qui posait les questions, d'habitude.

– Un garçon.

Il continua à lire.

Un garçon. Elle avait donné naissance à un petit garçon aux cheveux bruns.

– Est-ce que je peux le voir ?

Il se racla la gorge. La conversation prenait un tour qu'il n'avait pas prévu.

– Non. Nous avons des règles à observer. Dans ce genre de cas, ce n'est pas souhaitable. C'est pour ton propre bien, d'ailleurs.

Pour son propre bien.

Pourquoi ne lui demandait-on jamais son avis, avant de décider ce qu'il fallait faire «pour son propre bien». Comment se faisait-il que les autres sachent toujours mieux qu'elle ?

Il avait mis fin à l'entretien sitôt qu'il avait pu. Quand elle ouvrit la porte de sa chambre, les mamans lui sourirent à nouveau. Elle se recoucha, avec l'aide d'une infirmière, et leur tourna le dos.

L'après-midi, à l'heure des visites, la chambre fut envahie de pères et de frères et sœurs qui venaient admirer le nouveau membre de la famille. Personne ne prêta attention au dos qu'elle tournait à tout le monde.

La nuit tomba. Seule sa voisine immédiate dormait. Les autres étaient maintenues éveillées par leurs bébés. Elle les entendit bavarder les unes avec les autres. Il n'a pas encore fait son caca, c'est pour ça qu'il pleure. Je ne comprends pas, elle veut seulement prendre un sein, pas l'autre. Vous avez vu comme il est mignon ?

Elle se leva prudemment. Si elle faisait ce mouvement en restant sur le côté, elle avait mal seulement au moment où elle posait le pied par terre.

Le couloir était désert.

Elle passa devant la fenêtre du bureau des infirmières, mais personne ne fit attention à elle.

La salle suivante était celle où dormaient les bébés. Elle ouvrit lentement la porte. La pièce était vide, mais, au milieu, se trouvait une de ces caisses en plastique montées sur roues comme en avaient les autres mères de sa chambre.

Elle avait le cœur qui battait. Elle ferma tout doucement la porte derrière elle et fit un pas.

Une petite tête. Une petite tête avec des cheveux bruns. Elle sentit qu'elle tremblait. Elle était maintenant près du petit lit et pouvait lire le numéro d'identification inscrit au-dessus de la petite tête.

C'était bien son enfant qui était là.

Son fils.

Elle dut mettre ses mains devant sa bouche pour ne pas laisser échapper un cri.

Il avait grandi en elle, fait partie d'elle. Et maintenant, il était là, seul.

Seul et abandonné.

Il était tout petit. Il dormait sur le côté et sa tête était si petite qu'elle tenait dans la paume de la main.

Elle passa délicatement l'index sur ses cheveux bruns. Il sursauta et prit une profonde respiration, comme s'il venait de pleurer. Elle se pencha sur lui et mit le nez contre son oreille.

Soudain, elle fut prise d'un sentiment de révolte.

Non, ils n'avaient pas le droit de lui faire cela. C'était son enfant et elle préférait qu'ils la tuent plutôt que le leur laisser. Soudain elle sut que, quoi qu'il arrive, jamais elle ne l'abandonnerait. Jamais elle ne le trahirait et ne le laisserait seul, à pleurer jusqu'à ce qu'il finisse par s'endormir, dans un chariot en plastique.

Cette décision lui redonna courage. Doucement, elle glissa ses mains sous son petit corps et le souleva. Elle le serra contre elle et sut que c'était là qu'il fallait qu'il soit.

Il dormait toujours. Elle respira son odeur et sentit les larmes couler le long de ses joues.

Elle tenait son enfant dans ses bras.

Il n'était plus seul.

La porte s'ouvrit alors.

– Qu'est-ce que tu fais ?

Elle ne bougea pas d'un pouce.

L'infirmière – celle qui l'avait accompagnée auprès du docteur ce jour-là – se dirigea vers elle.

– Pose cet enfant, Sibylla. Retourne dans ta chambre.

– C'est mon enfant.

La femme parut hésiter. Elle tendit les bras pour lui prendre le bébé. Sibylla lui tourna le dos.

– Je n'ai pas l'intention de vous le laisser.

Elle sentit la main de la femme se poser sur son épaule. Elle eut un geste vif, pour s'en débarrasser, mais cela eut pour effet de réveiller l'enfant, dans ses bras. Il grogna et elle lui caressa la tête pour le calmer.

– Maman est là. Ne t'inquiète pas.

La femme sortit de la pièce. Sibylla plaça la main derrière la tête du bébé et le tint légèrement à distance. Il avait ouvert les yeux. De petits yeux bleu foncé qui cherchaient quelque chose sur quoi se poser.

Juste après, ils entrèrent. Cette fois, ils étaient quatre. L'un d'entre eux était un homme. Il s'avança vers Sibylla et lui dit d'une voix forte :

– Pose cet enfant, Sibylla.

– Il est à moi.

L'homme hésita un instant puis tira une chaise.

– Assieds-toi.

– Non, merci. Je ne peux pas m'asseoir.

L'une des quatre autres personnes s'avança à son tour.

– Ça ne sert à rien, Sibylla. Ça ne fait qu'aggraver les choses.

– Ah bon, comment ça ?

Ils se regardèrent. À tour de rôle. L'une des quatre sortit de la pièce.

– Tu sais parfaitement qu'il a été convenu que l'enfant serait adopté. Il sera bien. Tu n'as pas à t'inquiéter.

– Je n'ai convenu de rien. J'ai l'intention de le garder.

– Je suis navré, Sibylla. Je comprends que ce soit dur, pour toi, mais on ne peut rien y faire.

Elle se sentit impuissante. Ils étaient trois contre une et la quatrième personne n'allait sûrement pas tarder à revenir. Peut-être était-elle même allée chercher du renfort. Ils étaient tous dans le camp opposé, celui de ses ennemis. Tous sauf ce bébé qu'elle tenait entre ses bras. Elle et lui face au monde entier. Elle ne l'abandonnerait jamais.

– Il y a deux façons de régler cette affaire, dit l'homme en repoussant sa chaise. Ou bien tu poses cet enfant de ton plein gré. Ou bien nous t'y forcerons.

Son cœur cognait contre sa poitrine.

Ils allaient le lui reprendre.

– Soyez gentils. Je suis sa mère, tout de même. Vous le savez bien. Vous ne pouvez pas me le prendre. Il est tout ce que j'ai.

Elle pleurait. Son corps était secoué de sanglots et elle sentit sa tête se mettre à tourner. Elle ferma les yeux.

Surtout ne pas tomber malade à nouveau.

Quand elle rouvrit les yeux, il était trop tard.

L'homme tenait son fils dans ses bras et quittait déjà la pièce. Deux des autres personnes en blanc la saisirent par les bras, lorsqu'elle voulut se lancer à sa poursuite. Elle entendit les cris de son enfant s'éloigner dans le couloir.

Plus jamais elle ne le reverrait.

– Merde alors ! Ils ont le droit de faire ça ?

Elle ne répondit pas. Elle se demanda ce qui l'avait poussée à lui raconter cela. Elle ne l'avait encore jamais fait. Elle avait enduré cette perte, l'avait portée en elle comme un morceau de verre acéré se déplaçant sans cesse dans son corps pour maintenir la plaie ouverte, mais jamais encore elle n'avait mis des mots sur cette peine.

Peut-être était-ce dû au fait qu'il avait à peu près le même âge que son fils, maintenant. Peut-être à cause des circonstances.

C'était sans espoir.

Plus la peine d'en faire mystère.

– Et après ? Qu'est-ce qui s'est passé, après ?

Elle avala sa salive. C'étaient des souvenirs qu'elle avait longtemps tenté d'oublier.

– J'ai été internée. Je suis restée près de six mois enfermée dans un hôpital psychiatrique. Mais, à un moment, je n'ai pas pu supporter ça plus longtemps et j'ai filé.

– Alors t'étais… comme qui dirait folle ?

Elle n'eut pas la force de répondre. Le silence se fit.

– T'as filé comment ? Tu veux dire : tu t'es évadée ?

– Oui. Mais je ne crois pas qu'ils m'aient beaucoup cherchée. Je n'étais pas vraiment un danger public.

Les choses avaient bien changé.

– Ton vieux et ta vieille ? Qu'est-ce qu'ils ont dit ?

– Eh bien, simplement que je ne pouvais plus vivre chez eux. Que j'étais majeure, désormais, et que je n'avais qu'à m'en tirer par mes propres moyens.

– Les salauds !

Tu l'as dit.

– Et après ? Qu'est-ce que t'as fait ?

Elle tourna la tête et le regarda.

– Tu poses toujours autant de questions ?

– J'ai encore jamais parlé avec des SDF, alors…

Elle poussa un soupir et leva à nouveau les yeux vers le toit. C'était un élève appliqué.

– D'abord, je me suis retrouvée à Växjö. Mais j'avais peur qu'on me mette la main dessus et qu'on me renvoie à l'hôpital. J'ai tourné en rond pendant un ou deux mois, là-bas, je vivais dans des sous-sols et je mangeais ce que je trouvais.

– Quel âge t'avais ?
– Je venais d'avoir dix-huit ans.
– Trois de plus que mézigue.
– Que moi.
Il tourna la tête et la regarda.
– Quoi ?
– On dit : plus jeune que moi.
Elle l'entendit ricaner.
– Eh, dis donc, t'es pas chargée de corriger mes fautes.
Elle sourit, dans la pénombre. Non, en effet. Mais elle n'avait jamais été chargée de rien, alors…
– Non, mais j'étais bonne en suédois, à l'école.
– Pourquoi t'as pas pris un boulot ?
– Je n'osais pas dire mon nom. J'avais peur qu'on me reconnaisse. Je pensais que j'étais toujours recherchée.
Ce mot la ramena au présent. Qu'était-elle en train de faire ? Il était grand temps de mettre fin à cette conversation.
– Bonne nuit.
Il se dressa sur l'un de ses coudes.
– Oh non ! s'écria-t-il. Tu vas pas arrêter là !
Elle se tourna vers le mur.
– Il est près de onze heures, je suis fatiguée. Bonne nuit.
– Oui, mais comment t'es arrivée à Stockholm ? Tu peux bien me dire ça, au moins.
Elle poussa un soupir et se retourna. Le grenier était éclairé par le reflet des lampes illuminant le cadran de l'horloge, mais, dans les coins, il faisait noir comme dans un four.
– Ce que j'ai à te dire, c'est ça : Si j'étais toi, je prendrais ce boulot à la télé. Si je te disais tout ce que j'ai vu et ce par quoi je suis passée, au cours de ces années, tu n'arriverais pas à dormir cette nuit.

Elle se tut et chercha soigneusement ses mots. Jusqu'à quel point pouvait-elle aller dans ses confidences ?

Elle se mit sur son séant.

– Six de ces années sont à peu près effacées. Je ne me rappelle plus ce que j'ai fait. Qui j'ai rencontré. Où je dormais. J'ai bu autant que j'ai pu afin de ne pas penser, parce que, si je l'avais fait, ça se serait mal terminé. Quand on a été à la rue pendant un certain temps, on ne peut plus s'en sortir. Il n'y a plus moyen de revenir en arrière, parce que tu as perdu la faculté de t'adapter. Et tu *ne veux pas* t'adapter. Et alors, c'est un cercle vicieux. Si tu veux un conseil, Patrik, je suis bien placée pour t'en donner un : quoi que tu fasses, ne va pas raconter partout que tu veux devenir SDF. Tu n'as pas la moindre idée de l'enfer que ça peut être. Alors : bonne nuit.

Elle se recoucha. Patrik semblait avoir le bec cloué par cette tirade. Elle se demanda s'il allait vraiment rester là toute la nuit. Peut-être l'avait-elle vexé ?

Dans le silence ambiant, elle l'entendit se retourner comme s'il cherchait la bonne position, sur son tapis de sol, puis ce fut le calme absolu.

Elle ne put trouver le sommeil. Les souvenirs ne cessaient de lui revenir à l'esprit, tels des éclairs derrière ses paupières.

Avec ses questions, il avait réveillé en elle des moments de sa vie qu'elle avait soigneusement occultés afin de ne pas avoir à y penser.

Elle avait fini par monter à Stockholm en stop, dans l'espoir d'y trouver un gagne-pain. De disparaître dans la foule. Elle avait alors appris, lentement mais sûrement, qu'il n'est pas facile de se faire une place, quand on n'a pas d'argent ni de relations et surtout pas de nom. Tellement elle avait peur qu'on ne la retrouve et qu'on ne l'interne à nouveau. Comme si personne s'était jamais soucié de sa disparition ! Elle n'osait plus donner son numéro national d'identification. Il n'était donc pas question de s'adresser à l'ANPE. Elle avait réussi à trouver des petits boulots temporaires, au noir, à la plonge, mais dès qu'on commençait à lui poser des questions, elle prenait la tangente. Elle s'était retrouvée dans des milieux où chacun avait un surnom mais où personne ne posait jamais de question, à part l'éternel : t'as pas quelque chose à boire ?

Finalement, affamée et à bout de forces, elle avait dû se résigner à l'humiliation suprême : téléphoner chez elle pour demander de l'aide. Elle avait supplié qu'on lui pardonne et qu'on la laisse revenir.

– Nous allons t'envoyer de l'argent. Quelle est ton adresse ?

Elle avait l'estomac qui se nouait quand elle y repensait. Elle avait tant de fois regretté cette démarche. C'était plus intolérable que tout le reste de ce qu'elle avait connu. Le fait que, la dernière fois qu'elle avait parlé à sa mère, elle lui avait de nouveau demandé pardon.

Mais l'argent avait commencé à arriver. Il l'avait aidée à conserver un certain rang au sein de la lie de la société et, sa prononciation provinciale aidant, elle était devenue la Reine du Småland.

Puis étaient venues les années effacées. Elle consacrait son énergie à rester ivre, pour que rien n'ait plus d'importance. Tant que le cerveau était déconnecté, tout était supportable. Il y avait au moins, au milieu de cette déchéance, quelque chose qu'on pouvait confondre avec un certain sentiment de sécurité. Tout était accepté et rien n'était mis en question. Lentement mais sûrement, elle avait trouvé normal que les honnêtes citoyens lui lancent des regards de mépris, au passage. C'était une sorte de reçu qu'on lui donnait, attestant de sa marginalité et du fait qu'elle appartenait à l'autre monde.

Six années avaient passé ainsi. Six années en dehors du temps.

Puis était venu le tournant, le jour où elle s'était réveillée sous un banc, près de l'Écluse, au milieu de ses vomissures et avec une classe entière de bambins autour d'elle.

– Madame ! Pourquoi est-ce qu'elle est couchée là ?

– Pourquoi est-ce qu'elle sent aussi mauvais ?

Un mur d'yeux enfantins voyant s'ouvrir devant eux, à leur grand étonnement, une perspective sur les aspects cachés de la vie, avant qu'une maîtresse d'école bien intentionnée ayant à peu près son âge ne les en éloigne.

– Ne regardez pas par là !

Et l'idée intolérable que son fils aurait parfaitement pu être l'un d'eux. Et qu'elle était devenue la preuve vivante que le choix qu'avait fait sa propre mère était le bon.

Elle se retourna et observa son camarade de chambre de fraîche date. Il avait fini par s'endormir. Elle sortit de son sac de couchage et alla poser sa veste sur lui. Il s'était endormi sur le dos, les bras sur la poitrine, afin d'avoir plus chaud.

Si jeune.

La vie devant lui.

Quelque part vivait son fils, qui avait à peu près le même âge.

Elle retourna se glisser dans son sac de couchage.

Elle ne pouvait plus rester dans ce grenier. Quelques jours de plus et elle deviendrait folle.

Au moment où cette pensée prit forme dans son esprit, elle comprit qu'il lui était arrivé quelque chose, au cours de cette soirée. Quelque chose de bien. Elle tourna la tête et regarda son hôte nocturne. Il avait apporté quelque chose, en venant. Pas seulement des côtes de porc et du Coca-Cola, mais quelque chose de plus important. Une sorte de respect de l'être humain en elle. Pour une raison qu'elle ne parvenait pas à percer, c'était lui et nul autre qui était monté dans ce grenier. Son admiration non déguisée avait, d'une façon inexplicable, réussi à éveiller en elle un instinct que, depuis quelques jours, elle avait cru évanoui à jamais.

La volonté de persévérer, malgré tout.

Le plus profond de la nuit était passé et elle se sentait prête à reprendre la lutte.

Ils ne viendraient pas à bout d'elle, cette fois non plus.

Elle se demanda s'ils la recherchaient toujours.

Le lendemain, il faudrait qu'elle se procure un journal.

Et j'ai vu un nouveau ciel et une nouvelle terre. Car l'ancien ciel et l'ancienne terre avaient fait leur temps et la mer n'existait plus. Et j'ai vu la Ville sainte, la nouvelle Jérusalem descendre du ciel, envoyée par Dieu, parée comme une épousée qui s'est faite belle pour son époux. Et j'ai entendu une voix forte dire, du haut du trône :

« Voyez, le tabernacle de Dieu se trouve maintenant parmi les hommes et Il vivra parmi eux et ils seront Son peuple. Oui, Dieu en personne vivra parmi eux et Il essuiera toutes les larmes de leurs yeux. Et la mort n'existera plus et il n'y aura plus de peine, plus de plainte ni de tourment. Car ce qui existait jadis est révolu. »

Et Celui qui était assis sur le trône dit :

« Voyez, je crée à nouveau toute chose. Écrivez, car ces paroles sont véridiques. C'est fait. Je suis l'alpha et l'oméga, le début et la fin. À celui qui a soif je donnerai à boire à la source de l'eau de la vie. Celui qui remportera la victoire la recevra en héritage et je serai son Dieu et il sera mon fils. Mais les lâches et les traîtres, ceux qui ont commis l'infamie, les meurtriers, les impudiques, les magiciens, les idolâtres et les menteurs seront plongés dans le lac de feu et de soufre.

« Ce sera la seconde mort. »

Seigneur, j'ai fait mon devoir.

Il ne me reste plus qu'à attendre.

Elle était éveillée depuis longtemps lorsqu'il finit par émerger lui aussi de son sommeil. Elle en avait profité pour l'observer en cachette. Le froid avait dû le réveiller, à un moment ou à un autre de la nuit, car il avait enfilé la veste qu'elle avait posée sur lui.

Elle avait pris sa décision en le regardant. Au petit matin, elle était parvenue à la conclusion que sa seule chance était de tout lui dire.

Elle avait besoin de son aide.

Elle était restée longtemps à chercher ses mots et à les tourner dans tous les sens pour tenter de trouver la formule qui serait la moins pénible pour lui.

La première chose qu'il fit en se réveillant fut de chercher ses lunettes. Il les mit sur son nez et regarda dans la direction de Sibylla. Puis il remonta le sac de couchage.

– Merde alors, qu'est-ce qu'il fait froid. C'était sympa, la veste. Tu veux que je te la rende ?

– Tu peux la garder pour l'instant. Mon sac de couchage est plus chaud que le tien.

Derrière lui, l'horloge indiquait neuf heures dix.

– À quelle heure commences-tu ?

Il la regarda.

– Eh là, t'es pas bien ? C'est samedi, aujourd'hui.

Elle sourit. C'était vrai, elle n'était pas bien, elle avait oublié.

Il sortit l'une de ses mains du sac de couchage et attrapa l'emballage contenant les côtes de porc. Il le posa sur ses genoux et l'entrouvrit.

– Beurk, des côtes de porc au petit déjeuner.

– J'ai un peu de pain dur et du yaourt, si tu veux.

C'était plus appétissant, apparemment, car il lâcha les côtes de porc et se leva sans sortir de son sac de couchage. Il vint la rejoindre par petits bonds.

– Arrête ! Le plancher risque de s'effondrer.

– Bah.

Une fois près d'elle, il se laissa tomber avec un bruit sourd. Elle le regarda en secouant la tête. Il eut un petit rire et se mit à dévorer le pain dur.

Il avait vraiment faim, cela ne faisait absolument aucun doute. Lorsqu'il en fut à la huitième plaquette, elle lui ôta le paquet.

– Il faut en garder pour demain.

– Bah, on peut en acheter d'autre.

Elle le regarda et il eut une mimique qui signifiait qu'il avait compris qu'il venait de dire une bêtise.

– Je peux en acheter, moi. Je te donnerai de l'argent.

– Non, merci.

Le moment était arrivé. Mais comment faire ?

Elle prit sa respiration, pour se donner du courage.

– Tu lis le journal, d'habitude ?

Il haussa les épaules.

– Ça m'arrive. Ma mère veut que je lise le *Dagens Nyheter*, mais il est vachement épais. Y en a pour des heures. Alors, je jette un coup d'œil sur *Expressen*, le soir, quand mon père rentre à la maison.

Il la regarda à son tour.

– Et toi ?

– Oui. Si j'en trouve un. Parfois je vais à la Maison de la culture. Ils les ont tous, là-bas.

Elle vit qu'il l'ignorait, mais il hocha la tête.

Elle poursuivit :

– Tu en as lu un, hier ?

– Oui, en fait. Le supplément du vendredi.

Elle ne savait pas comment continuer. Avait-elle vraiment raison de vouloir tout lui dire ? Elle avait été plus convaincue, tant qu'il n'était pas réveillé.

– Ça t'est jamais arrivé d'être accusé de quelque chose que tu n'avais pas fait ?

– Oh si. T'as dit que t'avais du yaourt, hein ?

Elle soupira et lui passa la bouteille en plastique.

– Je peux boire au goulot ?

– Oui, puisque tu n'as pas pensé à prendre une assiette.

Il ricana légèrement et se mit à boire.

Elle prit une nouvelle fois sa respiration. C'était toujours le début qui était le plus difficile.

– Moi, ça vient de m'arriver.

Il se concentrait sur le yaourt. Celui-ci coulait mal, comme s'il voulait rester dans la bouteille. Il tapa légèrement sur le fond pour le décoller.

– Le nom de Sibylla te dit peut-être quelque chose ?

Il hocha la tête mais continua à boire.

– N'aie pas peur, Patrik.

Elle hésita une dernière fois avant d'ajouter :

– Sibylla, c'est moi.

Tout d'abord, il ne se passa rien. Mais ensuite, elle vit qu'il avait fini par comprendre. Son corps se raidit et il ôta lentement la bouteille de ses lèvres. Puis il tourna la tête et la regarda. Elle vit que, maintenant, il avait peur.

– J'ai pas fait ce dont on m'accuse, Patrik. Il se trouve seulement que j'étais au Grand Hôtel quand ça s'est passé. Je jure par Dieu que je suis innocente.

Il était loin d'être convaincu. Il cessa quelques instants de la regarder, comme s'il cherchait par où il pourrait se sauver. Il fallait qu'elle gagne du temps. Les choses ne s'étaient pas du tout passées comme elle s'y attendait. Les mots étaient sortis d'eux-mêmes et tout ce qu'elle avait répété soigneusement avait disparu.

– Tu comprends bien que je ne suis pas une meurtrière. Sinon, on ne serait pas là, tous les deux, en ce moment. J'avais toute la nuit pour le faire.

C'était maladroit. Très maladroit. Il se leva soudain pour s'enfuir, mais il était entravé par son sac de couchage.

Il ne fallait pas qu'il parte. Pas encore.

Elle se jeta sur lui et le força à se recoucher, en coinçant ses bras sous ses genoux. Il avait la respiration lourde et elle comprit qu'il allait se mettre à pleurer.

Bon sang de bordel de merde.

– Me fais pas mal. Sois gentille.

Elle ferma les yeux. Qu'était-elle en train de faire, bon sang ?

– Tu comprends bien que je ne veux pas te faire du mal, mais il faut que tu m'écoutes. Si je suis dans ce grenier, c'est parce que chaque bon Dieu de flic de ce pays me court après. Ils ont décidé que c'était moi. Ils ne me laissent pas la moindre chance. C'est comme je t'ai dit hier. Les gens comme moi n'ont aucun droit. Merde, Patrik. Je te raconte ça parce que je crois que je peux avoir confiance en toi. Que toi, au moins, tu vas me croire.

Il avait cessé de pleurer.

– Je te raconte ça parce que j'ai besoin de ton aide. Je n'ose même plus entrer dans un magasin.

Il la regarda avec des yeux écarquillés de peur.

Elle poussa un soupir.

– Et puis merde. Je te demande pardon.

Et si quelqu'un la voyait, en ce moment… À califourchon sur un gamin de quinze ans sans défense. Elle le lâcha et se leva.

– Va-t'en.

Il resta sans bouger. Il donnait l'impression d'oser à peine respirer.

– Allez, fiche le camp !

Il sursauta à cet éclat de voix. Il parvint à s'extraire de son sac de couchage, se leva et commença à se diriger vers la porte. Comme s'il avait peur qu'elle ne lui saute dessus à nouveau.

– Laisse-moi ma veste.

Il s'arrêta aussitôt, enleva la veste et la laissa tomber sur le plancher. Puis il s'éloigna à nouveau et, une fois parvenu aux marches, se précipita vers la porte. Elle l'entendit s'éloigner dans le couloir en courant.

Elle ferma les yeux et s'effondra sur son tapis de sol.

Elle ne pouvait pas rester là.

Elle remballa d'abord ses affaires à lui. Elle les rangea soigneusement dans son sac à dos et roula son tapis de sol. Puis elle passa à ses propres affaires. Au bout de quelques minutes, tout était prêt.

Arrivée près de la porte elle se retourna et regarda la grande horloge.

Salut !

Elle sortit dans le couloir et descendit l'escalier.

La main sur la poignée de la porte, elle hésita. Le simple fait d'ouvrir cette porte donnant sur le monde extérieur lui causait une sorte de nausée. Son éternel sentiment de crainte était en train de faire son malheur.

N'osant pas sortir directement dans la rue, elle avait choisi une issue qui donnait dans la cour de l'école. La porte se referma derrière elle. Il était trop tard pour revenir en arrière.

Elle traversa la cour en biais afin de prendre la direction du parc de Vitaberg, mais sans savoir où elle irait ensuite.

À mi-chemin, elle entendit un cri. Elle se figea de peur et se retourna pour chercher un endroit où se cacher.

– Sylla ! Attends-moi !

C'est alors qu'elle le vit. Il venait de tourner le coin de Bondegatan et arrivait vers elle en courant. Elle baissa les yeux vers l'asphalte et attendit qu'il arrive. Pour commencer, il ne dit rien. Elle se remit en marche.

– Excuse-moi de pas t'avoir crue, mais j'ai eu vachement peur, tu sais.

Elle se retourna. Il y avait dans ses yeux une expression qu'elle n'avait pas encore vue. Une gravité qui n'existait pas auparavant. Il était essoufflé d'avoir couru et baissait les yeux comme s'il avait honte d'avoir eu peur.

– C'est pas grave.

Elle continua à marcher.

– Je sais que tu dis la vérité, poursuivit-il.

Elle ne s'arrêta pas. Elle n'avait tout simplement pas la force de faire une nouvelle tentative.

– Sylla. J'ai vu les affiches des journaux, à côté de la Coopé.

Elle se retourna et le regarda. Il hésita un instant avant de continuer et, cette fois, ce fut lui qui eut du mal à trouver ses mots.

– Ils disent que tu en as tué un autre, cette nuit.

– Tu es vraiment sûr qu'il dort ?

– Oui, répondit-il avec un rien d'impatience. Il a bossé toute la nuit, alors… Il se réveille pas avant une heure.

Pourtant, elle était inquiète. Qu'est-ce qui se passerait si le père de Patrik se réveillait et trouvait dans la chambre de son fils une femme aux cheveux noirs et portant un sac à dos ? Une femme qui était assez vieille pour être sa mère, en plus de cela.

Ils se trouvaient dans l'escalier de l'immeuble et Patrik avait déjà glissé la clé dans la serrure. Ils parlaient à voix basse.

– Et tu es sûr que ta mère ne va pas rentrer ?

– Elle ne revient que demain soir.

Pourtant, elle n'était toujours pas convaincue.

Faisait-elle bien de le mêler à cette affaire ?

Quand, dans la cour de l'école, il lui avait parlé de ce qu'il venait de voir sur l'affichette du journal, elle était allée s'asseoir sur le banc le plus proche. Elle était restée là à regarder, sans la voir, la cour déserte et avait senti le courage l'abandonner, une fois de plus.

Il était venu la rejoindre. Il n'avait pas dit grand-chose, tout d'abord, et l'avait laissée en paix. Elle avait alors levé les yeux vers la grande horloge de la façade, devant eux, et regretté de ne pas avoir suivi son impulsion, quelques jours plus tôt.

Il aurait mieux valu pour elle qu'elle ne ressorte pas vivante de ce grenier.

– Je peux toujours dire à la police que t'étais avec moi, cette nuit.

Il la regardait d'un air confiant et semblait vouloir lui redonner sa gaieté.

Mais elle avait pouffé, d'une façon plus méprisante qu'elle n'en avait l'intention, et avait tenté de lui sourire.

– On m'accusera de détournement de mineur, en plus.

– Eh ! dis, je te ferai remarquer que j'ai déjà quinze ans, avait-il répliqué.

Que répondre à cela ?

– Je n'ai pas la moindre chance, Patrik. Autant aller passer des aveux, pour mettre un terme à tout ça.

Il l'avait regardée fixement.

– T'es complètement dingue.

Il paraissait vraiment révolté.

– Tu vas quand même pas aller avouer quelque chose que t'as pas fait !

– Qu'est-ce que tu veux que je fasse, alors ?

Il réfléchit un instant.

– Tu peux aller causer avec eux.

– C'est la même chose.

– Bien sûr que non.

Elle le regarda.

– Tu ne comprends donc pas ? Ils ont déjà décidé que c'était moi qui avais tué. Je n'ai pas la moindre chance.

Elle se pencha en avant et enfouit sa tête dans ses mains.

– Mais je ne supporterai pas d'être enfermée à nouveau.

– Ils feront pas ça, si tu leur dis ce qu'il en est.

Mais, cette fois, il n'avait pas l'air aussi convaincu.

Elle lui parla de ce qui s'était passé pour Jörgen Grundberg, des empreintes digitales sur sa clé, de la perruque et du couteau qu'elle avait oubliés. Et de tout ce qui, ajouté aux circonstances de sa vie, faisait d'elle la coupable idéale. Ancienne malade mentale, SDF, marginale… Tellement idéale qu'elle voyait déjà la police se frotter les mains. Bien sûr que c'était elle. Et, même s'ils devaient finir par admettre qu'elle était innocente, elle resterait enfermée jusqu'à ce moment-là. Cela la rendrait folle. Elle était déjà passée par là et savait de quoi elle parlait.

– L'assassin lui-même me met tout sur le dos. À Västervik, il a laissé un aveu en mon nom.

Il hocha lentement la tête.

– À Bollnäs aussi.

Elle le regarda.

– C'est là qu'il a tué, cette nuit ?

– Non, je crois que c'était avant-hier. Cette nuit, je sais pas où c'était.

Elle se pencha en arrière et appuya la tête contre son sac à dos.

Avant-hier. Il y avait donc eu un autre meurtre pendant qu'elle se cachait dans ce grenier. Elle était maintenant suspecte de quatre.

Il la regarda.

– Ah bon, t'étais pas au courant ?

– Non, soupira-t-elle.

Ils restèrent un moment sans rien dire. Peut-être se rendait-il compte de la complexité de l'affaire, maintenant.

– Écoute, finit-il par dire. On va aller chez moi voir tout ce que les journaux ont raconté.

– Comment ça ?

– Sur le Net.

Elle avait en effet entendu parler de cela. Internet, ce nouveau monde fantastique auquel elle n'avait jamais eu accès. Elle en avait un peu peur, ainsi que de cette invitation à se rendre au foyer de ce garçon de quinze ans si serviable.

– À quoi est-ce que ça servirait ?

– On va peut-être trouver quelque chose qui prouvera que c'est pas toi. T'as lu tout ce qu'ils ont écrit ?

– Non.

Il se leva.

– Allez, viens.

Elle avait hésité un moment. Mais elle n'avait guère le choix.

Ils étaient maintenant dans le hall. Elle avait l'impression d'être venue cambrioler et avait le cœur qui battait.

– Viens, dit-il tout bas.

Devant elle se trouvait une porte fermée sur laquelle était apposée une plaque de métal : *Si vous entrez ici, c'est à vos risques et périls.*

On ne saurait mieux dire.

Elle franchit le seuil d'une vaste salle de séjour puis, devant une porte fermée, Patrik mit son doigt sur ses lèvres pour lui faire comprendre que c'était là que dormait son père.

Elle prit peur et voulut faire demi-tour. Mais Patrik avait déjà ouvert la porte de sa chambre et lui faisait signe d'entrer.

Elle obéit.

On aurait dit qu'un ouragan avait dévasté la pièce. Le sol était jonché de vêtements, de vieux illustrés, d'étuis de cassettes et de livres.

Elle ôta son sac à dos et le déposa au milieu de ce fatras avant de regarder Patrik.

– J'ai promis à ma mère de ranger, mais j'ai oublié.

– Je vois ça.

Ils parlaient toujours à voix basse.

Il approcha de l'ordinateur posé sur une table et appuya sur un bouton. Une brève musique retentit et elle lui fit signe de baisser le volume du son. L'ordinateur se mit en marche.

Elle fit le tour de la pièce des yeux. En plus de la table sur laquelle étaient posés l'ordinateur et le matériel informatique, il y avait un lit et une étagère. Le lit n'était pas fait et, quand Patrik vit son regard, il s'empressa d'aller le recouvrir. La chambre prit aussitôt un aspect un peu plus présentable.

L'ordinateur acheva de se mettre en marche. Diverses icônes apparurent sur l'écran. Il tira la chaise et s'assit.

Sur le rebord de la fenêtre se trouvait un aquarium sans eau. Elle alla voir ce qu'il y avait dedans.

– Je te présente Batman, une tortue terrestre grecque.

Batman était en train de grignoter une feuille de salade dans un coin et elle l'observa de près. Elle était là, dans sa cage en verre, cette tortue, et ignorait le reste. Elle l'envia presque, l'espace d'un instant.

Patrik écrivit quelque chose sur son clavier. Elle approcha pour voir ce que c'était.

+ meurtre + dépeçage + sibylla.

Il pointa la flèche de la souris sur « rechercher » et cliqua.

Elle entendit l'ordinateur tourner pour exécuter cet ordre. Quelques secondes plus tard, ce fut terminé et il afficha : 67 réponses.

– Bingo ! s'exclama-t-il avec un grand sourire.

– Qu'est-ce que ça signifie ?

– Qu'il existe soixante-sept pages dans lesquelles on parle de toi et de ces meurtres.

Était-ce possible ? Ainsi, elle faisait partie intégrante de ce monde dont elle ignorait tout ?

Patrik cliqua sur l'une de ces lignes.

– J'imprime tout ce que j'ai trouvé et on pourra lire ça tranquillement.

Elle ne comprit pas vraiment ce qu'il voulait dire par là mais elle pensa qu'il savait ce qu'il faisait. Une autre machine posée sur la table se mit à tourner et, peu après, une feuille de papier apparut. Le texte était à l'envers et elle ne put donc voir ce dont il s'agissait avant que la feuille entière soit sortie.

Elle la prit et alla s'asseoir sur le lit. Patrik cliqua à nouveau et la machine se remit en marche et cracha du papier.

Elle lut ce qu'elle tenait à la main.

La femme du Grand Hôtel a rendu visite à l'épouse de sa victime

Lena Grundberg est assise sur un coin de son canapé, dans l'élégante salle de séjour de sa maison. Il y a seulement une semaine, elle vivait là avec Jörgen, son mari bien-aimé. Jeudi dernier, il a été la première victime de cette démente de 32 ans qui l'a tué de sang-froid et qui parvient depuis à passer à travers les mailles du filet tendu par la police. Mais, pas plus de deux jours après ce meurtre bestial, la femme du Grand Hôtel a rendu visite à la veuve éplorée de sa victime.

Lena a du mal à retenir ses larmes quand elle nous dit: *« J'ai vraiment très peur. Cette femme est venue sonner à ma porte et m'a dit qu'elle avait perdu son mari, elle aussi. Je n'ai pas bien compris ce qu'elle voulait, sur le moment. Ce n'est qu'après, lorsque j'ai vu le portrait-robot diffusé par la police que je l'ai reconnue… »*

Sibylla interrompit là sa lecture.

La veuve éplorée.

Mon cul.

D'autres feuilles de papier attendaient d'être lues. Elle prit le tas et s'assit à nouveau.

Les connaissances anatomiques sont fréquentes Chez les meurtriers qui dépècent les cadavres

La femme de 32 ans recherchée dans tout le pays pour plusieurs meurtres reste une énigme pour la police. Une étude menée sur les affaires de meurtre avec dépeçage commis en Suède depuis les années 60 fait apparaître une surreprésentation des professions telles que bouchers, médecins, chasseurs et vétérinaires. D'après Sten Bergman, expert psychiatre auprès des tribunaux, cela vient d'une part que les membres de ces corps de métier ont surmonté la répulsion que la plupart des gens éprouvent devant une dissection, d'autre part qu'ils possèdent les connaissances techniques nécessaires pour y procéder. D'après l'enquête de police, la femme suspecte ne correspond pas à ce profil. Rien ne laisse penser qu'elle ait exercé l'une des professions en question. Mais cela ne suffit naturellement pas à produire un meurtrier de ce type. Il faut aussi des tares psychologiques conduisant à un manque de sympathie, voire à un très fort mépris envers les autres. Une autre explication est la maladie mentale. Ceux qui dépècent des cadavres ne sont pas toujours capables, par exemple, de se séparer de leurs victimes et il semble que ce soit le cas de cette femme de 32 ans. Ils prélèvent une sorte de trophée leur rappelant le défunt et, dans certains cas, l'acte lui-même, comme s'ils s'arrogeaient le droit de vie et de mort. Dans le cas présent, les victimes ont subi ce qui porte le nom de « dépeçage agressif ». Cela se distingue du dépeçage passif par le fait que ce dernier est effectué uniquement pour masquer le crime ou pour rendre l'enquête plus difficile. Dans les cas présents, l'assassin ne s'est livré à aucun effort en ce sens et il semble que le seul but de cette femme ait été de profaner le corps de ses victimes. La police refuse toujours de révéler quels organes ont été prélevés…

Elle se leva et jeta la feuille par terre.

– Je ne peux plus lire ça. Je ne le supporte pas.

Elle avait parlé à voix haute et Patrik se retourna pour la regarder

– Plus bas !

Elle s'assit à nouveau. La machine continuait à cracher des feuilles de papier, mais elle n'avait pas l'intention de les lire. Des gens avaient écrit tout cela sur son compte. Auparavant, personne ne s'intéressait à elle et, soudain, elle était devenue une sorte de célébrité nationale.

C'était quand même un peu fort.

– Je m'en vais. Je ne peux pas rester ici.

Il se retourna pour la regarder.

– Où est-ce que tu vas aller ?

Elle se contenta d'un soupir pour toute réponse.

Une porte s'ouvrit dans l'appartement. Ils se regardèrent sous le coup de la peur et restèrent immobiles, à prêter l'oreille. Peu après, ils entendirent couler de l'eau. Sibylla chercha des yeux un recoin où se dissimuler.

– Il va seulement pisser, murmura Patrik pour calmer ses inquiétudes.

Mais cela ne suffisait pas à la rassurer. Lorsque le bruit de la chasse cessa de retentir, elle se jeta sur le sol et se glissa sous le lit. Elle fit bien car, un instant plus tard, on frappait à la porte.

– Patrik ?

Il ne répondit pas. Sibylla vit ses pieds disparaître sous la couverture et, juste après, la porte s'ouvrit. Elle aperçut deux jambes velues.

– Tu dors ?

– Mmoui.

– Il est plus de onze heures.

Soudain, elle entendit un bourdonnement et le bruit d'une feuille de papier qui sortait de la machine, bien après les autres.

– Qu'est-ce que c'est que ça ?

Les jambes velues approchèrent. Aussitôt après, celles de Patrik, en jeans, vinrent se planter devant son nez et elle entendit le bruit d'une feuille de papier qu'on froissait.

– Oh, rien.

– Ah. Pourquoi est-ce que tu dors tout habillé ?

– Je me suis simplement allongé pour me reposer un peu.

– Ah bon. Qu'est-ce que tu imprimes, comme ça ?

– Je suis allé faire un tour sur le Net.

Quelques secondes de silence intolérable.
– Je vais me recoucher. Tu es à la maison, aujourd'hui, ou quoi ?
– Je sais pas. On verra.
– Ne rentre pas après dix heures, hein. Et puis appelle-moi pour me dire où tu es.
Elle entendit Patrik soupirer. Les jambes firent demi-tour mais s'arrêtèrent à nouveau.
– Qu'est-ce que c'est que ce sac à dos ?
Sibylla ferma les yeux. Patrik tarda beaucoup trop à répondre. Dis que tu l'as trouvé. Piqué. N'importe quoi.
– Oh, c'est celui de Viktor.
Encore mieux.
– Pourquoi est-ce qu'il est là ?
– Il l'a oublié à l'école. J'ai promis de lui rapporter.
Les jambes s'éloignèrent.
– À ce soir, alors. N'oublie pas que tu as promis de ranger ta chambre avant que maman rentre.
– Oui oui.
La porte se referma enfin. Le visage de Patrik apparut par-dessous le bord du lit, tout sourires.
– T'as eu la trouille, hein, dit-il à voix basse.
Elle sortit de sa cachette en rampant.
– Elle ne ferme pas à clé, ta chambre ? lui dit-elle en s'époussetant.
Il s'assit sur le lit et se mit à lire la feuille qu'il avait soustraite à la curiosité de son père. Elle suivit son regard.

La traque de la meurtrière

Il eut l'air de réfléchir une seconde puis leva les yeux vers elle.
– Je sais ce qu'on va faire.
Elle ne répondit pas.

– Réfléchis un peu. La police te recherche, toi. Mais qui est-ce qui recherche le vrai coupable ?

Aucune idée.

– Tu piges donc pas ? C'est à nous de le faire. On va le trouver nous-mêmes.

Tout d'abord, elle n'éprouva que de la colère. Elle se dirigea vers la porte en prenant son sac à dos au passage. Mais, une fois qu'elle eut la main sur la poignée, elle hésita.

Elle n'osait pas encore sortir.

Elle reposa le sac à dos et poussa un profond soupir.

– Ce n'est pas un jeu, Patrik, murmura-t-elle.

– Je sais bien, mais qu'est-ce que tu proposes d'autre ?

Elle lâcha la poignée et se retourna. Il se baissa et se mit à rassembler les feuilles qu'elle avait jetées par terre. Elle finit par se décider à l'aider. Une fois qu'ils les eurent mises en tas, sur le bureau, elle s'assit à nouveau sur le lit.

– Et comment comptes-tu y parvenir ?

Il se pencha vers elle et lui parla avec fièvre.

– Écoute un peu. La police ne recherche personne d'autre que toi. Et si on essayait de mettre la main sur le vrai meurtrier, nous ?

– Mais comment ? On ne sait absolument rien.

Il se rejeta en arrière et la regarda.

– Promets-moi que tu vas pas te fâcher.

– Comment pourrais-je te le promettre ?

Elle vit qu'il hésitait et elle fut de plus en plus intriguée de savoir ce qui risquait de la mettre en colère, selon lui.

– Ma mère est dans la police.

Elle le fixa des yeux mais il ne bougea pas d'un

pouce. Dès que le sens de ces paroles lui apparut clairement, elle sentit son pouls battre à tout rompre.

Elle se leva.

– Il faut que je file. Vérifie si la voie est libre.

– Attends une seconde.

– *Tout de suite*, Patrik.

Elle avait élevé la voix de façon inconsidérée. Il s'exécuta, avec un soupir. Il ouvrit d'abord la porte à moitié, puis toute grande.

Elle prit son sac à dos et passa devant lui.

– Tu veux vraiment pas m'écouter ?

Elle marchait d'un bon pas le long du trottoir, mais il était sur ses talons. Elle tourna le coin de la rue et arriva dans Folkungagatan. L'écouter, ah oui, pour sûr ! Alors que sa mère était dans la police ! Il l'avait attirée dans un guet-apens, tout simplement. Elle s'arrêta brusquement et se retourna. Comme il ne s'attendait pas à ce mouvement, il vint buter contre elle.

– Enfin quoi, bon sang, qu'est-ce que tu crois qu'il se serait passé, si ta mère était rentrée ?

Elle sentait l'adrénaline monter dans son corps.

– Mais je t'ai dit qu'elle était en stage !

Elle le regarda et secoua la tête. Il était encore trop jeune pour comprendre. Mais que pouvait-elle demander ?

– Tu ne saisis pas que c'est ma vie qui est en jeu ? Elle aurait pu tomber malade et rentrer un peu plus tôt. Je ne sais pas, moi, n'importe quoi. Et alors, j'aurais été fraîche. Mais c'est peut-être ce que tu voulais ?

Il recula légèrement, s'arrêta et la regarda.

– Eh bien, va te cuiter, si tu préfères ça.

Elle sentit sa colère s'apaiser. Elle avait un seul ami et elle était en train de le perdre. Il n'avait pas eu le temps de passer un manteau et il se battait les flancs pour tenter de se réchauffer.

Elle n'avait plus la force de réfléchir. Sa situation n'était déjà pas facile auparavant, mais maintenant elle était en quelque sorte responsable de ce qui allait arriver à ce gamin, en plus. Qui pouvait dire ce qu'il allait faire dès qu'elle l'aurait perdu de vue ? Mais elle n'avait à s'en prendre qu'à elle-même. C'était elle qui l'avait mêlé à cette affaire.

Elle poussa un grand soupir.

– Va chercher quelque chose à te mettre.

Il la regarda d'un air méfiant.

– Pourquoi ?

– Parce que tu vas attraper froid.

Il la regarda à nouveau.

– Tu me prends pour un idiot ? Quand je reviendrai, t'auras filé depuis longtemps.

– Et alors ?

Ils se soupesèrent du regard. Puis il sortit son portefeuille de sa poche-revolver et alla le glisser dans celle de la veste de Sibylla.

– Garde-moi ça jusqu'à ce que je revienne.

Il était déjà à cinq ou six mètres et disparut derrière le coin des maisons. Il n'était pas bête, ce petit morveux. Il promettait. Elle sortit le portefeuille de sa poche et le soupesa. Puis elle ferma les yeux et ne put s'empêcher de rire.

– Je t'attends dehors. Je vais aller m'asseoir dans le jardin public.

Il n'était toujours pas entièrement convaincu qu'elle n'allait pas filer. Elle vit qu'il hésitait.

– Promis.

Cette fois, elle parlait sérieusement. Il hocha la tête et traversa Götgatan. Elle le suivit des yeux jusqu'à ce qu'il ait franchi les portes de la bibliothèque de Medborgarplatsen.

Quand il était revenu un peu plus chaudement habillé, son visage s'était fendu d'un sourire qui pouvait faire fondre n'importe quelle femme injustement soupçonnée de meurtre. Elle n'avait pas pu s'empêcher de lui rendre son sourire et elle l'avait écouté lui confier quel allait être leur premier coup. Il allait envoyer un mail à la police et lui fournir un alibi pour la nuit dernière. Elle avait hésité et lui avait demandé de ne pas révéler où ils se trouvaient et surtout pas qui il était. Il l'avait alors regardée, avec son air je-suis-quand-même-pas-débile-à-ce-point-là. Et il lui avait expliqué que, s'il voulait qu'ils sachent qui il était, il n'avait qu'à faire ça depuis chez lui. Pour préserver son identité, il suffisait qu'il utilise l'ordinateur de la bibliothèque du quartier.

Elle était donc assise sur un banc, dans le jardin public, en train de l'attendre. Sur Medborgarplatsen, les gens flânaient comme ils le font volontiers le samedi, mais, heureusement, elle ne vit pas de visage connu sur les autres bancs.

Au bout de dix minutes, il fut de retour.

– Qu'est-ce que tu leur as dit ?

– Que Sibylla Forsenström est en train de les attendre à Medborgarplatsen mais qu'elle est innocente.

Elle se laissa prendre une seconde, puis soupira :

– C'est même pas drôle, Patrik.

– Non, j'ai dit que je voulais pas révéler qui j'étais mais que j'étais sûr à cent pour cent que t'étais pas coupable.

Une idée lui vint à l'esprit.

– Comment le sais-tu ? J'aurais très bien pu tuer tous les autres. Mis à part celui de cette nuit.

– Oh, la vache ! Tu sais que t'as l'air super dangereuse !

Elle n'en démordit pas.

– Sérieusement ? Tu crois que c'est moi ?

Il la regarda en fronçant les sourcils.

– C'est toi ?

Elle attendit une seconde avant de répondre. Puis elle eut un sourire.

– Non. Mais tu vois : tu n'en es même pas sûr.

– Si je le suis, c'est toi qui dis des conneries.

Il avait l'air vexé et elle l'était également. Elle n'avait pas l'intention d'être un petit joujou passionnant avec lequel il pourrait se distraire pendant un certain temps.

– Je veux seulement te mettre en garde : ne gobe pas tout ce qu'on te dit.

Son froncement de sourcils ne fit que s'accentuer. Il ne comprenait vraiment pas ce qu'elle voulait dire.

Parfait. Cela lui permettrait de conserver la maîtrise de la situation.

Il s'assit près d'elle et ils gardèrent le silence un instant. Les gens passaient près d'eux et ils les suivaient du regard, mais personne ne semblait attacher d'importance à ce couple un peu étrange assis sur un banc.

Soudain, deux voitures de police descendirent la côte de Götgatan à toute allure et vinrent se ranger sur la place. Elles n'actionnaient pas leurs sirènes, mais leurs feux rotatifs bleus suffisaient à faire le vide devant elles. Dès qu'elles furent arrêtées, les portières s'ouvrirent et deux agents descendirent et pénétrèrent dans la bibliothèque au pas de course.

Il valait mieux ne pas faire de vieux os à cet endroit.

Ils se regardèrent et se levèrent. Ils pressèrent le pas le long de Tjärhovsgatan et tournèrent pour monter en direction de la place de Mosebacke. Toujours en silence, ils s'assirent sur un banc. Ce jour-là, le soleil avait enfin réussi à percer la masse nuageuse compacte qui avait recouvert Stockholm au cours de ces dernières semaines. Sibylla posa son sac à dos près d'elle, se rejeta en arrière et ferma les yeux. Ah, pouvoir partir à l'étranger, vers un pays où le soleil brillait en permanence et où personne ne serait à ses trousses. Elle n'était encore jamais sortie de Suède. Ses parents, eux, étaient allés à Majorque une ou deux fois, quand elle était petite, mais pas elle. Et maintenant, elle n'avait pas de passeport.

Après un quart d'heure de silence, au moins, il se tourna vers elle.

– Je vais aller voir sur l'ordinateur de ma mère, à son boulot.

Pas plus compliqué que ça.

– Tu n'as pas le droit.

– Je sais bien, mais je vais le faire quand même.

– Je te l'interdis. Je ne veux pas que tu sois mêlé à cette affaire.

Il pouffa.

– Je le suis déjà, non ?

Il était difficile de le nier. Mais si elle avait pu se douter à l'avance de ce qu'il allait entreprendre, ou même de la moitié, elle aurait laissé tomber. À l'âge de Patrik, elle restait toujours muette comme une carpe et écoutait poliment ce que les adultes avaient à dire.

Mais quand on connaissait le résultat…

– Tu peux vraiment le faire sans risque ?

– Il suffit que je dise que je vais voir ma mère et ensuite de demander à l'attendre dans son bureau.

– Mais tu m'as dit qu'elle était en stage.

– Ils le savent pas, à la réception.

– Mais s'ils le savaient ?

Il commençait à se lasser d'un pareil manque d'enthousiasme.

– Je trouverai un autre moyen, alors.

Il était trop fort pour elle. Comment faire ?

– Et s'ils te surprennent ?

– C'est pas possible.

– J'ai dit *si*…

Il ne semblait pas avoir l'intention de répondre à cela. Il se tapa sur les cuisses et se leva.

– On y va ?

– Où ça ?

Il eut l'air de se demander pourquoi il fallait tout lui expliquer deux fois.

– Là où bosse ma mère !

Elle le regarda en silence. Il était ou bien son ange gardien ou bien celui qui allait la précipiter dans le gouffre. Mais ce genre de chose, on ne le savait qu'après coup.

– T'as pas d'objection à ce que je ne t'accompagne pas pour cette tentative d'effraction dans un local de police ?

Il eut un petit sourire.

– Où est-ce qu'on se retrouve ?

Elle ne l'entendit pas arriver. Elle l'attendait, assise sur un banc, sur le quai de l'Hôtel-de-Ville. Lorsque l'aiguille des minutes de l'horloge du clocher de l'église de Riddarholm eut fait un tour complet sur elle-même, elle avait commencé à songer sérieusement à partir.

Mais elle était restée.

Une demi-heure plus tard, une feuille de papier se mit à danser juste devant son nez.

Il était arrivé sans faire de bruit et, quand elle se retourna, elle vit la fierté luire dans ses yeux, derrière ses lunettes cerclées de métal.

Elle prit la feuille et se mit à lire. Le premier nom était celui de Jörgen Grundberg. Il était suivi de trois autres. Un homme et deux femmes. Quatre inconnus que la police l'accusait d'avoir tués.

– La liste des victimes. Avec leur adresse et leur numéro national d'identification.

Il se pencha par-dessus son épaule.

– Apparemment, celle de cette nuit vivait à Stocksund. C'est à Stockholm, ça, hein ?

Elle opina. Son alibi ne valait donc plus grand-chose. Elle aurait parfaitement pu y aller et en revenir pendant que Patrik dormait du sommeil du juste dans le grenier de l'école. Elle le regarda. Il ne semblait pas s'être fait cette réflexion. Pas encore. Il était tout à son exploit.

Elle baissa la feuille de papier et regarda Riddarfjärden. L'eau étincelait sous les rayons du soleil. Quelques canards passèrent devant eux en flottant sur l'eau.

– Bon. Qu'est-ce que tu crois qu'il faut qu'on fasse, maintenant ?

Il plongea la main dans sa poche et en tira une nouvelle liasse de papiers.

– J'ai imprimé ce que j'ai trouvé.

– Personne ne t'a vu ?

– Non. J'ai pas pu me mettre à l'ordinateur de ma mère, mais celui de Kenta était branché, dans le bureau d'à côté. J'ai profité qu'il allait aux chiottes.

Sibylla secoua la tête.

– T'es vraiment dingue, tu sais.

– Il est resté longtemps, ajouta-t-il avec un sourire en coin. Je crois que ni lui ni ma mère ne s'occupent de cette enquête. J'ai seulement trouvé des renseignements d'ordre général, sur son courrier électronique.

Il déplia les feuilles de papier et lui montra la première.

– Regarde ça. C'est le genre de trucs que l'assassin laisse derrière lui sur le lieu du crime.

La photo en noir et blanc représentait un crucifix. La croix était en bois de couleur sombre et le Christ avait l'air d'être en argent ou en un métal quelconque. Les mesures étaient clairement indiquées, à côté, en millimètres.

Elle tendit la main vers la feuille suivante.

C'était aussi une photo en noir et blanc. Elle montrait un mur recouvert d'une tapisserie à fleurs. En bas se trouvait un lit défait portant de grosses taches sombres. Et puis il y avait ce texte, rédigé en grosses lettres, au-dessus.

Malheur à qui prive l'innocent de son droit. Sibylla.

Elle le regarda et il lui tendit rapidement la dernière feuille. C'était la photo d'une paire de gants en plastique transparent. **NUTEX 8**, était-il marqué à côté.

– Ils en utilisent des comme ça dans les hôpitaux.

Elle hocha la tête. Cela ne devait pas être difficile.

– C'est tout ce que j'ai eu le temps de prendre. Mais, au moins, on a les noms.

– Qu'est-ce que tu veux qu'on en fasse ?

Il se tourna de façon à pointer les genoux vers elle. Il chercha un peu ses mots mais finit par dire :

– Tu sais ce que je pense.

Non, je n'en ai pas la moindre idée.

– Je crois que tu as renoncé. Comme si, en fait, tu attendais que cette affaire se résolve d'elle-même. Comme si tu te foutais pas mal de ce que ça va donner.

– Et puis alors ? C'est tellement étonnant ?

– Quand je dis des trucs comme ça, mon vieux me dit qu'il faut pas passer son temps à s'apitoyer sur soi. Qu'il faut faire quelque chose pour se sortir de la merde.

Il a drôlement bien réussi son coup, ton père.

– Hier, tu m'as dis qu'on s'intéressait pas aux SDF et aux autres du même genre, que vous n'aviez aucune chance et tout le reste. Mais, quand tu en as une, de chance, tu la prends pas.

Il commençait à s'exciter. Elle le regarda avec un intérêt nouveau. Elle ne parvenait pas encore à savoir si elle avait été insultée ou éclairée, mais il était certain qu'il avait raison.

– Bon, dit-elle en se levant. Qu'est-ce qu'il faut que je fasse, maintenant, chef ?

– On va aller à Västervik.

Elle écarquilla les yeux.

– Tu blagues ?

– Non. J'ai téléphoné pour savoir. Y a un bus qui part dans une demi-heure. Ça coûte 466 couronnes aller et retour. Je te les prête, si tu veux. On sera là-bas à cinq heures moins vingt et on aura deux heures vingt sur place, avant le retour.

Elle secoua la tête.

– T'es complètement dingue.

– On sera revenus à onze heures et quart.

Elle utilisa l'argument du désespoir.

– Mais il faut que tu sois rentré pour dix heures.

– Non. Parce que je vais au ciné. J'ai téléphoné à mon père pour le prévenir.

Le paysage défilait de l'autre côté de la vitre. Södertälje. Nyköping. Norrköping. Söderköping. Patrik était plongé dans les renseignements qu'il avait dérobés à la police, comme s'il pensait y trouver un indice quelconque. Sibylla, elle, regardait surtout par la fenêtre.

Elle avait payé elle-même sa place. Elle était allée aux toilettes, dans le hall de la gare routière et avait sorti un billet de mille couronnes de sa pochette. Quand elle était revenue, Patrik avait acheté deux sacs de chips et une bouteille de deux litres de boisson fraîche, comme provisions de route. Il avait écarquillé les yeux quand il avait vu le billet avec lequel elle acquittait le prix du voyage.

Mais il n'avait pas posé de question.

C'était parfait.

– Pourquoi est-ce que tu fais ça, au juste ?

Il haussa légèrement les épaules.

– C'est fendard.

Elle n'avait pas l'intention de se satisfaire de cette réponse.

– Non : sérieusement. Tu n'as pas de copain plus drôle à fréquenter qu'une bonne femme de trente-deux ans ?

– T'es pas plus vieille que ça ? ricana-t-il.

Elle ne répondit pas. Il avait sûrement lu son âge dans le journal à plusieurs reprises. Elle continua à l'observer et il finit par replier ses papiers et les fourrer dans sa poche intérieure.

– Je pige pas ce que les gens ont à reprocher à aimer être seul. Mon vieux et ma vieille, ils arrêtent pas de me le reprocher. J'y peux rien, moi, si j'aime pas le hockey ou le foot. Je me fous pas mal si c'est AIK ou Djurgarden qu'est champion de Suède.

Elle secoua la tête pour mettre un terme à cette diatribe.

– Bon, bon. Je me demandais seulement.

Elle se mit à nouveau à regarder par la fenêtre et il retourna à ses papiers.

Sören Strömberg, 7/2/1936 – 4639.

Ils se rendaient chez la famille de cet homme. Sibylla se souvenait encore de la visite qu'elle avait rendue à Lena Grundberg. Elle était pleine de confiance et de courage, alors.

Les choses avaient bien changé, depuis.

Le car était à l'heure et, à cinq heures moins vingt-cinq, ils étaient à Västervik. Patrik se dirigea aussitôt vers le kiosque à journaux et demanda où se trouvait

Sivertsgatan, où habitait jadis Sören Strömberg. Sibylla vit la vendeuse lui montrer de la main et lui expliquer le chemin.

Ce n'était pas loin. Ils n'en eurent pas pour plus de cinq minutes.

Plus ils approchaient, plus elle se sentait mal. Patrik marchait légèrement devant elle. Il n'avait peur de rien et on aurait dit qu'il se rendait, plein d'enthousiasme, à un bon dîner attendu depuis longtemps.

La maison avait deux étages et un toit mansardé. Alors que c'était encore à la mode, quelqu'un avait eu le mauvais goût de recouvrir la façade de matériau isolant. Au milieu, devant la porte, la même personne, sans doute, avait recouvert le perron d'une petite véranda de plastique dur de couleur verte, ce qui avait porté le coup de grâce au charme de la maison.

Ils s'arrêtèrent devant la barrière et se regardèrent. Sibylla secoua la tête d'un air découragé, pour signifier à Patrik qu'elle trouvait que c'était une très mauvaise idée. Ceci le décida. Il ouvrit la barrière et se dirigea vers la porte d'entrée.

Elle le suivit, non sans un soupir. Elle ne pouvait pas rester où elle était, de toute façon.

– Qu'est-ce que tu vas dire ? lui demanda-t-elle à voix basse.

Il n'eut pas le temps de répondre. À l'étage supérieur de la maison voisine, une fenêtre s'ouvrit et une femme d'un certain âge passa la tête.

– Vous venez voir Gunvor ?

Ils se regardèrent.

– Oui, répondirent-ils d'une seule voix.

– Elle est dans sa maison de campagne. À Segersvik. Y a une commission à lui faire ?

Patrik approcha de la limite du terrain de la voisine.

– C'est loin d'ici ?

– Une vingtaine de kilomètres. Vous êtes en voiture ?

– Oui, répondit Patrik sans hésiter.

– Alors, c'est sur la vieille route de Gamleby, celle qui passe par Piperskärr. C'est à une dizaine de kilomètres de là. Je crois qu'il y a un panneau indicateur.

– Merci de votre aide.

Il tourna le dos à la femme, la privant ainsi de toute possibilité de lui poser d'autres questions. Ils retournèrent à la barrière et, en la franchissant, ils entendirent la voisine refermer sa fenêtre.

– C'est là qu'il a été assassiné, dit-il à voix basse. C'était marqué dans le journal qu'il a été tué dans sa maison de campagne.

Ils s'éloignèrent du champ de vision de la voisine. Au bout de la rue, Sibylla s'arrêta.

– Qu'est-ce qu'on fait ? On ne va pas avoir le temps d'y aller, si on veut revenir par le car.

– On prend un taxi.

Elle fronça les sourcils.

– J'ai de l'argent, expliqua-t-il.

Elle ne fut pas satisfaite de cette réponse.

– Comment se fait-il que tu aies tellement d'argent ? Ce n'est pas très courant, à ton âge, hein ?

Il ne répondit pas et baissa les yeux.

– Merde. Me dis pas que tu l'as volé.

– Non. Emprunté.

– À qui ?

Il se remit à marcher en direction de la gare routière, où ils avaient vu qu'il y avait une station de taxis. Sibylla ne bougea pas.

– Je ne ferai pas un pas tant que tu ne m'auras pas dit à qui tu l'as fauché.

Il s'arrêta et se retourna.

– Je l'ai emprunté à la maison. Sur l'argent des commissions. T'inquiète. Je rembourserai sans qu'ils s'en aperçoivent.

– Ah bon. Et sur quel argent ?

– Bah. On verra bien.

Il se retourna et se remit à marcher, mais elle ne bougeait toujours pas. Il s'en aperçut, se retourna et lui cria :

– Est-ce qu'on reste plantés là à s'engueuler ou bien on essaie de faire quelque chose ?

– Combien as-tu pris ? lui cria-t-elle.

Il hésita un instant.

– Mille balles.

Elle sortit sa pochette et y préleva un nouveau billet. Puis elle referma la fermeture Éclair et s'avança vers lui.

– Tiens, dit-elle en lui tendant l'argent. Mais si tu recommences, je te préviens que je file. Compris ?

Il hocha la tête, l'air étonné, et regarda le billet.

– Je t'ai demandé si tu as compris ?

– OUI !

Il lui prit le billet des mains. Elle passa devant lui et le précéda vers la station de taxis.

– C'est de bon cœur.

Au bout d'une dizaine de mètres, elle se retourna. Il n'avait pas bougé.

– Est-ce qu'on reste plantés là à s'engueuler ou bien tu viens ?

Il hésita encore un instant puis, à contrecœur, il se mit à courir derrière elle pour la rattraper.

Lorsque le compteur du taxi afficha plus de deux cents couronnes, elle secoua la tête

Prendre un taxi !

Cela faisait longtemps qu'elle n'avait pas gaspillé son argent de cette façon.

Ils avaient dépassé depuis longtemps Piperskärr et l'asphalte venait de prendre fin brusquement, laissant la place à la terre battue. Ils traversaient tantôt des parties boisées, tantôt des champs, montaient de petites buttes et faisaient des crochets pour éviter des gros rochers et des petits bois.

Ils n'échangèrent pas un seul mot pendant toute la durée du trajet. Heureusement, le chauffeur était du genre taciturne et Patrik avait totalement perdu la parole après le récent incident.

Elle se sentit un peu mieux. Elle avait repris le commandement des opérations.

Ils passèrent devant un hangar à bateaux vide, puis un parking sur lequel des embarcations tirées au sec attendaient l'arrivée du printemps, recouvertes de bâches et de housses en plastique. Puis ils pénétrèrent à nouveau dans la forêt et, au bout d'environ un kilomètre, le paysage s'ouvrit en direction de l'eau, sur leur gauche. À l'ouest, le soleil était en train de disparaître et coloriait le ciel en rose.

– C'est à la ferme que vous allez ?

Le chauffeur désigna de la tête un groupe de maisons. Sibylla regarda Patrik qui, lui, observait le paysage par la fenêtre. Il était clair qu'il n'avait pas l'intention de lui apporter la moindre aide. Elle se pencha vers le conducteur du taxi.

– Je ne sais pas exactement. Nous allons voir Gunvor Strömberg. Il paraît qu'elle a une maison de campagne ici.

– Je ne sais pas, moi, maugréa-t-il. Vous n'avez pas d'adresse plus précise ?

Il franchit lentement les piliers d'entrée d'une propriété et, après un brusque virage vers la droite, une petite maison rouge apparut. Le compteur affichait 260 couronnes.

Sibylla avala sa salive et préleva un nouveau billet sur sa réserve. Patrik l'observait du coin de l'œil, mais elle ne croisa pas son regard.

– Arrêtez-vous ici.

Le chauffeur se rangea de son mieux et ils descendirent de voiture. Il la laissa prendre elle-même son sac à dos dans le coffre. Elle n'avait pas cru bon de laisser de pourboire.

La voiture alla faire demi-tour un peu plus loin. Quand elle disparut derrière le virage, Sibylla s'avisa qu'ils n'avaient rien prévu pour le retour. Elle poussa un soupir, hissa le sac sur ses épaules et se retourna. Devant eux se trouvait une barrière, assez large pour laisser passer une voiture, et l'une des bornes portait une boîte aux lettres verte en métal.

Strömberg.

Elle se retourna et regarda Patrik.

– C'est là. Au bord de l'eau.

– Ahah, fit-il.

– Tu vas continuer longtemps à me faire la tête ?

Il ne répondit pas mais avança vers elle.

Une fois la barrière franchie, l'allée descendait et, au bout de quelques mètres, ils virent le toit et l'arrière d'une maison. Ils en étaient séparés par un gros buisson, dont ils durent faire le tour. Sibylla marchait en tête et Patrik derrière. Une fois le buisson contourné, ils se retrouvèrent au bord de l'eau. Devant eux, un ponton s'avançait dans l'eau.

La vue était magnifique. Comment pouvait-on être assassiné dans un endroit pareil ?

– Vous désirez ?

Sibylla se retourna rapidement et vit une femme, un peu au-dessus d'eux, sous le balcon de la maison dont ils avaient vu l'arrière.

Elle chercha quelque chose d'intelligent à dire. Patrik

ne comptait pas s'en mêler, elle le vit sur son visage quand elle se tourna vers lui. Cette fois, il lui faudrait se débrouiller seule.

La femme posa le râteau qu'elle tenait à la main et avança vers eux. Patrik, lui, se dirigea vers le ponton. Sibylla avala sa salive et fit quelques pas vers la femme. Elle avait dans les soixante-cinq ans et boitait un peu. Elle resta un instant sans rien dire, tandis que Sibylla sentait son cœur battre la chamade.

– Vous êtes intéressés par l'achat de la maison ? Magnifique.

– Oui, c'est ça.

Sibylla eut un sourire de gratitude. Bien sûr qu'ils voulaient acheter la maison.

– Ah bon, dit la femme avec un sourire. Excusez-moi d'être méfiante, mais il y a tellement de curieux qui viennent rôder par ici.

Elle se racla la gorge, puis il y eut un instant de silence.

– Vous avez de la chance de me trouver. L'agence ne m'a pas prévenue.

– Non, nous passions par hasard.

La femme ôta ses gants de jardin et lui tendit la main.

– Gunvor. Gunvor Strömberg.

Sibylla hésita un moment avant de répondre :

– Margareta Lundgren.

Elle prit la main de la femme. Celle-ci était moite, après le temps passé dans le gant en caoutchouc.

– C'est votre fils, je suppose ?

Sibylla suivit son regard et vit le dos de Patrik.

– Oui, se hâta-t-elle de répondre. C'est ça.

Patrik s'était mis à faire des ricochets. Sibylla, elle, avait le cœur qui battait. Elle se demandait à quel point elle avait pu le vexer pour qu'il se comporte de la sorte. Peut-être allait-il même tenter de lui faire payer cela ?

– Ce ponton ne nous appartient pas, mais nous avons un droit d'usage, c'est marqué dans l'acte de propriété. Mais, le plus souvent, on était seuls à s'en servir.

Elle se tut et regarda vers le large. Puis elle reprit ses esprits.

– Je suppose que vous voulez voir l'intérieur ?

– Eh bien oui, merci, répondit Sibylla avec un sourire.

– Et lui, ça l'intéresse ? demanda-t-elle en montrant de la tête Patrik, toujours en train de jeter des pierres.

– Patrik, est-ce que tu veux voir l'intérieur de la maison ? cria-t-elle.

Il ne se pressa pas et jeta une nouvelle pierre avant de se retourner. Gunvor Strömberg regarda Sibylla avec un sourire.

– C'est l'âge difficile. Je sais ce que c'est. On n'y peut rien, malheureusement.

Sibylla s'efforça de montrer, en souriant, qu'elle partageait cette opinion. Mais en se disant intérieurement que, âge difficile ou pas, il allait en entendre parler, après.

La femme remonta l'allée et Sibylla attendit Patrik, qui arrivait sans se presser. Quand il fut à sa hauteur, elle lui siffla à l'oreille :

– Arrête de faire l'imbécile. Elle croit qu'on veut acheter la maison.

Il la regarda en haussant les sourcils.

– Eh bien, achète-la. Puisque t'as de l'argent.

Il passa alors devant elle.

C'était étrange. C'était la deuxième fois en l'espace d'une semaine que deux personnes étaient déçues de constater qu'elle avait de l'argent. Comment était-ce possible ?

Gunvor Strömberg était déjà sur le pas de la porte et Sibylla pressa le pas pour la rejoindre. Patrik tendit la main et se présenta poliment et correctement.

– Entrez et allez regarder. Je vous attends ici.

Ils échangèrent un regard, puis montèrent le petit perron de pierre et ouvrirent la porte.

– Ce n'est pas bien grand, mais il y a à peu près tout ce dont on a besoin, leur lança Gunvor Strömberg. Le chauffe-eau est un peu vieux et il faudra sans doute bientôt le changer.

Sibylla opina de la tête et franchit le seuil.

L'assassin avait fait de même, peu auparavant.

Elle regarda autour d'elle. Au bout de deux pas, elle se retrouva dans une petite cuisine. Tout était bien rangé. C'était une maison où on avait pris ses habitudes et qui en portait la trace. Les chaises de cuisine avaient laissé des marques sur le plancher, après avoir été tirées des centaines de fois. L'émail de la poignée du four était écaillé, lui aussi, pour avoir été saisi année après année par des mains impatientes.

On respirait une légère odeur de peinture.

Patrik s'était enfoncé un peu plus loin et avait ouvert la porte d'une autre pièce. Il se tenait maintenant sur le seuil de celle-ci et lui faisait signe d'approcher.

La chambre était peinte en blanc mais vide de meubles.

Il sortit alors les papiers qu'il avait rangés dans sa poche intérieure, trouva celui qu'il cherchait et le lui tendit.

– C'est ce mur-là, dit-il à voix basse.

Sibylla regarda la photo du lit ensanglanté et lut une nouvelle fois l'inscription que l'assassin avait laissée sur le mur en la signant de son nom.

Elle n'avait qu'un désir : sortir de là.

Gunvor Strömberg s'était éloignée jusque sur le ponton. Elle tournait le dos à la maison et regardait le large. Sibylla hésita une seconde. Patrik sortit et vint se placer à côté d'elle.

– Va lui parler.

Elle le regarda.

– On n'a encore rien trouvé d'intéressant, poursuivit-il. Pendant ce temps-là, je continue à chercher.

Il avait raison. Après être venus aussi loin, autant ne pas repartir bredouilles.

Gunvor Strömberg ne semblait pas consciente que quelqu'un était venu la rejoindre sur le ponton. Elle continua à regarder au loin et ce n'est que lorsque Sibylla se racla la gorge qu'elle porta la main à son visage pour essuyer une larme. Mais elle ne se retourna pas.

– C'est vraiment un endroit magnifique, hasarda Sibylla.

La femme ne répondit pas. Sibylla observa le mutisme, elle aussi. Le silence finirait par forcer l'aînée des deux à parler.

Cet endroit était vraiment la réalisation de ses rêves. Isolé. Calme. Et puis cette vue splendide. Mais elle n'aurait jamais les moyens de se l'offrir. Jamais de la vie. Bientôt, elle n'aurait même plus les moyens de quoi que ce soit

– Autant que je vous le dise moi-même, plutôt que vous l'appreniez par d'autres, dit soudain la femme en se tournant vers elle. Vous n'êtes pas d'ici, hein ?

– Non.

Elle hocha la tête et se tourna à nouveau vers le large.

– Je l'ai bien vu.

Sibylla vint se placer à côté d'elle. Le mieux était de la laisser parler.

– Mon mari a été assassiné, ici même, il y a six jours.

Elle continua à observer la mer, mais Sibylla fit de son mieux pour paraître surprise.

– Ce n'est pas quelqu'un du coin qui a fait ça, vous n'avez pas besoin d'avoir peur.

Elle se tut à nouveau. Sibylla regarda son visage. Il faisait encore assez clair pour qu'elle puisse distinguer les larmes qui coulaient le long de ses joues.

– C'est pour cela que vous la vendez ? demanda-t-elle.

La femme secoua la tête dans un sanglot.

– Cela fait longtemps que nous voulions la vendre. Mais nous préférions attendre le printemps pour en tirer un meilleur prix.

Elle masqua son visage dans sa main droite, comme si elle ne voulait pas que Sibylla voie qu'elle pleurait.

– Sören était malade depuis longtemps. Le cancer du foie. Il y a un peu plus d'un an, il a subi une grave opération. Elle a donné des résultats dépassant toutes nos espérances. Les docteurs avaient dit qu'il n'avait que 44 % de chances de survivre.

Elle secoua la tête.

– J'avais commencé à reprendre espoir. Il prenait ses médicaments et procédait régulièrement à des examens. Tout paraissait aller comme il fallait. Mais, bien sûr, il était souvent fatigué et n'avait plus la force de ce qu'il faisait avant. Nous avons pensé qu'il serait trop dur de garder cette maison et nous nous sommes dit que nous pourrions utiliser l'argent pour voyager un peu. Nous ne savions pas combien de temps il nous restait à vivre, n'est-ce pas ?

Elle se tut à nouveau. Sibylla posa sa main sur son épaule et ce contact déclencha des sanglots.

– Nous venions très souvent ici. Dès que nous avions un moment de libre.

– Vous pouvez peut-être attendre pour la vendre ?

La femme secoua la tête.

– Je ne veux plus y venir. Je n'ose même plus y entrer.

Elles restèrent un instant sans rien dire. Sibylla avait ôté sa main. Soudain, une fanfare déchira l'air. Sibylla regarda autour d'elle, stupéfaite.

– Ne vous inquiétez pas : ce n'est que Magnusson. Il sonne le réveil, le matin, et le couvre-feu, le soir, quand il est ici. Il aime ça, dit-il.

Gunvor Strömberg esquissa un sourire, au cœur de sa douleur.

Sibylla ferma les yeux. Pouvoir vivre ici. Toute seule, en paix et avec pour seul voisin, à bonne distance, quelqu'un qui jouait de la trompette pour son simple plaisir. Un rêve de bonheur.

– Combien en demandez-vous ?

Gunvor Strömberg se retourna et la regarda.

– L'agence dit qu'elle peut valoir dans les trois cent mille…

Sibylla vit ses espoirs s'effondrer.

– … mais, pour moi, l'important, c'est la personnalité de l'acquéreur.

Elles se regardèrent.

– Sören et moi l'avons construite en 57. Nous nous sommes donné un mal fou pour joindre les deux bouts et nous avons connu bien des joies, ici. Il y avait des moments où il nous paraissait impossible de partir et que quelqu'un d'autre vienne s'installer à notre place. Et que la maison reste ici. Sans nous.

Sibylla baissa les yeux vers les planches du ponton et Gunvor Strömberg serra sa veste sur son corps.

– Comme si nous n'avions été qu'une parenthèse et n'avions joué aucun rôle.

– Mais si, dit Sibylla, très sincèrement. C'est ce qui rend cette maison unique. Les traces de vie que vous y avez laissées. Et à l'extérieur, aussi. Cette allée que vous avez tracée de vos pas, elle sera toujours là. Les buissons que vous avez plantés. Tout ça. Moi, je ne laisserai rien derrière moi. Il n'y aura plus rien, quand je disparaîtrai.

Elle se tut. Qu'était-elle en train de faire ? Pourquoi

ne pas dire à cette femme comment elle s'appelait, pendant qu'elle y était ?

– Mais vous avez un fils.

Sibylla se racla la gorge.

– Bien sûr, dit-elle, gênée, avec un sourire. Je ne sais pas pourquoi je dis tout ça.

Elle se tourna vers la maison et s'écria

– Patrik ! Il faut qu'on s'en aille, maintenant, si on veut arriver à temps pour prendre le car.

– Vous êtes en voiture ? demanda Gunvor Strömberg.

– Non. Nous sommes venus en taxi.

– Alors, je peux vous ramener en ville, j'y vais.

Ils arrivèrent juste à l'heure. Sibylla était assise contre la vitre et tenait dans sa main le numéro de téléphone de Gunvor Strömberg.

Pour le cas où elle voudrait acheter la maison.

Elle plia le morceau de papier et le glissa dans sa poche. Patrik la regarda avec curiosité.

– Alors, t'as appris quelque chose d'intéressant ?

Sibylla dut s'extraire de son rêve et le regarder.

– Je ne sais pas au juste. Elle n'a rien dit sur le meurtre lui-même. Elle m'a simplement confié que son mari avait un cancer et avait été opéré il y a environ un an.

Patrik eut l'air déçu.

– Mais tu devais lui poser des questions sur le meurtre !

– Ce n'était pas facile !

Ils restèrent un moment sans rien dire. Patrik sortit alors ses documents et les examina une nouvelle fois. Il avait écrit quelque chose au crayon, au verso de la photo du mur.

– Qu'est-ce que c'est que ça ?

– Y avait une chemise en plastique contenant le journal intime de son mari, dans son sac à main. J'ai recopié un ou deux trucs.

Elle le regarda, scandalisée.

– Tu as fouillé dans son sac ?

– Ben oui. Comment tu veux faire, autrement ?

Elle secoua la tête et fut soudain prise d'une crainte.

– Tu n'as rien fauché, n'est-ce pas ?

Il la regarda avec de grands yeux.

– Si. Quatre millions.

Elle lui fit une grimace et tendit la main pour prendre ses notes. Au moment critique, il retira le papier.

– Pourquoi t'as autant d'argent ?

– Comment ça ?

– Pourquoi tu loges dans le grenier d'une école alors que t'as plein de billets de mille autour du cou ?

– C'est mon affaire.

D'abord, elle se moqua qu'il fasse la tête à nouveau. Il croisa les bras sur la poitrine et se détourna ostensiblement. Elle regarda alors par la vitre et ce ne fut que lorsqu'ils eurent dépassé Söderköping qu'elle comprit qu'elle lui devait une explication.

– Ce sont mes économies, dit-elle, toujours tournée vers la vitre.

Il la regarda.

Elle lui confia alors son rêve, cette maison qui lui permettrait de changer de vie et de se passer des subsides mensuels de sa mère, désormais interrompus. Il l'écouta avec intérêt et, quand elle eut fini, il lui tendit la feuille de papier.

– Tiens.

Il avait eu le temps de noter la date des séjours de Sören Strömberg à l'hôpital et de ses opérations. Elle sauta certaines expressions et abréviations incompréhensibles, mais, soudain, elle buta sur un mot qu'elle avait déjà rencontré quelque part. Sandimmum Neoral.

Quelqu'un l'avait prononcé devant elle peu auparavant. À moins qu'elle ne l'ait lu quelque part ?

Patrik observa sa réaction.

– Qu'est-ce qu'il y a ?

Elle secoua la tête, pensive.

– Je ne sais pas.

Elle montra du doigt la feuille de papier.

– Ça, là : Sandimmum Neoral, cinquante milligrammes. Je ne sais pas pourquoi, mais ça me dit quelque chose.

Patrik regarda le mot.

– On dirait que c'est un médicament. Contre quoi ?

– Aucune idée.

– La mère d'un de mes copains est médecin. Je peux lui demander.

Bien sûr. Va demander à sa mère pourquoi on prend du Sandimmum Neoral. Les garçons de quinze ans font ça tous les jours.

Elle lui sourit. Elle aurait voulu prendre sa main mais n'osa pas.

– Patrik.

– Mmouais.

– Merci de ton aide.

Il eut l'air un peu gêné.

– Bah, j'ai encore rien fait.

Son sourire se fit plus large.

– Oh si. Tu as déjà fait beaucoup.

Elle passa la nuit suivante dans le grenier de l'immeuble de Patrik. C'est lui qui l'y introduisit et elle déroula son tapis de sol dans un compartiment inutilisé.

Elle eut du mal à dormir. Patrik était monté lui apporter des tartines à la suédoise, ce n'était donc pas dû à la faim. Plutôt au fait qu'elle avait l'esprit encombré de tout ce qu'elle venait de vivre en si peu de temps. Diverses images et scènes défilèrent derrière ses paupières et elle ne trouva le sommeil qu'au bout de quelques heures.

Dès qu'elle ouvrit les yeux, le dimanche matin, elle sut pourquoi elle connaissait le Sandimmum Neoral. Son cerveau avait fait le tri dans ses souvenirs, pendant son sommeil.

Jörgen Grundberg.

C'était le nom qui était inscrit sur la tablette de médicaments qu'il avait sortie de sa poche à la fin du repas, au Grand Hôtel.

Elle en fut si excitée qu'elle se mit sur son séant.

Étrange coïncidence ! Deux des victimes de l'assassin prenaient le même remède.

Elle fut aussitôt parfaitement réveillée et ne put s'empêcher de se lever. Elle gagna le couloir pour aller regarder par la lucarne. Il faisait jour et elle se demanda quelle heure il était. Dans combien de temps Patrik viendrait-il ?

Elle dut attendre plusieurs heures.

Pendant ce temps, elle prit conscience d'un changement inattendu. Le désir de persévérer, qu'elle avait cru s'évanouir en elle, était revenu. Elle était à nouveau bien décidée à ne pas abandonner.

Lorsqu'elle entendit enfin la lourde porte de métal s'ouvrir et Patrik lui dire que c'était lui qui arrivait, elle ne put attendre une seconde pour lui annoncer sa découverte.

– Jörgen Grundberg prenait du Sandimmum Neoral, lui aussi.

– Ah bon ? T'es sûre ?

Il lui tendit un gros sandwich à deux étages et une bière. Mais elle n'avait pas l'esprit à cela.

– Oui. J'en suis sûre. Ça ne peut pas être une simple coïncidence.

– Moi, j'ai parlé avec la mère de mon copain.

– Déjà ? Quelle heure est-il ?

Il regarda sa montre.

– Onze heures dix. Je l'ai réveillée, avec mon coup de téléphone. Mais je lui ai dit que j'avais un dossier à faire – et c'est vrai, en un certain sens, hein ? ajouta-t-il en ricanant. J'ai d'abord cherché un peu sur le Net, mais j'ai pas réussi à comprendre à quoi ça servait.

– Qu'est-ce qu'elle t'a dit, alors ?

Il tira une feuille de papier pliée de sa poche-revolver.

– Elle m'a dit que c'est un immunodépresseur. Les gens qui ont subi une greffe prennent ça pour que l'organe transplanté ne soit pas rejeté par leur corps.

Il la regarda d'un air de triomphe et replia le papier.

– Une greffe ? Tu veux dire quand on vous opère pour vous mettre un nouveau cœur ou autre chose ?

– Oui. Elle m'a dit qu'on pouvait remplacer tout un tas de parties du corps de cette façon-là.

Sibylla s'assit sur son tapis de sol.

Jörgen Grundberg souffrait des reins. Sa veuve le lui avait dit, au cours de la désagréable conversation qu'elles avaient eue. Sören Strömberg, lui, avait un cancer du foie. Tous deux prenaient un immunodépresseur. Lena Grundberg avait dit que son mari avait subi une grave opération environ un an auparavant. Et, la veille, Gunvor Strömberg avait mentionné la même chose à propos du sien, dans son petit paradis.

Ce ne pouvait être une simple coïncidence.

– Tu penses la même chose que moi ? demanda Patrik.

Sibylla hocha la tête.

– Je crois, oui. Mais il faudrait peut-être vérifier sur un autre, pour être sûr. Montre-moi ta liste.

– Elle est en bas, dans ma veste.

Quand il revint, il avait apporté le téléphone portable de son père. Il lui tendit la liste et elle parcourut à nouveau ces noms qui lui étaient désormais familiers.

– Bon. Tu veux appeler Bollnäs ou Stocksund ?

En l'entendant poser cette question, elle se dit que son idée n'était peut-être pas si bonne que cela, après tout. Elle aurait préféré que ce soit lui qui appelle. Mais cela revenait à lui confier la conduite des opérations, une fois de plus, et elle s'y refusait. Il l'avait remise sur ses pieds et elle lui en était profondément reconnaissante, mais maintenant elle n'avait plus l'intention de se laisser manœuvrer.

– J'appelle Stocksund.

– Bon. J'ai trouvé le numéro dans l'annuaire.

Il l'aida à composer le numéro. La sonnerie retentit mais personne ne répondit. Elle avait le cœur qui battait. Patrik la dévisageait. Cela aurait été plus facile si elle avait été seule : elle n'avait pas l'habitude de mentir en public.

– Mårten Samuelsson.

Elle fut surprise d'entendre soudain la voix au bout du fil. Elle avait déjà perdu l'espoir d'obtenir une réponse. Elle vérifia sur sa liste.

– Je vous prie de m'excuser de vous déranger. Vous êtes bien le mari de Sofie Samuelsson ?

Elle ferma les yeux. C'était pitoyable, comme entrée en matière. Il ne pouvait pas être le mari de Sofie Samuelsson. Plus maintenant.

– À qui ai-je l'honneur de parler ?

Elle regarda autour d'elle comme si elle pouvait trouver une bonne réponse à cette question.

– C'est…

Elle regarda Patrik.

– La police, lui souffla-t-il.

– … de la part de la police.

Pas de réponse.

– Nous aimerions savoir si votre femme a subi une greffe, récemment ?

– Mais je vous l'ai déjà dit.

Elle fit un signe de tête en direction de Patrik qui leva les yeux au ciel.

– Quand cela ? poursuivit-elle, reprenant courage.

– La première fois que vous êtes venus.

– Non, je veux dire : quand a-t-elle été opérée ?

– Il y a treize mois, maintenant

Sibylla hocha la tête.

– Vous souvenez-vous de la date exacte ?

– Oh oui, je ne l'oublierai jamais. C'était le 15 mars. Pourquoi me demandez-vous cela ?

– Eh bien, merci.

Elle tendit l'appareil à Patrik, qui appuya sur un bouton.

– La prochaine fois, je crois qu'il faudra que tu ailles droit au fait, soupira-t-il.

– Appelle toi-même, si tu es si malin. Quand est-ce que Sören Strömberg a été opéré ?

Patrik fouilla dans ses papiers et parcourut ses notes.

– Il l'a été plusieurs fois.

– Est-ce que tu as trouvé quelque chose en date du 15 mars ?

Il poursuivit sa lecture.

– Oui : le 15 mars 98, greffe du foie.

Elle enregistra la réponse d'un hochement de tête. Patrik ferma le poing et le brandit en l'air.

– Youpi ! Ça y est !

Sibylla avait elle aussi un sentiment de victoire,

même si elle l'avait déjà dépassé. À quoi étaient-ils parvenus, en fait ? Ils avaient appris que toutes les victimes avaient sans doute subi une greffe. Mais qu'est-ce que cela signifiait ? Pourquoi assassiner quatre personnes déjà gravement malades ?

Patrik souriait toujours, derrière ses lunettes cerclées de métal.

– Je vais aller dire ça à ma vieille !

– Tu es fou !

– Pourquoi ? On a trouvé le mobile, non ?

– Ah oui ? Et c'est quoi, selon toi ?

Patrik ne sut quoi répondre et son sourire se changea en une ride entre ses sourcils.

– Ah oui, merde.

– Tu l'as dit.

Ils s'assirent sur le tapis de sol. Il faisait froid dans ce grenier et Sibylla tira le sac de couchage sur ses épaules.

– Au fait : ta mère est rentrée ? demanda-t-elle en tendant la main pour prendre le sandwich et la bière. Je croyais qu'elle ne revenait que ce soir.

Patrik baissa les yeux.

– Elle s'est sentie pas bien, marmonna-t-il.

Les minutes se traînaient. Il lui avait demandé de venir avec elle, mais elle avait refusé. Elle n'avait pas l'intention de pénétrer à nouveau chez lui. Surtout pas avec sa mère couchée dans la pièce d'à côté.

À son retour, il tenait une liasse de papiers entre ses mains.

– J'ai tiré tout ce que j'ai pu, mais je suis à sec de papier, dit-il en venant s'asseoir près d'elle. Tu veux une banane ?

Elle la prit et se mit aussitôt à l'éplucher. Une vraie vie de pacha. Elle n'allait pas tarder à être gâtée.

Elle prit la feuille qui se trouvait sur le dessus du tas :

Dons d'organes – réponses à vos questions

Elle lut de près l'ensemble de cette documentation, dans l'espoir de trouver quelque chose. Patrik s'était allongé sur le tapis de sol et elle avait déniché un vieux fauteuil, dans un compartiment du grenier qui n'était pas fermé à clé.

Comment faire don de ses organes à sa mort ?

Cette question figurait en tête de l'une des feuilles de papier. Elle poursuivit sa lecture et comprit que bien des choses s'étaient passées depuis qu'elle s'était mise en marge du système. Elle n'avait rempli aucune fiche de donation, mais cela ne visait peut-être pas les personnes qui n'avaient plus d'existence légale. Elle se demanda ce qui arriverait si elle avait un accident. Personne ne réclamerait sa dépouille. Elle n'avait encore pas pensé à cela. Où enterrait-on les gens comme elle ? Les gens dont personne ne voulait. Pouvait-on prélever sur elle toutes les parties de son corps dont la société pouvait avoir besoin ? Dans ce cas, elle servirait enfin à quelque chose.

Elle prit connaissance du premier paragraphe de l'alinéa trois de la loi sur les greffes d'organes.

Il est légal de prélever du matériau biologique destiné à une greffe d'organe ou à d'autres fins médicales sur une personne décédée si celle-ci a donné son consentement ou s'il peut être prouvé par d'autres moyens qu'un tel prélèvement n'est pas contraire à ses volontés.

Du matériau biologique. Curieuse expression, quand on y pensait. Elle se demanda quelle idée on se ferait des volontés de Sibylla Forsenström quant à son « matériau biologique », le jour où la question se poserait.

Deuxième paragraphe du même alinéa.

Dans les cas autres que cités au paragraphe précédent, il est légal de prélever du matériau biologique si le défunt ne l'a pas expressément interdit, ne s'y est pas déclaré opposé par principe et s'il n'y a aucune raison de penser que cette intervention serait contraire à ses volontés.

Elle posa le tas de papiers et fixa la cloison de bois en face d'elle. On pouvait donc la dépecer, elle aussi. Le malheur des uns... Elle se demanda l'effet que cela faisait de se promener avec le cœur d'un autre. Et d'être, en plus, obligé de prendre des médicaments pour éviter que votre bon vieux corps ne le rejette. Et les membres de la famille ? Quel effet cela leur faisait-il de savoir que le cœur de leur cher disparu battait dans la poitrine d'un inconnu ?

– T'as trouvé quelque chose ?

La voix de Patrik mit fin à ses réflexions.

– Non. Et toi ?

Il ne répondit même pas et elle supposa donc qu'il en allait de même pour lui.

Elle reprit la lecture de la loi.

Alinéa quatre.

Même si le matériau biologique peut être légalement prélevé en application du 2e paragraphe de l'alinéa 3, aucune intervention ne pourra être pratiquée si un proche du défunt s'y oppose. En cas d'existence de proches, aucune intervention ne pourra être pratiquée tant que lesdites personnes n'auront pas été informées que l'on envisage de procéder à un tel prélèvement et qu'elles ont le droit de s'y opposer. Ces personnes devront disposer d'un délai raisonnable pour déterminer leur position.

Elle relut ce paragraphe et posa ensuite lentement la

feuille de papier. Puis elle se leva, resta immobile et laissa travailler son cerveau.

Elle le ressentait dans tout son corps.

Malheur à qui prive l'innocent de son droit.

– Patrik !

– Mmouais.

– J'ai trouvé.

Elle entendit un bruit de papier, de l'autre côté de la cloison et, une seconde après, il se tenait dans l'embrasure de la porte.

– Quoi donc ? Comment tu peux savoir ?

Mais elle était sûre d'elle.

– C'est quelqu'un qui a changé d'avis.

Comme elle avait désiré le faire, un jour, il y avait longtemps de cela. Mais on ne le lui avait pas permis.

Malheur à qui prive l'innocent de son droit.

Son droit de vivre.

Ou de mourir.

– Ou alors, c'est quelqu'un à qui on ne le lui a jamais demandé.

Patrik était redescendu à son ordinateur. Pour sa part, elle faisait les cent pas dans le couloir du grenier pour passer le temps.

Le donateur avait dû mourir le 15 mars 1998 ou juste avant. Mais qui était-ce ? Un homme ou une femme ?

S'il existait un registre de ce genre, dans ce monde secret auquel Patrik avait accès par son ordinateur, il allait le trouver. Elle en était certaine. Et pourquoi n'existerait-il pas ? Puisque tout le reste existait.

Pourvu qu'il ne dise rien à sa mère. Elle le lui avait formellement interdit et avait ajouté qu'elle préférait rester le suspect numéro un. Et elle était bien décidée à résoudre le problème elle-même.

Elle se demandait si la police était sur la même piste qu'elle. Mais pourquoi le serait-elle ? Elle croyait déjà tenir l'assassin !

Lorsque Patrik revint, il n'apportait pas de bonnes nouvelles. Il n'existait aucun registre public des personnes décédées. Uniquement des statistiques sur le nombre de décès au cours de l'année. Il y en avait eu 93 271, en tout, et cela ne les avançait pas à grand-chose de le savoir.

– J'ai vérifié à la fois dans la rubrique État civil et dans Statistiques nationales. Mais j'ai rien trouvé. Il faut l'autorisation de la commission Informatique et Liberté.

Sa déception le faisait paraître à nouveau très jeune. Sibylla le regarda et ne put s'empêcher de sourire.

– T'es plutôt futé, pour tes quinze ans.

– Bah.

Il se détourna, mais elle avait eu le temps de voir qu'il rougissait.

Ils ne dirent rien pendant un moment.

Ce n'était pas chose facile que de traquer un assassin, quand on était obligé de se cacher dans un grenier.

– Bon sang, finit-elle par dire. Il faudrait pouvoir consulter le fichier des dons d'organes.

– Qu'est-ce que c'est que ça ?

Elle en savait plus long que lui sur ce point. Même si ces connaissances étaient de fraîche date, cela lui redonna une certaine estime d'elle-même. Elle n'était pas aussi bête qu'il le pensait peut-être. Elle n'était pas une pauvre fille qu'il pourrait sauver en jouant les héros. Elle avait le double de son âge et entendait bien le lui rappeler.

Elle retourna à son fauteuil et ne tarda pas à revenir avec le tas de papiers dont elle avait pris connaissance. Elle tourna quelques pages avant de trouver celle qu'elle cherchait.

– C'est marqué dans ce document du ministère des Affaires sociales. Informations sur les dons d'organes.

Elle se mit à lire :

– *Question : des personnes étrangères peuvent-elles avoir accès aux informations contenues dans ce fichier ?* Réponse : c'est un délit, pour toute personne étrangère, de se procurer les informations qu'il contient. Nous avons pris des mesures pour assurer cette confidentialité. Seul un petit nombre de personnes ont le droit de le consulter. L'autorisation est accordée à titre strictement personnel et ne peut être déléguée.

Elle jeta la feuille de papier par-dessus son épaule.

– La question est réglée.

Il la regarda un instant.

– Ça vaudrait cher, de savoir ce qu'il y a dans ce fichier ?

– Très cher.

– Combien ? Plusieurs milliers de balles ?

Elle hésita un instant. Plusieurs milliers, en effet. La moitié de la valeur d'une chambre à coucher.

– Pourquoi ça ?

– Je connais un type qui serait capable d'y jeter un coup d'œil. Mais il sait bien se faire payer, aussi.

– Comment le connais-tu ?

– Je le connais pas personnellement. Mais son petit frangin est à l'école, ici. Il est vachement connu depuis que l'autre a fait de la taule pour délit informatique.

Cela l'inquiéta. Elle avait beau désirer se procurer ces renseignements, elle ne voulait pas voir Patrik mêlé à des activités illégales.

– Quel âge a-t-il ?

Il haussa les épaules.

– Je sais pas. Vingt balais ou quelque chose comme ça.

Elle réfléchit un instant. C'était leur seule chance de progresser. Puisqu'ils étaient au moins arrivés là.

Elle poussa un soupir.

– Bon. Je lui donne trois mille s'il peut nous donner le nom.

Elle avait décidé d'y aller elle-même. C'était son problème, à elle, et elle ne voulait pas en causer à Patrik. En revanche, il avait réussi à obtenir satisfaction pour elle, grâce au téléphone portable de son père et sans révéler son nom. Mais elle avait dû accepter d'aller jusqu'à quatre mille.

Elle posa la main sur sa poitrine et sentit que la bosse de la pochette était déjà nettement moins proéminente.

Mais elle n'avait pas le choix, n'est-ce pas ?

Patrik lui demanda pourquoi elle prenait son sac à dos et elle lui dit la vérité. Elle ne s'en séparait que pour le déposer à la consigne de la gare centrale.

Avec un reçu ou une clé comme garantie.

L'homme habitait Kocksgatan et ce n'était donc qu'à deux ou trois minutes à pied. Patrik s'arrêta devant une entrée et appuya sur le bouton de l'Interphone. La serrure se mit à grésiller avant même qu'il ait lâché le bouton.

– Tu m'attends ici ?

Il hocha la tête, toujours très déçu qu'elle ne veuille pas qu'il l'accompagne.

– Ça vaut mieux, je t'assure, Patrik.

La porte d'entrée se referma derrière elle et elle monta l'escalier. Une porte s'ouvrit au deuxième étage et un jeune homme aux cheveux blonds peignés en arrière apparut.

Sibylla s'arrêta.

Ils se regardèrent sans rien dire mais, après une ou deux secondes d'hésitation, il ouvrit la porte en grand pour lui permettre d'entrer. Il portait un T-shirt blanc et la main qui tenait toujours la poignée de la porte se trouvait au bout d'un bras bien musclé sur lequel on voyait nettement les vaisseaux sanguins.

À la prison, il avait dû consacrer ses loisirs à faire de la musculation.

Il ferma la porte derrière elle et la précéda. Quand il passa près d'elle, elle vit qu'il avait en fait une queue-de-cheval et que ses cheveux lui retombaient dans le dos.

L'appartement était un simple studio. Le coin cuisine était rempli de vaisselle sale au point qu'on pouvait se demander s'il lui arrivait jamais de la faire. Dans un coin, une série d'haltères étaient posés sur un support, juste à côté d'une guitare électrique de couleur jaune et d'un ampli. Le mur de la fenêtre était entièrement masqué par des ordinateurs et du matériel électronique qu'elle ne connaissait pas mais dont elle supposait qu'il était nécessaire à tous les *hackers* dignes de ce nom. Sur deux des écrans défilaient des lettres et des chiffres et elle fit un pas en avant pour mieux voir de quoi il s'agissait.

Il vint se placer devant elle.

– C'est fini tout de suite. Si on procédait au paiement, en attendant ?

Elle avait préparé la somme, dans sa poche.

– Oui, bien sûr.

Elle lui donna les billets et il les prit sans même les compter.

– Assieds-toi une seconde.

Il lui montra un tabouret, à l'entrée du hall, et elle alla s'asseoir, gardant son sac à dos sur elle mais l'appuyant contre le mur.

De là où elle se trouvait, elle ne pouvait plus le voir, mais, en se penchant légèrement, elle constata qu'il était assis devant l'un des ordinateurs. Elle entendait le petit bruit que faisaient ses doigts en courant sur le clavier à une vitesse ahurissante et elle se demanda comment d'aussi grosses mains que les siennes étaient capables d'effectuer un pareil travail de précision.

– Tu as de la chance, lui dit-il sans détourner le regard de l'ordinateur. Y a quelqu'un qui vient de se connecter et je n'ai eu qu'à me glisser derrière lui.

Il cessa d'écrire et elle se redressa sur son siège. Elle ne voulait pas être surprise en train de l'espionner.

Elle se demanda s'il reconnaissait les noms pour les avoir lus dans le journal. Celui de Jörgen Grundberg, au moins, avait été cité abondamment. Presque aussi souvent que le sien.

Quand elle entendit qu'il se levait, elle fit de même et il vint vers elle, une feuille de papier de format A 4 à la main.

– Voilà.

Elle prit la feuille sans le lâcher du regard.

– Tu es certain que c'est la bonne personne ?

Il sourit devant la bêtise d'une telle question.

– Oui, eut-il l'indulgence de dire. En tout cas, je suis sûr que ce sont ses organes qui ont été transplantés sur ceux dont on m'a donné les noms au téléphone.

Elle inclina la tête de côté.

– Ils ont tous mal fini, d'ailleurs, hein ? Assassinés par cette Sibylla.

Elle ne répondit pas et son sourire s'élargit.

– On se tient par la barbichette, n'est-ce pas ?

Elle glissa le papier dans sa poche. Il ne pouvait rien contre elle, dans sa situation, et elle n'eut donc pas peur. S'il lui prenait l'idée de la dénoncer, elle ferait de même et ils le savaient tous les deux.

Elle le regarda. Beaucoup de muscles, mais pas mal de cervelle, aussi.

Elle fit quelques pas en direction de la porte, mais elle se ravisa au dernier moment.

– Il ne t'est jamais venu à l'idée de prendre un vrai boulot ? Ce ne sont pas les capacités qui te font défaut, on dirait.

Il s'était appuyé au chambranle de la porte et avait croisé ses bras musclés sur sa poitrine.

– Non, dit-il avec un sourire en coin. Et toi ?

Sur ces mots, elle sortit.

Thomas Sandberg.

C'était tout ce qui était marqué sur la feuille qu'elle tendit à Patrik, une fois dans la rue. Il lut ce nom à plusieurs reprises, comme s'il y avait toute une histoire, sur ce papier, et pas seulement quatorze lettres.

– Il t'a pas donné d'adresse ?

– Non.

Il avait l'air déçu. Elle vit sur son visage qu'il estimait qu'elle n'en avait pas eu pour son argent.

– T'as une idée du nombre de Thomas Sandberg qu'il peut y avoir, en Suède ?

Elle haussa les épaules.

– Aucune. Mais on sait au moins qu'il y en a un de moins, maintenant. Allez, viens.

Elle fit quelques pas. Elle était certaine que ce qu'elle voulait faire était justifié mais elle s'inquiétait de la distance que cela ne manquerait pas de creuser entre eux. Peut-être serait-ce plus facile si elle évitait de le regarder dans les yeux.

– Qu'est-ce qu'on fait, maintenant ? demanda-t-il quand il l'eut rattrapée.

Au même moment, sa montre-bracelet fit entendre une petite sonnerie.

– Ah merde, c'est vrai : le repas du dimanche.

Il leva le bras pour arrêter la sonnerie.

– C'est ma vieille qui m'oblige à mettre l'alarme. Elle va être dingue, si je rentre pas.

– Eh bien, alors, fais-le.

– Tu veux bien m'attendre dans le grenier ?

Elle ne répondit pas.

– Tu veux bien ? répéta-t-il.

– Je suppose que c'est ce que j'ai de mieux à faire.

Ce n'était même pas un mensonge. Le mieux pour elle aurait sans doute été de rester cachée dans le grenier de Patrik pendant un certain temps et de se contenter des restes des repas de la famille qu'il lui apporterait.

Mais il était trop tard, maintenant.

Quelque part existait un être humain qui avait eu la chance invraisemblable que leurs chemins se croisent, cette nuit-là, au Grand Hôtel. Quelqu'un qui lui avait volé son nom et qui avait utilisé sa marginalité pour exercer une vengeance personnelle.

Elle n'avait pas l'intention de laisser passer cela.

Cet inconnu avait presque réussi à l'abattre. Mais seulement presque.

Lorsque la lourde porte de fer du grenier se fut refermée derrière elle et qu'elle entendit les pas de Patrik s'éloigner dans l'escalier, elle sortit l'autre feuille de papier de sa poche et la lut.

Rune Hedlund, 8/6/46 – 2498, Vimmerby.

Le cimetière était vaste et il lui fallut une bonne heure pour trouver la tombe. Elle finit par la découvrir dans la partie réservée aux incinérés. C'était une grosse pierre brute portant simplement, en lettres d'or, l'inscription :

RUNE HEDLUND
8 juin 1946
15 mars 1998

En dessous, il y avait de la place pour un autre nom. Une bougie brûlait dans un gobelet en plastique et, autour de la pierre, poussaient des crocus mauves et jaunes.

Le printemps était plus avancé, par ici.

Elle s'accroupit. Des feuilles mortes étaient restées coincées entre les fleurs. Elle les enleva et les jeta.

– Qu'est-ce que vous faites ?

La voix la fit tellement sursauter qu'elle perdit l'équilibre et se retrouva assise par terre. Elle se remit très vite debout et se retourna. Une femme était arrivée derrière elle sans qu'elle l'entende. Sibylla sentit son cœur se mettre à battre plus fort.

– J'enlevais seulement les feuilles mortes.

Elles se jaugèrent du regard, comme deux ennemies face à face. Les yeux de l'autre femme brillaient de méfiance et d'antipathie, et Sibylla, de son côté, avait soudain la certitude qu'elle avait trouvé celle qu'elle cherchait.

Elles restèrent là sans que ni l'une ni l'autre ne dise quoi que ce soit.

L'autre femme était habillée de blanc, sous son manteau, et tenait à la main un vase vert, en forme de cornet, contenant des tulipes.

– Laissez mon mari tranquille, maintenant qu'il est dans sa tombe, finit-elle par dire.

C'était donc bien elle, la veuve de Rune Hedlund.

– J'enlevais seulement les feuilles mortes.

La femme respira plusieurs fois par le nez, comme si elle s'efforçait de se concentrer.

– Comment connaissiez-vous mon mari ?

– Je ne le connaissais pas.

Soudain, la femme se mit à sourire, mais ce fut sans aucune douceur. Sibylla sentit la peur s'insinuer en elle. Cette femme l'aurait-elle reconnue ? La police avait-elle averti la veuve de Rune Hedlund qu'on avait consulté le fichier des dons d'organes et lui avait-elle suggéré d'ouvrir l'œil ? Afin de pouvoir enfin établir un lien entre Sibylla Forsenström et Rune Hedlund et, de ce fait, trouver un mobile.

Sibylla scruta l'horizon. Peut-être les flics étaient-ils déjà là ?

– Vous ne croyez pas que j'ai tout compris depuis longtemps ?

Sibylla ne répondit pas et la femme poursuivit :

– Les fleurs, le jour de l'enterrement, ont suffi à me mettre la puce à l'oreille, dit-elle en pouffant de mépris. Qui est-ce qui peut envoyer un bouquet de roses anonyme, un jour pareil ? Pour quoi faire, hein ? Ce n'est pas Rune qui a pu en être heureux.

Le mépris luisant dans ses yeux était tel que Sibylla dut baisser les siens.

– S'il vous avait vraiment préférée à moi, il l'aurait fait de son vivant, non ? Mais il est resté avec moi. N'est-ce pas ? C'est pour cette raison qu'il a fallu m'humilier avec toutes ces fleurs ?

Sibylla la regarda à nouveau. La femme de Rune Hedlund secoua la tête, comme si elle voulait exprimer par là son aversion.

– Tous les vendredis, chaque semaine, une nouvelle rose sur sa tombe. Pour me punir ? Parce que je l'ai gardé ?

Sa voix se brisa, mais Sibylla vit qu'elle n'avait pas encore dit tout ce qu'elle avait sur le cœur – et qui attendait depuis longtemps de sortir.

Sibylla ne savait plus quoi penser. Elle s'était trompée. Cette femme, on lui avait demandé son avis. Elle faisait partie de ces proches qui devaient donner leur consentement. Mais il y avait quelqu'un d'autre, quelque part, qui était amer d'avoir été trahi et qui voulait reprendre ce qu'on lui avait pris.

Il fallait qu'elle en ait le cœur net.

– La police vous a appelée ? demanda-t-elle.

– La police ? Non. Pourquoi l'aurait-elle fait ?

La veuve de Rune Hedlund fit un pas en avant. Elle s'accroupit et enfonça la pointe du vase dans le sol, parmi les crocus, qui s'écartèrent comme s'ils avaient peur.

Sibylla observa son dos. Il montait et descendait au gré d'une respiration que la révolte rendait violente. Sibylla crut comprendre qu'elle attendait ce moment depuis longtemps. Qu'elle avait soigneusement répété ce qu'elle dirait le jour où elle se trouverait face à face avec l'inconnue qui était la maîtresse de son mari.

Mais elle s'était donné beaucoup de mal pour rien.

Elle ne savait pas que la femme à laquelle elle parlait avait fait bien pire encore que de venir mettre des fleurs sur la tombe de son amant et Sibylla ne tenait pas à être celle qui lui apprendrait la nouvelle.

La femme de Rune Hedlund se releva et, quand elle regarda Sibylla, elle avait des larmes dans les yeux.

– Vous êtes malade, vous savez.

Elle ne répondit pas. Le mépris que dardaient les yeux de l'autre femme était presque physique. Cela réveilla de vieux souvenirs en Sibylla et elle baissa les yeux pour leur échapper.

– Vous ne pouvez même pas le laisser tranquille dans sa tombe.

Sibylla leva à nouveau les yeux. La femme s'était retournée et s'éloignait.

Elle resta sur place et la suivit des yeux.

Et elle comprit soudain que la veuve de Rune Hedlund ne savait pas elle-même à quel point elle avait raison.

Elle s'attarda dans le cimetière. Elle avait choisi un banc à une certaine distance de la tombe de Rune Hedlund, mais elle pouvait la voir de l'endroit où elle se trouvait. Les tulipes jaunes faisaient l'effet d'un point d'exclamation, de loin.

Ils n'étaient pas nombreux à venir se recueillir sur la tombe des leurs, ce jour-là, et les rares visiteurs étaient soit trop vieux, soit en couple.

Mais elle n'était pas pressée.

Elle pouvait rester assise là jusqu'à ce que la femme qu'elle attendait fasse son apparition.

Elle viendrait forcément, tôt ou tard.

Lorsque la nuit commença à tomber, elle sortit son tapis de sol et son sac de couchage. La division des incinérés était entourée d'un mur de pierre sèche et, contre celui-ci, se trouvait un buisson dans lequel elle avait dissimulé son sac à dos. Bien que les branches ne fussent pas encore couvertes de feuilles, elles lui offriraient un abri suffisant pendant la nuit.

Elle ne pensait pas vraiment que quelqu'un pourrait venir à une heure aussi tardive, mais la personne qu'elle attendait avait plus d'un tour dans son sac.

Elle était bien décidée à ne pas la manquer.

Le lendemain, elle choisit un autre banc. Celui-ci était moins bien placé, mais le bouquet de tulipes l'aidait à localiser la tombe. Elle ne quitta son poste d'observation qu'une dizaine de minutes, le temps d'aller à la station-service pour acheter un peu de pain et utiliser les toilettes. Puis elle reprit sa garde, mais personne n'approcha de la tombe de Rune Hedlund.

La deuxième nuit, elle dormit. Elle aurait été incapable de dire combien de temps, mais, quand elle se précipita vers la tombe de Rune Hedlund, celle-ci était toujours dans le même état.

Personne n'était venu déposer une rose rouge.

Le mercredi, elle sentit pour la première fois son pouls s'accélérer. Une femme dans la quarantaine approcha, seule et d'un pas résolu, venant du parking. Parvenue au coin, là-bas près de la fontaine, elle obliqua pour emprunter l'allée menant à l'enclos des incinérés.

Sibylla se leva et franchit une petite pelouse pour mieux voir où elle s'arrêtait. Mais elle fut déçue de constater qu'elle passait devant le bouquet de tulipes jaunes et allait se baisser devant une autre tombe, un peu plus loin.

Elle poussa un soupir et regagna son banc.

Au début de l'après-midi, elle commença à avoir vraiment faim. Elle avait tellement pris l'habitude de prélever de l'argent sur sa réserve, maintenant, que cela ne lui faisait plus grand-chose et, après avoir jeté un dernier coup d'œil sur le cimetière désert, elle quitta une fois de plus son poste d'observation et se dirigea vers la station-service.

Ils avaient des saucisses grillées avec du pain et elle en acheta deux. Tandis que la vendeuse mettait de la moutarde et du ketchup dessus, elle se rendit aux toilettes, plutôt par précaution que par nécessité.

Quand elle revint dans le cimetière, un homme était accroupi devant la tombe de Rune Hedlund. Elle le vit de derrière et put constater qu'il avait un début de calvitie et portait une veste de daim de couleur brune.

Elle hésita un instant mais comprit vite qu'il ne fallait pas qu'elle laisse passer cette occasion. Qui que ce fût, il était évident qu'il connaissait Rune Hedlund ; or, c'était pour en savoir autant que possible sur le compte de ce dernier qu'elle était venue monter cette garde. Elle se hâta d'avaler le dernier morceau de saucisse et de vider sa bouche, tout en approchant de ce dos courbé. Sur une tombe, à sa droite, se trouvait un vase contenant des narcisses. Elle se pencha et s'empara du bouquet au passage.

Nécessité fait loi. Elle espérait que Sigfrid Stalberg lui pardonnerait cet emprunt.

Elle alla se placer juste derrière l'homme accroupi. Les rôles étaient inversés, cette fois, par rapport à ce qui s'était passé quelques jours plus tôt.

Il ne l'avait pas entendue et continuait à s'activer, près de la pierre, mais elle ne voyait pas ce qu'il faisait.

Soudain, elle fut prise de scrupules. Si elle voulait gagner la confiance de cet homme, le meilleur moyen n'était pas vraiment de l'espionner et de le prendre par surprise.

Elle se racla donc la gorge.

Il réagit à peu près comme elle l'avait fait quelques jours plus tôt. Il perdit l'équilibre et dut poser une main par terre, avant de se remettre debout.

– Excusez-moi de vous avoir fait peur, dit-elle très vite.

Il était plus jeune qu'elle ne l'aurait cru. Quarante-cinq ans, peut-être. Son début de calvitie l'avait abusée.

Il se remit rapidement de son émotion et lui répondit avec un sourire :

– C’est dangereux de prendre les gens par surprise comme ça. Ils peuvent avoir une crise cardiaque.

– Ce n’était pas mon intention. C’est la faute des semelles de mes chaussures.

Il baissa les yeux vers ses grosses chaussures moulantes puis son regard remonta vers son visage.

Il se racla légèrement la gorge, passa la main sous son nez et baissa les yeux vers la pierre.

– Vous venez aussi sur la tombe de Rune ?

Zut alors. Il l’avait devancée.

Elle eut un mouvement de la tête pouvant être interprété comme un oui prononcé à contrecœur ou comme un non évasif. Il n’avait qu’à choisir.

– Vous le connaissiez ? se hâta-t-elle de demander afin de reprendre la direction des opérations.

Il la regarda, mais pas de façon méfiante ou déplaisante, plutôt avec un certain intérêt, comme s’il était véritablement curieux.

Il oscilla légèrement la tête.

– Tout dépend de ce qu’on entend par connaître. On travaillait ensemble, là-bas, à Åbro.

– Ah bon ?

– Et vous ? Vous êtes de la famille ?

– Non.

Elle avait répondu un peu trop vite. Il eut un petit sourire.

– Vous m’intriguez. Vous n’êtes pas d’ici, hein ?

Elle secoua la tête. En baissant les yeux, elle s’avisa du bouquet de narcisses qu’elle tenait à la main. Aller chercher un vase lui donnerait le temps de respirer.

– Je vais chercher quelque chose pour mettre ces fleurs.

Sans lui laisser le temps d’ajouter quoi que ce soit, elle fit demi-tour et se dirigea vers le lieu de rassemblement, derrière la clôture.

Il réagissait vite. Sans doute parce qu'il était curieux. Elle comprit tout de suite qu'elle ne pourrait pas se débarrasser de lui avant de lui avoir dit qui elle était.

Mais qui était-elle, au juste ?

Elle ne se pressa pas de revenir. Elle prit un vase en plastique assez profond, parmi ceux qui étaient à la disposition du public, et le rinça soigneusement sous le robinet. Les pensées se bousculaient dans sa tête, comme dans le tambour d'une machine à laver.

Qui pouvait-elle être, sans éveiller ses soupçons ?

Pourquoi était-elle allée le trouver, d'ailleurs ?

Au quatrième rinçage, elle poussa un grand soupir et revint vers la tombe. Il était à nouveau à genoux devant celle-ci.

– Vous pouvez les mettre là, dit-il en écartant quelques crocus de la main.

Elle vit qu'il avait de la peinture sur les mains. Ses doigts étaient longs et minces et ne portaient pas d'alliance ni de chevalière.

Elle fit comme il disait. Un crocus se redressa et elle dut le repousser avec la main gauche pour mettre le vase en place,

– Elle est curieuse, cette montre, dit-il en posant l'index sur sa montre-bracelet.

– Elle est surtout vieille, dit-elle avec un sourire gêné, en tirant sur sa manche. Elle ne marche même plus.

Elle l'observa du coin de l'œil. Ses yeux semblaient rivés sur la pierre tombale.

– Ingmar !

Cette fois, ils faillirent tous deux tomber à la renverse.

– Qu'est-ce que tu fais là ? Et avec cette femme !

La veuve de Rune Hedlund semblait scandalisée et sa voix était lourde de reproches mais aussi d'étonnement.

– Mais voyons, Kerstin, dit l'homme qui répondait au nom d'Ingmar, en faisant un pas dans sa direction. Je ne suis pas avec elle. Je croyais que c'était une amie de la famille.

Il se retourna et regarda Sibylla. Il n'avait pas tardé à se dédouaner et elle restait seule à être couverte d'opprobre et à avoir un pied dans les crocus. Elle eut du mal à distinguer si c'était de la haine ou de la peine qu'elle voyait dans les yeux de Kerstin Hedlund, mais ce regard était si condescendant qu'elle aurait pu demander pardon de n'importe quoi. L'homme qui s'appelait Ingmar cessa de regarder Kerstin au profit de Sibylla. La curiosité finit par l'emporter.

– Mais qui est-elle ?

Il s'efforça de poser cette question sur un ton neutre. Kerstin Hedlund ne la lâchait pas du regard.

– Personne, dit-elle. Mais je te serais très reconnaissante si tu pouvais faire en sorte qu'elle disparaisse d'ici.

Il regarda Sibylla, qui hocha rapidement la tête. N'importe quoi pour échapper à ce supplice.

– Venez.

Il eut un geste d'impatience de la main. Sibylla s'exécuta mais, pour plus de sûreté, fit un détour de quelques pas pour éviter cette femme de si méchante humeur.

Ni l'un ni l'autre ne dit rien avant de se retrouver sur le parking. Son sac à dos était resté dans le buisson, mais elle ne pouvait pas retourner le chercher. Elle aviserait plus tard.

Il se retourna pour la regarder.

– Qu'est-ce que c'est que cette histoire ?

Sibylla n'hésita que quelques secondes. Mais que pouvait-elle faire d'autre que dire la vérité ?

– Elle croit que j'ai été la maîtresse de Rune.

Il éclata de rire. Elle se demanda un instant si elle devait jouer les offensées.

– La maîtresse de Rune ? Qu'est-ce qui lui fait croire ça ?

Il avait toujours le sourire aux lèvres et elle ne comprit pas sa réaction.

– Apparemment, il en avait une. Elle vient déposer des fleurs sur sa tombe chaque semaine.

– Vous connaissez Kerstin ? demanda-t-il.

– Non.

Il jeta un coup d'œil en direction du cimetière, comme pour s'assurer qu'elle ne les avait pas suivis.

– Je comprends que vous preniez ça mal, mais essayez de lui pardonner.

– Lui pardonner ? C'est moi qui ne comprends pas ce que vous voulez dire.

Il poussa un soupir comme pour signifier qu'il avait scrupule à dire du mal de quelqu'un en son absence.

– C'est Kerstin elle-même qui dépose ces fleurs. Mais elle ne l'a pas plus tôt fait qu'elle l'oublie. Ce n'est pas la première fois qu'elle s'en prend à des gens, dans ce cimetière. Elle n'est plus elle-même depuis la mort de Rune.

Sibylla le fixa des yeux. Peut-être se rendit-il compte de sa perplexité car, sans qu'elle ait besoin de lui poser la question, il poursuivit ses explications.

– C'est pour cela que je suis venu, aujourd'hui. Pour mettre de l'ordre dans mes pensées. Je ne sais pas quoi faire pour lui venir en aide. Mais il me semble que je dois bien cela à Rune.

Sibylla ne comprenait plus rien. S'il n'y avait pas de maîtresse, alors…

Elle alla jusqu'au bout de son idée.

– Elle n'est plus elle-même, dites-vous. Mais de quelle façon ?

Il baissa les yeux vers le sol, toujours gêné.

– Cela fait plusieurs mois qu'elle est en congé maladie. Elle était infirmière, ici, mais... Enfin, ils ont trouvé qu'elle était devenue bizarre. Mais cela n'a fait qu'empirer depuis qu'elle a cessé de travailler.

Sibylla se souvint alors de la tenue blanche que Kerstin Hedlund portait sous son manteau lors de leur première confrontation.

– Mais elle porte toujours sa tenue d'infirmière.

Il hocha tristement la tête.

– Oui. Je sais.

Sa première idée avait donc été la bonne. C'était elle. La femme aux yeux pleins de haine. Grâce à son travail, elle avait obtenu le nom des victimes et était tout simplement allée reprendre ce qu'elle considérait lui appartenir.

Sans se soucier qu'elle réduisait en miettes l'existence de Sibylla Forsenström, par la même occasion. Peut-être même cela avait-il été une incitation supplémentaire, une occasion à saisir.

Elle ferma les yeux.

Elle sentit le désir de faire du mal à cette femme monter en elle. À cause de cette inquiétude, cette angoisse qu'elle lui avait causée. Mais surtout de la perte financière. De son avenir ruiné.

Elle fit demi-tour et se dirigea vers l'entrée du cimetière.

– Où allez-vous ? lui cria-t-il.

Sibylla ne répondit pas, mais, une fois franchie la barrière, elle vit que l'endroit était désert. Kerstin Hedlund était sortie par une autre issue.

Elle resta un instant immobile avant de revenir sur ses pas.

– Où est-ce qu'elle habite ?

Il eut l'air presque inquiet de cette question.

– Comment ça ?
– J'aimerais lui dire deux mots.
Il hésita avant de répondre :
– Vous êtes sûre que c'est une bonne idée ?
Elle pouffa.
Une bonne idée ? Comme si c'était elle, Sibylla Forsenström, qui avait fixé les règles du jeu.
Peut-être vit-il à quel point elle était décidée. En tout cas, il ne fit rien pour la faire changer d'avis. Au lieu de cela, il poussa un soupir, comme s'il eût aimé ne pas se trouver mêlé à cette histoire.
– Je peux vous emmener en voiture, si vous voulez, finit-il par dire. Ce n'est pas tout près.

Elle en oublia son sac à dos. Tout ce qu'elle avait à l'esprit, c'était de rendre coup pour coup. De punir.
Ingmar ne disait rien.
Sans rien dire, il pilota la vieille Volvo à travers le centre de Vimmerby, passa devant un lotissement mais sans s'y arrêter. À nouveau la forêt des deux côtés de la route, mais Sibylla ne la vit pas.
Malheur à qui prive l'innocent de son droit.
Ces mots résonnaient dans sa tête comme un sinistre présage.

Elle ne remarqua même pas qu'ils s'étaient arrêtés.
– On dirait qu'elle n'est pas encore rentrée. Sa voiture n'est pas là.
La voix la tira de sa torpeur et la ramena sur le siège du passager de la Volvo. Elle regarda par la vitre. Une maison en bois de couleur jaune aux stores baissés.
– Je peux attendre.
Elle se prépara à ouvrir la portière.

– Il pleut, constata-t-il.

C'était exact. Le pare-brise ruisselait.

– J'habite là-bas. Voulez-vous prendre une tasse de café, en attendant ?

Du café. Rien ne pouvait moins l'intéresser pour l'instant. Mais, d'un autre côté, c'était stupide de refuser un peu de nourriture gratuite. Les saucisses étaient seulement venues combler une partie d'un vide beaucoup plus vaste dans son estomac.

Elle hocha la tête et il embraya.

Avant d'avoir passé la seconde, il franchit une barrière, entre deux poteaux, devant une maison à crépi vert qui se trouvait presque en face de celle de Kerstin Hedlund.

Ainsi, ils étaient voisins, en plus.

Sibylla sortit de la voiture.

Il pleuvait toujours. Ingmar la précéda et ils se hâtèrent de gagner la maison, le long de l'allée de gravier. Sur le perron, elle se retourna pour voir si la voiture de Kerstin Hedlund n'arrivait pas, mais la route était déserte.

– Vous l'entendrez arriver, l'assura-t-il. Nous sommes les seuls à habiter par ici.

Elle entra dans le hall de la maison. Une odeur de dissolvant frappa ses narines.

– Ah, dit-il, j'ai dû oublier de sortir la boîte d'essence.

Il disparut à sa vue et revint très rapidement avec une boîte de verre dans laquelle trempaient des pinceaux.

– L'odeur ne va pas tarder à disparaître. Je vais la mettre dehors.

Il ouvrit la porte d'entrée, posa la boîte sur le seuil, puis tira la porte derrière lui et la ferma à clé. Elle ôta sa veste et l'accrocha sous une étagère fixée au mur.

– Vous êtes peintre ? demanda-t-elle.

– C'est uniquement un passe-temps. Mais venez. Vous désiriez un peu de café, n'est-ce pas ?

Il se pencha pour dénouer ses lacets et elle suivit son exemple. Puis il l'invita à pénétrer dans la cuisine.

Elle regarda autour d'elle. Cet homme ne vivait pas seul. Devant la fenêtre étaient accrochés des rideaux de dentelle, maintenus de chaque côté par une embrasse rose. Sur le rebord étaient posées des plantes en pots bien soignées dont elle ne connaissait pas le nom et, en dessous, un mince chemin de table au crochet qui pouvait fort bien avoir été fait à la maison.

Il se dirigea vers l'évier et versa de l'eau dans une bouilloire.

– Asseyez-vous, dit-il.

Elle fit comme il l'en priait. Par la fenêtre, elle pouvait voir la route. Il sortit une boîte en métal fort usagée et y prit quelques cuillers de café. Elle le regarda. Cette cuisine avait quelque chose d'étrange. Elle était certes propre et bien rangée, mais tout y était démodé. Les placards semblaient d'origine et l'évier lui arrivait en haut des cuisses. Celui qui vivait là ne s'intéressait guère au confort moderne, mais elle était assez mal placée pour le critiquer.

– Vous vivez seul ? demanda-t-elle.

Il la regarda, mais presque timidement, cette fois.

– Oui, depuis que maman est morte, je suis seul.

– Ah bon. C'est récent ?

La cafetière se mit à bouillir.

– Oh non, il y a près de dix ans de cela.

Mais tu n'as pas changé les rideaux, pensa-t-elle.

– Voulez-vous quelque chose à grignoter ?

– Oui, volontiers.

Il se dirigea vers le réfrigérateur. C'était un vieux modèle qui s'ouvrait au moyen d'un bouton. Gun-Britt en avait un comme cela, à Hultaryd, vingt-cinq ans auparavant.

La main sur la poignée, il hésita.

– Ah, c'est vrai, dit-il en retirant sa main. J'ai oublié de faire des provisions. Je crains de ne pouvoir vous offrir autre chose qu'une tasse de café.

– Ça ne fait rien.

Il ouvrit un placard et sortit des tasses et des soucoupes, à la place. De belles petites tasses avec des fleurs bleu clair. Il les posa sur la table et ouvrit un tiroir situé sous la table.

Une voiture arriva sur la route. Elle regarda par la fenêtre, mais le véhicule passa sans s'arrêter.

Ingmar sortit des serviettes qu'il plia avec soin. De ces serviettes en papier, très minces et au bord légèrement ondulé, comme elle n'en avait pas vu depuis l'époque où elle participait aux thés de sa mère, à Hultaryd. Mais, à la campagne, le temps ne passait pas aussi vite qu'à la ville.

– Il faut bien faire les choses, quand on a de la visite.

Elle l'observa replier soigneusement la toile cirée, après avoir refermé le tiroir. Il avait l'air très excité. Comme s'il n'avait pas fait ce genre de chose depuis longtemps. Peut-être n'était-il pas très habitué aux visites féminines.

Avant de verser le café, il alla chercher un petit plateau en argent sur lequel étaient posés un sucrier et un petit pot à lait du même service que les tasses. Il regarda alors l'ensemble et eut l'air satisfait de lui. Puis il s'assit en face d'elle avec un sourire.

– Je vous en prie.

– Merci.

Elle regarda le pot vide. Elle aurait bien aimé un peu de crème, mais n'osa pas en demander. Elle prit la tasse par la petite anse et but une gorgée. Sur le mur, derrière lui, était accrochée une de ces petites tentures au point de croix portant la maxime bien connue : *L'amour est plus fort que tout.*

– Que voulez-vous dire à Kerstin ? demanda-t-il.

La question la surprit. Il n'y avait certes rien d'étonnant à ce qu'il se soit interrogé à ce sujet pendant le trajet en voiture, mais elle ne put s'empêcher de penser, aussi, qu'il ne savait toujours pas qui elle était.

Elle baissa les yeux.

– Je voulais seulement parler un peu avec elle.

Il souriait toujours, comme machinalement.

– Pourquoi donc ?

Elle fut un peu contrariée. Sans doute n'avait-il que de bonnes intentions, mais elle n'avait que faire de celles-ci.

– C'est une chose entre elle et moi, finit-elle par dire.

Ingmar ne la lâcha pas du regard.

– Vous en êtes certaine ?

Le café n'était vraiment pas bon. Il avait mis trop peu de poudre. Et puis elle n'avait plus la force de poursuivre cette conversation. Elle se leva.

– Merci pour le café et de m'avoir ramenée en voiture. Mais je crois que je vais aller l'attendre dehors.

Il ne répondit pas et continua à sourire. Un instant, il lui vint à l'idée qu'il était peut-être un peu dérangé. Il souriait de façon si niaise qu'elle avait presque envie de le remettre en place. On aurait dit qu'il pensait à une histoire drôle qu'il gardait pour lui.

Elle passa dans le hall et remit ses chaussures. Quand elle se redressa, elle vit qu'il se tenait devant la porte. Il souriait encore plus qu'avant.

– Vous ne partez pas déjà ?

C'était presque un ordre. Elle changea alors d'attitude du tout au tout.

– Si. Je ne bois jamais de café sans crème.

– Ah bon. Je ne vous aurais pas crue si difficile.

Il avait frappé comme un cobra. Sans hésiter un instant. Comme s'il n'avait plus à peser ses mots.

Elle sentit la moutarde lui monter au nez et décrocha sa veste.

– Qu'est-ce que vous voulez dire par là ? finit-elle par demander, mais d'une voix qui n'était plus aussi assurée.

Il avait sûrement perçu ce changement de ton, car il se remit à sourire de toutes ses dents.

– Je veux dire que les gens de votre espèce doivent se contenter de peu.

Elle fit de son mieux pour le dissimuler, mais elle avait vraiment peur, maintenant. Il n'avait pas l'air très robuste, mais elle s'était déjà méprise sur les forces physiques d'autres que lui. Si les hommes voulaient vraiment parvenir à leurs fins, elle n'était pas de taille à leur résister. Mais elle n'avait pas l'intention de se laisser faire aussi facilement.

– Mais qu'est-ce que c'est que ce bled ? dit-elle soudain. Une meurtrière qui dépèce ses cadavres et un violeur qui habitent l'un en face de l'autre ? Vous êtes certain que l'eau du robinet n'est pas empoisonnée ?

Elle jeta un coup d'œil à la porte. Il avait ôté la clé de la serrure.

– C'est fermé à clé, dit-il, suivant son regard. Mais il faut que je vous corrige sur un point. S'il y a quelque chose dont je n'ai vraiment pas envie, c'est de coucher avec vous.

Elle ne fut pas du tout persuadée qu'il disait vrai. Elle recula d'un pas mais alla cogner du dos contre la rampe de l'escalier.

– En revanche, nous avons d'autres sujets de conversation.

Elle avala sa salive.

– Je ne pense pas.

Il sourit à nouveau.

– Oh si, Sibylla !

Tout d'abord, elle fut incapable de répliquer quoi que ce soit. La seule chose qu'elle comprenait, c'était que rien n'allait comme il fallait.

– Comment savez-vous mon nom ?

– Je l'ai lu dans le journal.

Il ne pouvait pas l'avoir reconnue. Pas avec sa nouvelle coiffure.

Une voiture passa sur la route. Elle la vit distinctement, par la fenêtre de la cuisine.

– Inutile de guetter Kerstin. Elle habite de l'autre côté de la ville. La maison d'en face appartient à des Allemands et, en général, ils ne viennent pas avant le mois de juin.

Elle voulait sortir. Sortir et s'enfuir.

– Que me voulez-vous ? demanda-t-elle.

Il ne répondit rien.

– On pourrait s'asseoir. Le café refroidit.

Elle regarda à nouveau en direction de la porte. Le hall était dépourvu de fenêtre.

– Inutile d'y penser, Sibylla. Tu ne partiras pas avant que je t'en donne la permission.

Prisonnière.

Elle ferma les yeux pendant quelques instants et tenta de reprendre ses idées. Il s'éloigna du chambranle de la porte et, comme elle n'avait pas le choix, elle revint dans la cuisine.

– Si tu veux bien enlever tes chaussures.

Elle se retourna vers lui et le regarda.

Bon sang.

Elle alla s'asseoir à la table. Elle vit alors qu'il était en colère. Il ouvrit un placard, prit une balayette et une pelle et ôta quelque saleté invisible sur le sol. Puis il alla remettre ces instruments en place et vint s'asseoir en face d'elle.

Il ne souriait plus.

– À partir de maintenant, tu vas devoir faire ce que je te dirai.

À partir de maintenant ? Qui était-ce, ce type, au juste ? Pourquoi diable ne parlait-il pas clairement ?

– Vous n'avez pas le droit de me retenir, dit-elle.

Il feignit la surprise.

– Non ? Ça alors. Tu veux peut-être appeler la police ?

Voyant qu'elle ne répondait pas, il éclata de rire et elle se dit en elle-même que le moment était peut-être venu. D'appeler la police.

Ils se regardèrent, épiant chacun de leurs mouvements. Une autre voiture passa sur la route et Sibylla le lâcha un moment des yeux au profit du véhicule.

Le silence était rompu.

– Je dois reconnaître que j'ai été surpris, quand je t'ai vue, au cimetière. Un don du ciel. Dieu prend vraiment soin des siens.

Elle le fixa des yeux sans comprendre.

– Je n'en ai pas cru mes yeux, quand j'ai vu ta montre. Sans elle, je ne t'aurais pas reconnue.

Il désigna sa montre-bracelet d'un signe de la tête et elle suivit son regard. Il sourit, rejeta la tête en arrière et ferma les yeux.

– Merci, Seigneur, de m'avoir prêté l'oreille, d'avoir sauvé mon âme et d'avoir amené ici cette femme. Merci de…

– Ma montre ? coupa-t-elle.

Il se tut. Quand il rouvrit les yeux, ceux-ci étaient réduits à de minces fentes.

– Ne m'interromps jamais, quand je parle avec le Seigneur, dit-il lentement, en se penchant sur la table pour donner plus de poids à ses paroles.

Soudain, tout prit son sens.

Malheur à qui prive l'innocent de son droit.

La vérité se fit jour en elle avec la brutalité d'un rayon laser, la privant de la parole, tandis que la peur lui faisait venir un goût de sang à la bouche.

Ce qui importait, c'était ce que l'on paraissait être. Comment avait-elle pu l'oublier, ne fût-ce qu'un instant ? Elle avait été victime de ses propres préjugés. Elle lut sur son visage qu'il avait compris qu'elle savait, maintenant.

– J'ai déjà vu cette montre une fois. Dans le restaurant français du Grand Hôtel. Alors que tu tenais compagnie à Jörgen Grundberg, au cours de son dernier repas.

Ils restèrent face à face comme deux arcs bandés, se surveillant des yeux. Chacun attendait le signal.

Une éternité s'écoula et elle fit de son mieux pour rapprocher l'une de l'autre toutes les parcelles de vérité qu'elle détenait et en faire un ensemble.

Elle ne s'était pas trompée.

Et pourtant si.

Rune Hedlund n'avait pas eu une maîtresse, mais quelque chose d'encore plus secret : un amant.

C'étaient ces mains noueuses reposant sur cette table de cuisine entre eux qui avaient commis ces atrocités dont on l'accusait. Avec leurs traces de peinture, reste d'un passe-temps favori, dissimulées sous des gants en plastique, elles avaient plongé dans le corps de leurs victimes pour reprendre ce qu'elles avaient perdu.

– Pourquoi ? finit-elle par demander tout bas.

Sa question le détendit et marqua le début d'une nouvelle phase. Ils n'avaient plus besoin de faire semblant ni de parler à mots couverts. Il ne restait plus que la confrontation finale. Pendant laquelle ce serait elle qui poserait les questions et lui qui répondrait.

Et après cela… ?

Il retira ses mains et les posa sur ses genoux en prenant presque l'air de s'apprêter à prononcer un discours.

– Es-tu déjà allée à Malte ?

La question était si inattendue qu'elle ne put s'empêcher de frissonner. Peut-être prit-il cela pour un éclat de rire, car il se mit à nouveau à sourire.

– J'y suis allé, moi, poursuivit-il. Six mois, environ, après l'accident de Rune.

Il cessa de sourire et baissa les yeux vers ses mains.

– Personne ne savait la peine que je ressentais…

Il respira profondément avant de continuer.

– Rune a emporté notre amour dans la tombe. Mais toute la sympathie est allée à elle. Chacun est venu la voir, lui apporter à manger et est resté des heures à écouter ses sornettes sur l'injustice du destin. Plusieurs fois, j'ai été tenté d'y aller, moi aussi, et de lui crier à la face, sa sale face de rat, que c'était moi qu'il aimait ! Pas elle. C'était de chez moi qu'il revenait quand il a eu cette collision avec un élan, sur la route. Il sortait de mon lit. C'était mes mains qui avaient été les dernières à caresser son corps.

Il tendit ses longs doigts en l'air pour qu'elle saisisse mieux.

Il était vraiment en transe. Ses mains tremblaient et sa respiration était saccadée. Un instant, elle crut qu'il allait se mettre à pleurer. Sa lèvre inférieure vibrait de colère contenue. Peut-être était-ce la première fois qu'il pouvait exprimer sa peine. Ces paroles étaient restées prisonnières de sa bouche pendant treize mois.

La première fois.

Et sans doute la dernière.

– Après, elle est retournée travailler. Elle s'est pavanée, en prenant le café avec les autres, et s'est vantée d'avoir fait en sorte que Rune ne soit pas mort pour rien et qu'il ait sauvé quatre vies, avec ce qui restait de son corps.

Il secoua la tête d'un air de dégoût.

– J'avais envie de vomir, merde alors. C'est ça, l'amour ? Hein ? Ouvrir le corps de celui qu'on dit qu'on aime et semer ses restes à tout vent !

Il se leva si brusquement qu'elle eut un réflexe de recul en même temps que sa chaise à lui basculait et se renversait sur le sol. Il la releva, alla chercher la cafetière sur l'évier et revint en la tenant à la main.

– Encore un peu de café ?

Elle secoua la tête, sans trop savoir ce qu'elle faisait, et il s'en versa à lui-même, à la place. Elle profita de ce qu'il allait reporter la cafetière pour faire le tour de la pièce des yeux. Derrière elle se trouvait une porte.

– Je croyais que ça passerait si je partais d'ici quelque temps. Si je ne voyais plus sa face de sainte-nitouche, tous les jours, dans la salle où on prend le café, au travail.

Elle n'était séparée que par environ deux mètres de cette porte close.

– Il ne restait plus qu'une seule place, à l'agence de voyages. C'était la première fois que le Seigneur se manifestait dans ma vie, mais je ne le savais pas, alors.

Il était maintenant totalement détendu. Il avala une gorgée de café et regarda par la fenêtre. Deux amis en train de prendre le café et qui avaient beaucoup à se dire.

– À Malte, il y a une ville qui s'appelle Mosta et qui possède une cathédrale. C'était là que le Seigneur voulait que je me rende. J'avais pris une place dans un voyage organisé, pour ne plus être seul. Et il a bouleversé ma vie.

Il joignit les mains et les posa devant lui, sur la table.

– C'était comme si un voile était tombé de mes yeux. Comme si je pouvais enfin voir.

Il rayonnait de gratitude.

– Le 9 avril 1942, cette église était remplie de fidèles. Des gens ordinaires, qui étaient allés à la messe comme d'habitude. Soudain, une bombe a traversé la coupole. Elle a fait voler le toit en miettes et est tombée devant l'autel. Mais elle n'a pas explosé. Dieu a fait un miracle et elle n'a pas explosé. Les fidèles ont tous pu sortit de là indemnes, jusqu'au dernier. C'est un miracle, ça, hein ?

S'il espérait une réponse, il dut être bien déçu.

– C'était un avion anglais qui avait lâché cette bombe par erreur.

Il la regarda fixement.

– Tu ne comprends donc pas ?

Elle secoua la tête.

– Leur heure n'était pas encore arrivée. Dieu n'avait appelé aucun de ceux qui se trouvaient dans cette église. Ils ne devaient pas encore mourir. C'est pourquoi Il est intervenu et a fait en sorte que rien ne se passe.

Il se tut et regarda un instant par la fenêtre avant de poursuivre :

– Mais Rune… Rune, lui, son heure était venue. Je ne sais pas pourquoi Dieu l'avait appelé, j'attends toujours qu'Il me donne une réponse. Peut-être le fera-t-Il quand j'aurai mené ma mission à bien.

Sibylla avala sa salive. Elle avait peur, maintenant qu'elle voyait que sa confession touchait à son terme.

– Mais elle ne l'a pas laissé mourir, elle. Elle s'est arrogé le privilège de Dieu et l'a maintenu en vie, parmi nous, sur la terre… Elle l'a rattrapé alors qu'il était à mi-chemin du royaume des cieux.

Son visage était maintenant déformé par une grimace.

– Comment aurais-je pu tolérer ça ?

Il joignit les mains devant lui.

– Je me mettrai en colère, je les punirai et j'exercerai sur eux une terrible vengeance. Ils comprendront ainsi que je suis le Seigneur.

Il se tut.

La peur, qui un instant avait fait place à une sorte de désir d'agir, reprit possession d'elle avec une force redoublée.

Il fallait qu'elle gagne du temps.

– Et ceux que vous avez tués ? Qu'est-ce qu'il en dit, Dieu ?

– Mais tu n'as donc pas compris ?

Elle n'osa même pas secouer la tête.

– Dieu les avait appelés. Ils devaient mourir. De quel droit nous opposons-nous à Sa volonté ?

Que répondre à cela ? Lui dire qu'il était fou n'aurait servi à rien.

– Et moi, là-dedans ? finit-elle par demander.

Il sourit à nouveau.

– Toi aussi, tu as été élue.

C'était une sorte de compliment, dans sa bouche.

– Le Seigneur a fait de toi aussi Son instrument. Nous devons tous les deux mener notre mission à son terme.

Il ne fallait plus tarder, maintenant.

– Et quelle est ma mission, à moi ?

Son sourire gagna son visage tout entier.

– Me protéger.

L'instant d'après, elle fut sur ses jambes. Sans hésiter, elle se jeta en arrière et réussit à poser la main sur la poignée de la porte. La chance était avec elle car elle ouvrait sur une autre pièce et, avant qu'il ait eu le temps de faire le tour de la table, elle refermait la porte derrière elle. Il la suivit quelques secondes plus tard, appuya sur la poignée et poussa de toutes ses forces. Elle sentit le poids de son corps, de l'autre côté, et pesa de toutes ses forces, elle aussi, pour empêcher la porte de s'ouvrir, car il n'y avait pas de clé dans la serrure.

Elle inspecta les lieux. Elle se trouvait dans son atelier de peinture. La pièce était remplie de pots de peinture et derrière elle se trouvait un chevalet soutenant un Christ en croix à moitié terminé. Sur le mur situé à sa droite s'ouvrait une autre porte, mais celle-ci n'avait pas de clé non plus. Elle sentit soudain que la poussée avait cessé et se pencha rapidement pour regarder par le trou de la serrure.

Il n'y avait plus personne.

Elle fit deux pas en arrière et se cogna à une table. Une boîte de peinture et des pinceaux tombèrent sur le sol. La peur lui picotait le corps et elle alla se placer au centre de la pièce. Soudain, elle entendit un bruit et sut qu'il revenait. Au même instant, elle vit sa main se glisser par l'entrebâillement de l'autre porte et se poser sur la tranche. Elle n'hésita pas un instant et se jeta de toutes ses forces. Elle entendit le bruit que firent ses doigts lorsque le battant se referma sur eux.

Il ne cria pas. Ses doigts se raidirent sous l'effet de la douleur, mais elle n'entendit pas le moindre bruit. Uniquement sa propre respiration accélérée. Puis il donna une violente poussée à la porte et elle y résista de son mieux. Mais le petit interstice ainsi créé lui avait permis de retirer sa main.

Soudain, une pendule se mit à sonner, derrière elle.

Cela suffit à lui faire perdre ce qu'il lui restait de maîtrise d'elle-même. Elle fit demi-tour et partit en courant. Elle ouvrit violemment la porte de la cuisine et s'engouffra dans le hall. Parvenue là, elle hésita une seconde et regarda autour d'elle. La porte d'entrée était fermée à clé, elle le savait. S'engager dans l'escalier revenait à se jeter un peu plus profondément encore dans la gueule du loup. Mais un bruit en provenance de la pièce voisine la priva de toute alternative. Elle fit un pas en avant et vit ses pieds par l'ouverture de la porte. Il était assis sur le sol, le dos contre la porte et les jambes tendues devant lui. Elle se glissa très vite dans l'escalier et l'entendit se lever. En haut des marches se trouvait un petit couloir sur lequel donnaient trois portes fermées. Sur l'une d'entre elles, la clé était dans la serrure. Elle était fermée mais s'ouvrit à la première tentative.

– N'entre pas là ! l'entendit-elle lui crier.

Mais elle était déjà à l'intérieur.

Malgré ses mains qui tremblaient, elle réussit à glisser la clé dans la serrure, de son côté, et à la tourner. Un instant plus tard, elle vit la poignée qui s'abaissait.

– Ne fais pas de bêtises, Sibylla.

Elle se retourna.

Au milieu de la pièce se trouvait un lit défait. Le drap de dessous et l'oreiller, qui avaient jadis été blancs, étaient maintenant gris et couverts de taches.

Contre le mur était adossée une commode en bois sombre – peut-être du chêne – surmontée d'une glace. Devant celle-ci était posé un chandelier en argent d'environ cinquante centimètres surmonté d'une bougie allumée. Mais elle n'avait vu semblable cierge dans aucune église. Devant le chandelier était placée une bible.

– Ouvre cette porte, Sibylla.

Elle avança jusqu'à la fenêtre. L'espagnolette n'avait

pas été actionnée depuis longtemps et elle dut tirer très fort pour la faire bouger. Mais un raclement lui indiqua qu'elle consentait finalement à faire son office.

– N'ouvre pas cette fenêtre, Sibylla ! Attention que le cierge ne s'éteigne pas !

Il se mit à cogner sur la porte.

Elle se retourna et regarda le chandelier. La flamme de la bougie vacillait sous le courant d'air.

Elle se pencha. En dessous d'elle se trouvaient les marches du perron et si, contre toute attente, elle parvenait à éviter d'aller cogner contre la rambarde en fer, elle s'écraserait sans doute sur les dalles.

– Ferme la fenêtre, Sibylla ! dit-il d'une voix impérieuse.

Elle la laissa ouverte et avança vers la commode. Le répit que lui procurait cette porte fermée à clé lui permit de reprendre ses esprits.

Attention que le cierge ne s'éteigne pas.

À côté du chandelier en argent se trouvaient deux bougies de la même taille que celle qui était allumée, mais entourées de plastique, et non loin de là, quatre autres, du genre de celles utilisées dans les cimetières, elles aussi dans de petits récipients en plastique.

De quoi brûler pendant environ soixante heures.

Elle prit la bible et l'ouvrit à la première page. À l'intérieur de la couverture, quelqu'un avait écrit ces lignes qu'elle parcourut rapidement :

Car l'amour est aussi fort que la mort
son désir aussi indomptable que le royaume des morts
sa flamme est telle celle du feu,
car c'est la flamme du Seigneur.

Elle comprit soudain que c'était maintenant elle qui avait le dessus. Cette flamme allait être son arme.

Elle entendit quelque chose racler dans la serrure. Elle reposa la bible et se dépêcha de refermer la fenêtre.

– Si vous entrez, j'éteins le cierge, s'écria-t-elle.

L'espagnolette reprit sa place initiale et le bruit dans la serrure s'arrêta.

– Cela brûle depuis qu'il est mort, n'est-ce pas ?

Elle n'obtint pas de réponse, mais elle n'en avait pas besoin. Telle la flamme olympique, il avait maintenu ce cierge allumé en souvenir de l'être qu'il aimait.

Elle venait de se procurer un nouveau répit.

Mais que pouvait-elle en faire ?

Elle regarda autour d'elle.

Mis à part le lit et la commode, la pièce était vide. Le sol était recouvert d'une moquette de couleur brune sur laquelle étaient posés trois tapis de lirette dépareillés. Elle regarda le lit. Le drap serait peut-être assez long pour lui permettre d'atteindre le sol. Mais ensuite ? Il n'aurait pas de mal à la rattraper.

Elle alla soulever le chandelier. Prudemment, sachant que le fait de maintenir cette flamme allumée était sa meilleure assurance vie.

– Vous pouvez entrer, s'écria-t-elle.

– Mais, pour ça, il faut m'ouvrir la porte.

Elle hésita un instant.

– Comptez jusqu'à trois avant d'entrer. Sinon, j'éteins le cierge.

Il ne répondit pas. La moquette rendit ses pas inaudibles. Elle tourna la clé dans la serrure et recula vivement.

Au bout de trois secondes, la poignée s'abaissa.

Ils se retrouvèrent face à face, avec ce cierge allumé entre eux.

La colère se lisait dans ses yeux. Il tendait devant lui sa main meurtrie et elle suivit son regard dans cette direction.

Ses doigts étaient profondément entaillés et l'auriculaire semblait totalement sectionné.

Ni l'un ni l'autre ne dit quoi que ce soit.

La flamme était la seule chose qui bougeait dans la pièce.

– Pourquoi fais-tu ça ? finit-il par demander. Qu'est-ce que tu crois que tu vas y gagner ?

– Appelez la police, dit-elle.

Il secoua la tête. Non pas tant pour refuser que pour lui faire comprendre à quel point il était fâché.

– Tu ne comprends donc pas que c'était écrit, tout ça ? Nous avons été élus pour cela, toi et moi. On n'y peut rien… Pose ce cierge.

Elle pouffa en signe de refus et ce souffle fit vaciller la flamme. Cela lui fit comprendre à quel point l'avantage qu'elle avait sur lui était fragile et, tout à coup, la panique s'empara à nouveau d'elle.

Peut-être le vit-il sur elle, peut-être en sentit-il l'odeur. Mais un sourire vint éclairer son visage.

– Nous sommes pareils, toi et moi. J'ai lu tout ce qui a été écrit sur toi, dans le journal.

Comment faire pour sortir de cette pièce ?

– Ils ont posé des questions à une de tes anciennes camarades de classe, tu n'as pas lu ça ?

Si elle mettait les pieds dehors, la flamme s'éteindrait. Elle ne pouvait jouir de ce répit que tant qu'elle restait à l'intérieur.

– J'étais un solitaire, moi aussi.

– Où est le téléphone ?

– Dès la première année d'école, cela se voyait que je n'étais pas comme les autres. C'était évident pour tous les gens…

– Faites demi-tour et descendez, sinon je souffle.

Son sourire se figea mais il ne bougea pas.

– Et après, Sibylla ? dit-il Posément. Qu'est-ce que tu feras, après ?

Il s'écoula une éternité et, au moment où elle pensait

que son cœur allait éclater à force de battre, il se retourna enfin. Il sortit lentement dans le couloir et elle le suivit, à quelques mètres de distance, tentant vainement de dissimuler sa respiration haletante. Une marche à la fois. Ils descendirent l'escalier en une sorte de défilé de la Sainte-Lucie inversé, dans lequel celle qui portait la flamme ne venait pas en tête. Elle la protégeait avec la main et il tendait toujours la sienne, ensanglantée, devant lui. Elle avait les jambes qui tremblaient. Elle tenta de penser à ce qui allait se passer. Devait-elle le laisser téléphoner ? Ne serait-il pas mieux qu'elle le fasse elle-même ? Il ne restait plus que quatre marches. Une fois en bas, il s'arrêta.

– Continuez.

Il fit ce qu'elle lui disait et entra dans la cuisine. Le chandelier était lourd. Elle n'arrivait plus à le tenir aussi haut. Elle l'abaissa lentement et, en même temps, posa le pied sur le sol du hall.

Elle ne le vit plus.

– Placez-vous dans l'embrasure de la porte !

Rien ne bougea dans la cuisine. Elle changea de main.

– Je vais souffler !

Mais elle comprit qu'il avait saisi, aussi bien qu'elle, la vanité de cette menace. Que faire, alors ?

Elle passa la tête à l'intérieur de la pièce qui se trouvait à sa gauche. Un canapé et une table basse. Et la même moquette que dans la chambre, à l'étage. La porte de l'atelier était entrouverte. Elle fit un pas dans la pièce. Le poids du chandelier la força à s'en saisir à deux mains.

– Avancez, pour que je vous voie, s'écria-t-elle.

Elle ne vit pas de téléphone. Elle se dirigea vers l'atelier. Aucun bruit en provenance de la cuisine. Une fois le seuil franchi, elle ferma rapidement la porte derrière elle.

L'appareil était posé sur la table ronde qui se trouvait au centre. C'était un modèle Cobra, en forme de serpent dressé, couvert de taches de peinture de toutes les couleurs.

Mais il fallait le saisir à deux mains, puisque le cadran était placé en dessous.

Sans lâcher du regard la porte de la cuisine, elle posa prudemment le chandelier, souleva l'appareil et passa ses doigts tremblants sur le cadran. Elle avait peur au point d'avoir mal.

Elle était si près du but et pourtant si loin aussi.

C'est alors qu'il se jeta sur elle.

La porte de la salle de séjour s'ouvrit brutalement, elle perçut un cri, mais, avant qu'elle ait eu le temps d'esquisser un mouvement, il la frappa avec une chaise de cuisine. Elle tomba sur le sol, ses yeux se brouillèrent sous le coup de la douleur et, lorsqu'il s'assit sur elle, elle sentit qu'une de ses côtes se brisait.

– Ne fais plus jamais ça ! siffla-t-il.

Elle secoua la tête, s'efforçant en vain d'écarter la douleur.

– Le Seigneur est avec moi, poursuivit-il. Tu ne pourras pas m'échapper.

Elle secoua à nouveau la tête. Elle aurait donné tout pour qu'il se lève. N'importe quoi pourvu qu'il ne pèse plus sur sa côte brisée.

Il regarda autour de lui.

– Ne bouge pas !

Elle acquiesça de la tête et il se leva enfin. Près du téléphone était posé un chiffon de coton blanc. Il en banda sa main blessée. Elle se demanda s'il était droitier. Dans ce cas, il serait sérieusement handicapé.

Mais il en allait de même pour elle.

Et cette maudite flamme qui brûlait toujours.

Elle n'était même pas parvenue à l'éteindre.

Bon sang de bordel de merde.

Alors qu'elle était si près du but.

Elle bougea légèrement, pour tenter d'atténuer la douleur. Mais sa veste formait une sorte de boule sous elle, juste à l'endroit où cela lui faisait le plus mal. Il nota ce mouvement et posa le pied sur son ventre.

– Je t'ai dit de ne pas bouger !

La douleur fut si violente qu'elle en perdit le souffle. Son visage fut déformé par un rictus et elle vit trente-six chandelles. Puis elle sentit qu'il ôtait le pied et, au bout d'un moment, elle ouvrit à nouveau les yeux. Il était toujours debout près d'elle. Il était blême et tenait devant lui sa main bandée. Dans l'autre se trouvait un crucifix qu'elle avait déjà vu. Sur le document de Patrik.

– Tiens, dit-il, en le laissant tomber sur elle.

Il n'était pas très lourd mais elle banda machinalement ses muscles et son corps fut traversé par une nouvelle vague de douleur.

– Porte-le, poursuivit-il. Ce sera ta montée au Golgotha.

Si elle avait pu, elle lui aurait demandé ce qu'il voulait dire par là.

– Lève-toi ! On va sortir !

Elle parvint à se mettre debout. De sa main valide, il l'empoigna par la nuque et la força à avancer, penchée en avant, les yeux rivés sur le sol et le crucifix dans la main gauche.

Le soir avait commencé à tomber.

La douleur au côté lui parut moins violente, une fois qu'elle fut debout. Sans lâcher prise, il lui fit descendre les marches du perron.

– Où allons-nous ? lui demanda-t-elle.

Il ne répondit pas et se contenta de la pousser devant lui, vers la route. Elle se dit que, si vraiment elle était l'élue de Dieu, celui-ci pourrait bien faire passer une voiture.

Mais ce ne fut pas le cas.

Ils traversèrent et, aussitôt après, elle comprit où ils se rendaient. Dans la maison jaune.

– Qu'est-ce qu'on va faire ? demanda-t-elle.

– Tu vas te tuer.

Elle tenta de se redresser, mais il la força à rester penchée.

– Ils te trouveront au mois de juin, quand ils viendront. Avec le crucifix sur le ventre. Ainsi, tout sera clair et on comprendra que Sibylla s'est punie elle-même de ses crimes. Kerstin pourra t'identifier et je me tiendrai près d'elle pour lui apporter mon aide.

Ils étaient arrivés devant la maison. Sibylla glissa sa main libre dans la poche de sa veste et sentit sa lime à ongles.

– Les clés sont dans ma poche, dit-il. Prends-les.

Ses doigts se saisirent de l'étui en plastique. La prise sur sa nuque se relâcha.

– Dans la poche droite.

Elle se redressa et se tourna vers lui. Ils se regardèrent un bref instant, puis elle lui planta violemment la lime à ongles dans le visage.

Elle n'eut pas le temps de voir où le coup avait porté. Pendant qu'il couvrait son visage de ses mains, elle pivota sur ses talons et partit en courant. La forêt commençait de l'autre côté de la petite clôture en bois et, malgré la douleur, elle l'enjamba sans ralentir.

Elle ne se retourna pas. Cette fois non plus, il ne cria pas.

Des branches la frappèrent au visage, au passage,

mais rien ne put la ralentir. La pénombre n'était pas encore assez avancée pour qu'elle puisse se contenter de s'arrêter et de se dissimuler derrière un arbre. Il fallait qu'elle s'éloigne le plus possible avant qu'il ne se lance sur ses traces.

Elle n'aurait pas su dire pendant combien de temps elle avait couru, en trébuchant sur des pierres et en s'éclaboussant jusqu'aux cuisses dans les flaques d'eau. À bout de forces, elle tomba la tête la première sur quelque chose qu'elle ne parvint pas à identifier, dans l'obscurité, et resta allongée sur le ventre. Ses poumons la brûlaient, sous l'effort. À intervalles réguliers, elle réfréna son haleine pour tenter de discerner des bruits.

Mais elle n'entendit rien d'autre que le vent dans les arbres et ses halètements constituaient presque un vacarme, en comparaison.

Elle resta longtemps dans cette position. Sans bouger, mais aux aguets.

À quel point avait-elle réussi à lui faire mal ?

Elle n'était pas encore sauvée.

Soudain, elle entendit sa voix. Assez distante, mais parfaitement distincte, dans l'obscurité.

– *Sibylla… Tu ne nous échapperas pas… Dieu voit tout, tu le sais bien…*

La peur, à nouveau.

Et la lune qui sortait soudain de derrière les nuages et l'éclairait, telle une lampe céleste.

Juste devant elle se trouvait un sapin dont les branches traînaient jusque sur le sol. Elle se glissa prestement dans cette obscurité propice.

– *Sibylla… Où es-tu ?*

La voix était beaucoup plus proche, maintenant. Et sa respiration oppressée risquait de la trahir.

Elle finit par l'apercevoir. Comme guidé par un fil invisible, il venait droit vers sa cachette.

– *Je sais que tu* es *là, tout près.*

Elle pouvait maintenant distinguer son visage. Il ruisselait de sang et le blanc de l'un de ses yeux, écarquillé, luisait dans la pénombre.

Plus que dix mètres.

Et soudain, le noir complet.

En un instant, la lune avait disparu derrière un nuage providentiel et l'avait sauvée. Elle l'entendit pousser un cri et comprit qu'il avait trébuché et s'était rattrapé avec sa main blessée.

Bien fait pour toi, espèce de salaud !

Elle sentit qu'elle souriait et que la disparition de la lune lui avait rendu l'espoir. Elle n'était plus condamnée. Pendant un moment, il avait réussi à lui faire croire qu'elle l'était.

– *Tu n'as pas la moindre chance… Tôt ou tard, nous te retrouverons.*

Sa voix s'éloignait.

Elle était momentanément sauvée.

Peut-être dormit-elle, à certains moments, elle n'aurait su le dire. L'obscurité était si compacte que cela ne faisait aucune différence qu'elle ait les yeux ouverts ou non. Lorsque les premiers contours commencèrent à se dessiner, à l'aube, elle sortit de sa cachette à quatre pattes pour tenter de trouver une route.

Elle n'avait pas l'intention de revenir sur ses pas, mais jusqu'où la forêt s'étendait-elle, dans l'autre sens ? Elle décida donc de partir à angle droit par rapport à la direction qu'elle avait suivie jusqu'alors. De la sorte, elle devrait pouvoir parvenir à une route, mais assez loin de chez lui.

Elle grelottait de froid. Maintenant qu'elle avait l'esprit plus libre, la douleur revenait. Chaque pas lui causait une brûlure dans la cage thoracique.

L'aube se levait rapidement. La forêt se faisait moins dense, également. À cet endroit, il n'y avait plus que des pins, sans végétation à leur pied. Il fallait qu'elle trouve rapidement une route, sinon il risquait de la voir de loin.

Elle entendit une branche craquer, quelque part. Elle s'immobilisa pour tenter de localiser le bruit. Puis survint un autre bruit. Mais dans une autre direction.

C'est alors qu'elle les vit.

– À plat ventre ! s'écria l'un d'eux.

Il était en uniforme et braquait sur elle un pistolet qu'il tenait à deux mains.

Si elle n'avait pas eu aussi peur, elle aurait été contente de leur arrivée. Elle n'aurait jamais cru qu'elle serait aussi heureuse de voir un uniforme de police.

Elle s'exécuta. Lentement, pour ne pas trop raviver la douleur, elle s'allongea, face contre terre. Puis elle tourna la tête et leva les yeux. Elle vit alors quatre policiers en armes qui approchaient d'elle, la tenant toujours en joue.

– Je ne sais pas où…

– Ta gueule ! s'écria l'un d'eux. Ne bouge surtout pas !

Tout se mit alors en place en un instant, dans son esprit.

L'un d'entre eux lui plaqua le visage contre la mousse et elle sentit des mains qui tâtaient son corps, du haut en bas.

– Saleté d'assassin, siffla quelqu'un.

Elle comprit qu'il l'avait à nouveau prise de vitesse.

Elle obéit à leurs ordres. Pendant tout le trajet de retour jusqu'à Vimmerby, elle ne souffla mot.

En sortant de la voiture elle fut aveuglée par un flash et, quand elle put y voir à nouveau, elle eut le temps d'apercevoir un homme assez jeune tenant une énorme caméra devant lui.

– Pourquoi t'as fait ça ? lui lança quelqu'un, avant que quelqu'un d'autre ne la pousse dans l'entrée du poste de police. La pièce grouillait de gens, en uniforme et en civil, qui suivaient ses moindres mouvements avec une expression de dégoût sur le visage.

– Par ici !

L'homme qui était resté assis à côté d'elle, sur le siège arrière de la voiture, la précéda et la foule s'écarta légèrement sur son passage. Quelqu'un la poussa dans le dos et sa côte cassée lui arracha une grimace de douleur. Une porte s'ouvrit devant elle et elle entra.

– Assieds-toi.

Elle tira la chaise vers elle, avec ses mains menottées, et s'assit. Deux autres hommes entrèrent et vinrent s'asseoir de chaque côté d'elle.

– Roger Larsson, se présenta l'un d'eux.

Son collègue pressa sur la touche d'enregistrement d'un magnétophone et hocha la tête, après s'être assuré que l'appareil fonctionnait bien.

– 3 avril 1999, 8 h 45, interrogatoire de Sibylla Forsenström. Sont présents, outre la prévenue, l'officier de police Mats Lundell et le commissaire Roger Larsson.

Il se redressa.

– Tu es bien Sibylla Forsenström ?

Elle acquiesça de la tête.

– Je te prie de répondre à haute et intelligible voix à nos questions.

– Oui !

– Peux-tu nous dire ce que tu fais à Vimmerby !

Elle regarda la bobine du magnétophone qui tournait. Ils l'observaient, pleins d'expectative. On frappa discrètement à la porte et une femme entra avec un papier à la main. Elle le remit à l'homme qui s'appelait Roger, qui le lut rapidement et le posa ensuite, à l'envers, sur la table. Puis il leva à nouveau les yeux vers elle.

– Ce n'est pas moi qui ai fait ça, dit-elle.

– Quoi donc ?

La question la prit de court. Elle était fatiguée, elle avait faim et du mal à se concentrer. Et elle venait de les mettre elle-même sur la piste.

– C'est Ingmar qui les a tués.

Les deux hommes se regardèrent, de l'autre côté de la table. Elle eut l'impression qu'ils masquaient un sourire.

– Tu veux dire Ingmar Eriksson, le gardien de l'hôpital de Vimmerby ? Il s'est présenté au service des urgences, hier soir, avec la main droite écrasée et un œil crevé par une lime à ongles. C'est bien lui que tu veux dire ?

Il y avait de la colère dans sa voix. Elle baissa le regard vers ses mains. Si elle parvenait à dissimuler la chaîne qui les reliait, on pourrait croire qu'elle portait deux bracelets en argent.

L'homme qui s'appelait Roger posa quelque chose sur la table.

– Pourquoi transportais-tu ça dans la poche de ta veste ?

Elle leva les yeux et vit que c'était le crucifix. Il était posé devant elle dans une pochette en plastique.

– C'est lui qui me l'a donné, dit-elle à voix basse. Il avait l'intention de me tuer.

– Pourquoi donc ?

– Pour faire retomber la culpabilité sur moi.

– La culpabilité de quoi ?

Elle poussa un soupir.

– Il avait une liaison avec Rune Hedlund.

Roger Larsson eut un sursaut presque imperceptible.

– Avec qui ?

– Rune Hedlund. Il est mort dans un accident de voiture le quinze mars de l'année dernière.

Les deux hommes se regardèrent. Ils ne dirent rien mais elle n'eut aucune difficulté à interpréter ce regard. Ils avaient devant eux une folle. Peut-être n'avaient-ils pas tort, après tout.

Lune ou pas, Dieu n'avait jamais été de son côté.

– Demandez à Patrik. Il sait que ce n'est pas moi.

– Qui ça, Patrik ?

– Pat...

Comment s'appelait-il déjà ? Elle avait lu son nom sur sa porte, au passage, mais ce souvenir s'était effacé de sa mémoire, pour l'instant.

– Sa mère est dans la police. Elle habite Sagargatan, dans le quartier de Söder.

– Tu veux dire : à Stockholm ?

On frappa de nouveau à la porte et la femme apporta un nouveau document. Deux têtes curieuses passèrent par l'ouverture de la porte. L'homme qui s'appelait Roger lut et hocha la tête. Puis il regarda la pendule.

– Fin de l'interrogatoire à neuf heures trois.

Sibylla ferma les yeux.

– Nous sommes obligés de nous interrompre. Veux-tu attendre ici ou en cellule ?

Elle le regarda : quelle différence ?

– Est-ce qu'il y a un lit, dans la cellule ? finit-elle par demander, infiniment lasse.

Il hocha la tête.

– Alors je prends la cellule.

Il s'écoula plusieurs heures sans que rien ne se passe. Elle dormit par à-coups, sur la couchette de la cellule. Un sommeil agité de cauchemars portant sur une fuite éperdue, bien qu'au ralenti, devant un poursuivant invisible.

On lui donna également à manger, mais personne ne lui dit ce qu'on attendait. Si elle en avait eu la force, elle l'aurait peut-être demandé.

La porte fermée à clé lui inspirait moins d'inquiétude qu'elle ne l'avait redouté. En fait, il n'était pas désagréable de pouvoir se cacher et d'être dégagée de toute responsabilité. Elle avait fait ce qu'elle avait pu, et même plus que cela, et elle ne pouvait qu'accepter son échec, maintenant.

Ils avaient gagné et elle avait perdu.

Ce n'était pas plus grave que cela.

Au début de l'après-midi, Roger Larsson vint lui dire qu'ils attendaient la brigade criminelle de Stockholm. Elle ne répondit pas et se borna à constater intérieurement qu'on lui envoyait l'équipe première. On ne laissait pas à de minables petits flics de province le soin de s'occuper de redoutables assassins de son genre.

– Tu as droit à l'assistance d'un avocat, ajouta-t-il.

– Je n'ai rien fait.

– Je crois que tu ferais mieux d'en prendre un, dit-il en se dirigeant vers la porte.

Peu après, un homme d'une cinquantaine d'années vint la trouver à son tour. Ou bien il était très nerveux, ou bien il était vraiment stressé.

– Kjell Bergström, se présenta-t-il en posant sa serviette sur la table.

Elle se mit sur son séant avec une grimace. Sa côte aurait préféré qu'elle reste couchée.

– Je suis provisoirement votre avocat. Par la suite, vous serez sans doute transférée à Stockholm et alors vous en aurez un de là-bas. Vous ne savez peut-être pas que votre père est mort.

Elle le dévisagea.

– Quoi ?

Kjell Bergström ouvrit sa serviette et en sortit une feuille de papier.

– J'ai reçu un fax d'un collègue de Vetlanda. On venait d'apprendre que vous aviez été arrêtée.

– Je suis innocente, dit-elle très vite.

Il parut un peu perturbé et la regarda pour la première fois.

– D'un arrêt du cœur, ajouta-t-il. Il y a deux ans de cela.

Un arrêt du cœur.

Sibylla se demanda ce qu'elle ressentait. Elle dut reconnaître que cela ne lui faisait absolument rien que Henry Forsenström soit mort depuis deux ans. Pour elle, il l'était depuis bien plus longtemps que cela.

– D'après Krister Ek, l'avocat chargé de la succession, Beatrice Forsenström pensait que vous étiez décédée. Quand votre père est décédé, elle a cherché à vous faire déclarer morte et il allait bientôt être accédé à sa requête lorsque les journaux ont annoncé que vous étiez recherchée.

Sibylla ne put s'empêcher de sourire. La commissure de ses lèvres s'incurva vers le haut sans la moindre raison.

– Je suppose que c'est pour cette raison qu'elle m'a envoyé quinze cents couronnes tous les mois depuis quinze ans. Parce que je suis morte.

Ce fut au tour de Kjell Bergström d'être étonné.

– Ah bon ?

– Jusqu'à la semaine dernière.

– Étrange. Très étrange, en vérité.

Je sais.

Kjell Bergström continua la lecture du document.

– Naturellement, la succession est assez importante. D'après la loi, l'actif revient, à parts égales, au conjoint survivant et aux descendants éventuels. Il semblerait donc que votre mère a cherché à vous priver de votre part d'héritage.

Sibylla sentit qu'elle était sur le point d'éclater de rire. Que quelque chose se brisait en elle et cherchait à sortir à tout prix. Elle s'efforça de le réprimer et dissimula son visage dans ses mains. Le rire secoua son corps de façon inaudible.

– Je comprends que cela vous cause un choc.

Sibylla le regarda entre ses doigts. Il croyait qu'elle pleurait. Il se tenait là, l'air impuissant, comme s'il ne savait pas comment se conduire vis-à-vis d'une meurtrière qui venait de perdre son père. Elle faillit redoubler d'hilarité. Cela réveilla sa douleur dans sa poitrine et lui fit venir les larmes aux yeux. Lorsqu'elle les sentit déborder, elle parvint à se maîtriser suffisamment pour pouvoir ôter ses mains de son visage.

– Vous n'avez pas besoin de vous inquiéter, dit-il. La loi vous protège.

Il n'aurait pas dû dire cela. Cette fois, le rire balaya tous les obstacles et elle dut planter ses mains sur ses hanches pour atténuer la douleur.

La loi la protégeait !

Elle venait de devenir millionnaire mais allait devoir purger une peine de prison à perpétuité pour quatre meurtres qu'elle n'avait pas commis.

Si Dieu pouvait la voir, elle espérait qu'Il était content. Ingmar et Lui pouvaient se retirer et vivre heureux le restant de leurs jours. Et être fiers de leur coup.

Son rire finit par s'éteindre. Il cessa aussi brusquement qu'il avait commencé, laissant un vide en elle.

– Comment ça va ? demanda-t-il prudemment.

Elle le regarda. Les larmes continuaient à couler sur ses joues.

Comment cela allait ?

Vachement bien. Ou vachement mal. C'est selon.

Elle se rallongea et lui tourna le dos. Il gagna la porte et frappa pour qu'on le laisse sortir. Mais, au bout de quelques minutes, elle entendit la porte s'ouvrir de nouveau.

– J'attends ici, dit-il. Ils ne vont pas tarder à venir vous chercher pour procéder à un nouvel interrogatoire.

En effet.

Une nouvelle fois, elle fit la grimace en se levant de sa couchette. Kjell Bergström s'en aperçut.

– Vous avez mal quelque part ?

Elle hocha la tête.

– J'ai pris une chaise dans les côtes.

Il ne posa pas d'autre question. Peut-être était-ce chose courante, à Vimmerby ?

Elle tendit docilement les mains à l'agent qui vint la chercher, pour qu'il ait moins de mal à lui passer à nouveau les menottes, mais il secoua la tête.

La salle d'interrogatoire était vide quand ils entrèrent. Elle prit place sur la même chaise que la fois précédente et Kjell Bergström alla se poster entre l'un des murs.

Une minute plus tard, ils arrivèrent. Un homme et une femme aussi inconnus d'elle l'un que l'autre. Bergström alla les saluer mais Sibylla ne bougea pas, supposant qu'elle n'avait pas besoin de leur être présentée.

Trois paires d'yeux la dévisagèrent.

– Comment allez-vous ? demanda l'inconnu.

Elle eut un petit sourire, mais pas la force de répondre.

– Je m'appelle Per-Olof Gren et je suis de la brigade criminelle de Stockholm. Voici Anita Hansson.

Bergström reprit place près du mur et les deux autres s'assirent en face d'elle. Mais ils ne mirent pas en marche le magnétophone.

– Si vous en avez la force, nous aimerions savoir ce qui s'est passé hier soir.

Si elle en avait la force ? Pourquoi tant de prévenance ?

Sibylla poussa un soupir et se pencha en arrière. Les pensées se bousculaient dans sa tête et elle ne savait pas par quel bout commencer.

– Je suis allée au cimetière, finit-elle par dire en baissant les yeux sur la table. J'ai rencontré la veuve de Rune Hedlund et ensuite je suis revenue avec ce Ingmar.

– C'est lui qui vous a frappée ?

Elle leva les yeux et hocha la tête.

– Oui. Avec une chaise. Je crois qu'il m'a cassé une côte.

– Et ces traces sur votre visage ?

– C'est moi qui me les suis faites en m'enfuyant dans la forêt.

L'homme hocha la tête et regarda Anita.

– Vous avez eu de la chance, malgré tout, dit-il

Ah, ça oui. Une sacrée veine.

– Vous connaissez Patrik, n'est-ce pas ? dit soudain la femme.

Sibylla la regarda. Une lueur d'espoir réussit à se frayer un chemin en elle.

– Vous l'avez trouvé !

– C'est mon fils.

Sibylla la dévora des yeux. La mère de Patrik ? Mais oui, bon sang : elle était dans la police !

Rien sur le visage de la femme ne révélait si c'était une bonne chose ou une mauvaise.

– Il nous a tout raconté, ce matin, quand nous avons appris les nouvelles.

Sibylla crut un instant qu'elle rêvait.

– Dès que j'ai compris qu'il disait la vérité, j'ai appelé la Criminelle. Mais le nom de Thomas Sandberg les a quelque peu induits en erreur.

– Je ne voulais pas que Patrik soit mêlé à cela. Je trouvais qu'il m'avait bien assez aidée comme cela.

La mère de Patrik hocha la tête. Elle semblait partager cet avis.

– Nous avons fouillé la maison d'Ingmar Eriksson, ce matin. Les organes étaient dans son réfrigérateur.

Ah, c'est vrai. J'ai oublié de faire les provisions. Je crains de ne pouvoir vous offrir autre chose qu'une tasse de café.

– Ce n'est pas moi qui les ai mis là, dit-elle très vite.

– Inutile d'avoir peur, Sibylla, dit l'homme qui s'appelait Per-Olof. Nous savons que ce n'est pas toi.

Elle n'osa pas en croire ses oreilles. Ce ne pouvait pas être vrai. Plus maintenant, alors qu'elle avait enfin accepté son sort.

– Il a avoué, poursuivit Per-Olof. Il a craqué quand nous avons trouvé ces bocaux dans son réfrigérateur. Il avait l'intention de les enfouir dans la tombe.

Le silence retomba. Sibylla fit de son mieux pour s'adapter à la situation, mais elle était beaucoup trop épuisée pour y parvenir.

– Il aurait mieux valu prendre contact avec nous plus tôt. Cela aurait évité bien des ennuis.

C'était à nouveau la mère de Patrik qui parlait. Sibylla comprit à quoi elle faisait allusion. Elle imaginait assez facilement l'engueulade qu'avait dû prendre Patrik.

– Vous ne m'auriez pas crue, dit-elle à voix basse. N'est-ce pas ?

Ils ne répondirent ni l'un ni l'autre.

– Patrik, si, reprit-elle. Je crois qu'il a été le seul à le faire. Le seul depuis toujours.

Il s'ensuivit un long silence.

– Eh bien, finit par dire Per-Olof. Vous êtes libre. Qu'allez-vous faire ?

Sibylla haussa les épaules.

– Je le sais, moi, dit Bergström en se détachant du mur. Nous allons nous rendre à Vetlanda. Et dire deux mots à votre mère.

Sibylla secoua la tête.

– Non, je ne veux pas.

– Sibylla, je ne crois pas que vous compreniez de quoi il retourne.

– Je veux trois cent mille. C'est tout ce dont j'ai besoin.

Bergström eut un sourire indulgent.

– Mais il s'agit de millions, voyons.

Elle le regarda et, lorsque leurs regards se croisèrent, elle comprit qu'il parlait sérieusement.

– Vous ne pouvez pas lui faire cadeau d'une telle fortune, ajouta-t-il. Sibylla réfléchit un moment. Que ferait-elle d'une fortune ?

– Eh bien, sept cents, alors. Le reste, vous lui direz qu'elle peut se le mettre dans le cul.

Un grésillement se fit entendre dans la serrure avant qu'elle ait le temps de baisser la main. Elle se demanda s'il montait toujours la garde près de l'Interphone.

Comme la fois précédente, il attendait sur le pas de la porte, quand elle arriva sur le palier. Ils ne dirent rien ni l'un ni l'autre avant qu'elle ait pénétré dans le hall et qu'il ait refermé la porte derrière eux.

– Je suis très impressionné, dit-il. Meurtrière recherchée par la police une semaine, héroïne nationale la suivante. Bigre !

Elle entra et se dirigea vers les ordinateurs. Cette fois, il ne chercha pas à s'interposer.

– Tu l'as trouvé ?

Il hocha la tête.

– C'est cinq mille, cette fois, hein ?

Elle plongea la main dans la poche de sa veste, sortit les billets et les posa sur le clavier. Pour sa part, il tira une enveloppe blanche de sa poche-revolver et la lui tendit.

– Il est à toi ?

Elle le regarda, prit l'enveloppe et passa dans le hall.

– On finit par devenir curieux, dit-il.

Sans rien dire de plus, elle sortit sur le palier et tira la porte derrière elle. C'est alors qu'elle sentit qu'elle tremblait. À l'étage au-dessous, elle dut s'asseoir.

Elle prit l'enveloppe, le cœur battant.

Une enveloppe blanche contenant la réponse à quatorze ans d'ignorance.

Comment s'appelait-il ? Où habitait-il ? Qu'était-il devenu ? Elle allait enfin le savoir.

Le car partait dans deux heures.

Le contrat de vente était signé et la somme à payer avait été versée. Gunvor Strömberg avait dit qu'elle l'attendrait à l'arrivée du car pour lui remettre les clés.

La tranquillité. La paix de l'âme. Et puis cette enveloppe blanche contenant ce nom qui lui avait tant manqué.

Qui lui manquerait toujours.

Mais à quoi bon ? Il était trop tard, maintenant. Trop tard depuis quatorze ans.

Pour qui faisait-elle cela ? Pour lui ? Ou pour elle-même ?

Elle se mit debout, perturbée par cette soudaine idée. De quel droit faire son entrée dans sa vie au bout de quatorze ans ? Qu'aurait-il à y gagner ? Elle satisferait sa curiosité, mais lui était-il redevable de cela ?

Il ne vivait pas dans la peine, lui. Pourquoi le forcer à partager la sienne ?

S'il y avait quelque chose qu'elle lui devait, c'était d'assumer cette peine.

Devant elle se trouvait l'ouverture d'un vide-ordures. Un de ces trous dans le mur par lequel les gens se débarrassent de leurs détritus.

Elle l'ouvrit le cœur battant, non d'inquiétude mais de certitude de bien agir. Et cette certitude était en même temps une libération.

Si le car était à l'heure, elle serait chez elle avant que le voisin ne se mette à sonner le couvre-feu.

RÉALISATION: PAO ÉDITIONS DU SEUIL
IMPRESSION: NORMANDIE ROTO IMPRESSION S.A.S. À LONRAI
DÉPÔT LÉGAL: OCTOBRE 2005. N° 66227 (05-2604)
IMPRIMÉ EN FRANCE

Collection Points

SÉRIE POLICIERS

P18. L'Héritage empoisonné, *par Paul Levine*
P19. Les Égouts de Los Angeles, *par Michael Connelly*
P29. Mort en hiver, *par L.R. Wright*
P81. Le Maître de Frazé, *par Herbert Lieberman*
P103. Cadavres incompatibles, *par Paul Levine*
P104. La Rose de fer, *par Brigitte Aubert*
P105. La Balade entre les tombes, *par Lawrence Block*
P106. La Villa des ombres, *par David Laing Dawson*
P107. La Traque, *par Herbert Lieberman*
P108. Meurtre à cinq mains, *par Jack Hitt*
P142. Trésors sanglants, *par Paul Levine*
P155. Pas de sang dans la clairière, *par L.R. Wright*
P165. Nécropolis, *par Herbert Lieberman*
P181. Red Fox, *par Anthony Hyde*
P182. Enquête sous la neige, *par Michael Malone*
P226. Une mort en rouge, *par Walter Mosley*
P233. Le Tueur et son ombre, *par Herbert Lieberman*
P234. La Nuit du solstice, *par Herbert Lieberman*
P244. Une enquête philosophique, *par Philip Kerr*
P245. Un homme peut en cacher un autre, *par Andreu Martín*
P248. Le Prochain sur la liste, *par Dan Greenburg*
P259. Minuit passé, *par David Laing Dawson*
P266. Sombre Sentier, *par Dominique Manotti*
P267. Ténèbres sur Jacksonville, *par Brigitte Aubert*
P268. Blackburn, *par Bradley Denton*
P269. La Glace noire, *par Michael Connelly*
P272. Le Train vert, *par Herbert Lieberman*
P282. Le Diable t'attend, *par Lawrence Block*
P295. La Jurée, *par George Dawes Green*
P321. Tony et Susan, *par Austin Wright*
P341. Papillon blanc, *par Walter Mosley*
P356. L'Ange traqué, *par Robert Crais*
P388. La Fille aux yeux de Botticelli, *par Herbert Lieberman*
P389. Tous les hommes morts, *par Lawrence Block*
P390. La Blonde en béton, *par Michael Connelly*
P393. Félidés, *par Akif Pirinçci*
P394. Trois Heures du matin à New York
par Herbert Lieberman
P395. La Maison près du marais, *par Herbert Lieberman*
P422. Topkapi, *par Eric Ambler*

P430. Les Trafiquants d'armes, *par Eric Ambler*
P432. Tuons et créons, c'est l'heure, *par Lawrence Block*
P435. L'Héritage Schirmer, *par Eric Ambler*
P441. Le Masque de Dimitrios, *par Eric Ambler*
P442. La Croisière de l'angoisse, *par Eric Ambler*
P468. Casting pour l'enfer, *par Robert Crais*
P469. La Saint-Valentin de l'homme des cavernes *par George Dawes Green*
P483. La Dernière Manche, *par Emmett Grogan*
P492. N'envoyez plus de roses, *par Eric Ambler*
P513. Montana Avenue, *par April Smith*
P514. Mort à la Fenice, *par Donna Leon*
P530. Le Détroit de Formose, *par Anthony Hyde*
P531. Frontière des ténèbres, *par Eric Ambler*
P532. La Mort des bois, *par Brigitte Aubert*
P533. Le Blues du libraire, *par Lawrence Block*
P534. Le Poète, *par Michael Connelly*
P535. La Huitième Case, *par Herbert Lieberman*
P536. Bloody Waters, *par Carolina Garcia-Aguilera*
P537. Monsieur Tanaka aime les nymphéas *par David Ramus*
P538. Place de Sienne, côté ombre *par Carlo Fruttero et Franco Lucentini*
P539. Énergie du désespoir, *par Eric Ambler*
P540. Épitaphe pour un espion, *par Eric Ambler*
P554. Mercure rouge, *par Reggie Nadelson*
P555. Même les scélérats..., *par Lawrence Block*
P571. Requiem Caraïbe, *par Brigitte Aubert*
P572. Mort en terre étrangère, *par Donna Leon*
P573. Complot à Genève, *par Eric Ambler*
P606. Bloody Shame, *par Carolina Garcia-Aguilera*
P617. Les Quatre Fils du Dr March, *par Brigitte Aubert*
P618. Un Vénitien anonyme, *par Donna Leon*
P626. Pavots brûlants, *par Reggie Nadelson*
P627. Dogfish, *par Susan Geason*
P636. La Clinique, *par Jonathan Kellerman*
P639. Un regrettable accident, *par Jean-Paul Nozière*
P640. Nursery Rhyme, *par Joseph Bialot*
P644. La Chambre de Barbe-Bleue, *par Thierry Gandillot*
P645. L'Épervier de Belsunce, *par Robert Deleuse*
P646. Le Cadavre dans la Rolls, *par Michael Connelly*
P647. Transfixions, *par Brigitte Aubert*
P648. La Spinoza Connection, *par Lawrence Block*
P649. Le Cauchemar, *par Alexandra Marinina*
P650. Les Crimes de la rue Jacob, *ouvrage collectif*

P651. Bloody Secrets, *par Carolina Garcia-Aguilera*
P652. La Femme du dimanche
par Carlo Fruttero et Franco Lucentini
P653. Le Jour de l'enfant tueur, *par Pierre Pelot*
P669. Le Concierge, *par Herbert Lieberman*
P670. Bogart et Moi, *par Jean-Paul Nozière*
P671. Une affaire pas très catholique, *par Roger Martin*
P693. Black Betty, *par Walter Mosley*
P706. Les Allumettes de la sacristie, *par Willy Deweert*
P707. Ô mort, vieux capitaine..., *par Joseph Bialot*
P708. Images de chair, *par Noël Simsolo*
P717. Un chien de sa chienne, *par Roger Martin*
P718. L'Ombre de la louve, *par Pierre Pelot*
P727. La Morsure des ténèbres, *par Brigitte Aubert*
P733. Le Couturier de la Mort, *par Brigitte Aubert*
P742. La Mort pour la mort, *par Alexandra Marinina*
P754. Le Prix, *par Manuel Vázquez Montalbán*
P755. La Sourde, *par Jonathan Kellerman*
P756. Le Sténopé, *par Joseph Bialot*
P757. Carnivore Express, *par Stéphanie Benson*
P768. Au cœur de la mort, *par Laurence Block*
P769. Fatal Tango, *par Jean-Paul Nozière*
P770. Meurtres au seuil de l'an 2000
par Éric Bouhier, Yves Dauteuille, Maurice Detry, Dominique Gacem, Patrice Verry
P771. Le Tour de France n'aura pas lieu, *par Jean-Noël Blanc*
P781. Le Dernier Coyote, *par Michael Connelly*
P782. Prédateurs, *par Noël Simsolo*
P792. Le Guerrier solitaire, *par Henning Mankell*
P793. Ils y passeront tous, *par Lawrence Block*
P794. Ceux de la Vierge obscure, *par Pierre Mezinski*
P803. La Mante des Grands-Carmes
par Robert Deleuse
P819. London Blues, *par Anthony Frewin*
P820. Sempre caro, *par Marcello Fois*
P821. Palazzo maudit, *par Stéphanie Benson*
P834. Billy Straight, *par Jonathan Kellerman*
P835. Créance de sang, *par Michael Connelly*
P849. Pudding mortel, *par Margaret Yorke*
P850. Hemoglobine Blues, *par Philippe Thirault*
P851. Exterminateurs, *par Noël Simsolo*
P859. Péchés mortels, *par Donna Leon*
P860. Le Quintette de Buenos Aires
par Manuel Vázquez Montalbán
P861. Y'en a marre des blondes, *par Lauren Anderson*

P862. Descentes d'organes, *par Brigitte Aubert*
P875. La Mort des neiges, *par Brigitte Aubert*
P876. La lune était noire, *par Michael Connelly*
P877. La Cinquième Femme, *par Henning Mankell*
P882. Trois Petites Mortes, *par Jean-Paul Nozière*
P883. Le Numéro 10, *par Joseph Bialot*
P888. Le Bogart de la cambriole, *par Lawrence Block*
P892. L'Œil d'Eve, *par Karin Fossum*
P898. Meurtres dans l'audiovisuel, *par Yan Bernabot, Guy Buffet, Frédéric Karar, Dominique Mitton et Marie-Pierre Nivat-Henocque*
P899. Terminus pour les pitbulls, *par Jean-Noël Blanc*
P909. L'Amour du métier, par *Lawrence Block*
P910. Biblio-quête, *par Stéphanie Benson*
P911. Quai des désespoirs, *par Roger Martin*
P926. Sang du ciel, *par Marcello Fois*
P927. Meurtres en neige, *par Margaret Yorke*
P928. Heureux les imbéciles, *par Philippe Thirault*
P949. 1280 Âmes, *par Jean-Bernard Pouy*
P950. Les Péchés des pères, *par Lawrence Block*
P964. Vieilles dames en péril, *par Margaret Yorke*
P965. Jeu de main, jeu de vilain, *par Michelle Spring*
P963. L'Indispensable Petite Robe noire, *par Lauren Henderson*
P971. Les Morts de la Saint-Jean, *par Henning Mankell*
P972. Ne zappez pas, c'est l'heure du crime, *par Nancy Star*
P976. Éloge de la phobie, *par Brigitte Aubert*
P989. L'Envol des anges, *par Michael Connelly*
P990. Noblesse oblige, *par Donna Leon*
P1001. Suave comme l'éternité, *par George P. Pelecanos*
P1003. Le Monstre, *par Jonathan Kellerman*
P1004. À la trappe !, *par Andrew Klavan*
P1005. Urgence, *par Sarah Paretsky*
P1016. La Liste noire, *par Alexandra Marinina*
P1017. La Longue Nuit du sans-sommeil, *par Lawrence Block*
P1029. Speedway, *par Philippe Thirault*
P1030. Les Os de Jupiter, *par Faye Kellerman*
P1039. Nucléaire chaos, *par Stéphanie Benson*
P1040. Bienheureux ceux qui ont soif..., *par Anne Holt*
P1042. L'Oiseau des ténèbres, *par Michael Connelly*
P1048. Les Lettres mauves, *par Lawrence Block*
P1060. Mort d'une héroïne rouge, *par Qiu Xiaolong*
P1061. Angle mort, *par Sara Paretsky*
P1070. Trompe la mort, *par Lawrence Block*
P1071. V'là aut'chose, *par Nancy Star*
P1072. Jusqu'au dernier, *par Deon Meyer*

P1081. La Muraille invisible, *par Henning Mankell*
P1087. L'Homme de ma vie, *par Manuel Vázquez Montalbán*
P1088. Wonderland Avenue, *par Michael Connelly*
P1089. L'Affaire Paola, *par Donna Leon*
P1090. Nous n'irons plus au bal, *par Michelle Spring*
P1100. Dr la Mort, *par Jonathan Kellerman*
P1101. Tatouage à la fraise, *par Lauren Henderson*
P1102. La Frontière, *par Patrick Bard*
P1105. Blanc comme neige, *par George P. Pelecanos*
P1110. Funérarium, *par Brigitte Aubert*
P1111. Requiem pour une ombre, *par Andrew Klavan*
P1122. Meurtriers sans visage, *par Henning Mankell*
P1123. Taxis noirs, *par John McLaren*
P1134. Tous des rats, *par Barbara Seranella*
P1135. Des morts à la criée, *par Ed Dee*
P1146. Ne te retourne pas !, *par Karin Fossum*
P1158. Funky Guns, *par George P. Pelecanos*
P1159. Les Soldats de l'aube, *par Deon Meyer*
P1162. Visa pour Shanghaï, *par Qiu Xiaolong*
P1174. Sale Temps, *par Sara Paretsky*
P1159. L'Ange du Bronx, *par Ed Dee*
P1187. Les Chiens de Riga, *par Henning Mankell*
P1188. Le Tueur, *par Eraldo Baldini*
P1189. Un silence de fer, *par Marcelos Fois*
P1190. La Filière du jasmin, *par Denise Hamilton*
P1197. Destins volés, *par Michael Pye*
P1206. Mister Candid, *par Jules Hardy*
P1207. Déchaînée, *par Lauren Henderson*
P1215. Tombe la pluie, *par Andrew Klavan*
P1224. Le Vagabond de Holmby Park, *par Herbert Lieberman*
P1225. Des amis haut placés, *par Donna Leon*
P1228. Chair et sang, *par Jonathan Kellerman*
P1230. Darling Lilly, *par Michael Connelly*
P1239. Je suis mort hier, *par Alexandra Marinina*
P1240. Cendrillon, mon amour, *par Lawrence Block*
P1242. Berlinale Blitz, *par Stéphanie Benson*
P1245. Tout se paye, *par George P. Pelecanos*
P1251. Le Rameau brisé, *par Jonathan Kellerman*
P1256. Cartel en tête, *par John McLaren*
P1291. Le croque-mort a la vie dure, *par Tim Cockey*
P1292. Pretty Boy, *par Lauren Henderson*
P1294. Encres de Chine, *par Qiu Xiaolong*
P1306. La Lionne blanche, *par Henning Mankell*
P1307. Le Styliste, *par Alexandra Marinina*
P1308. Pas d'erreur sur la personne, *par Ed Dee*

P1309. Le Casseur, *par Walter Mosley*
P1318. L'Attrapeur d'ombres, *par Patrick Bard*
P1331. Mortes-eaux, *par Donna Leon*
P1332. Déviances mortelles, *par Chris Mooney*
P1344. Mon vieux, *par Thierry Jonquet*
P1345. Lendemains de terreur, *par Lawrence Block*
P1346. Déni de justice, *par Andrew Klavan*
P1347. Brûlé, *par Leonard Chang*
P1359. Los Angeles River, *par Michael Connelly*
P1360. Refus de mémoire, *par Sarah Paretsky*
P1361. Petite Musique de meurtre, *par Laura Lippman*
P1372. L'Affaire du Dahlia noir, *par Steve Hodel*
P1373. Premières Armes, *par Faye Kellerman*
P1374. Onze Jours, *par Donald Harstad*
P1375. Le croque-mort préfère la bière, *par Tim Cockey*
P1393. Soul Circus, *par George P. Pelecanos*
P1394. La Mort au fond du canyon, *par C. J. Box*
P1395. Recherchée, *par Karin Alvtegen*
P1396. Disparitions à la chaîne, *par Ake Smedberg*

Collection Points

DERNIERS TITRES PARUS

P1315. Écrits fantômes, *par David Mitchell*
P1316. Le Nageur, *par Zsuzsa Bánk*
P1317. Quelqu'un avec qui courir, *par David Grossman*
P1318. L'Attrapeur d'ombres, *par Patrick Bard*
P1319. Venin, *par Saneh Sangsuk*
P1320. Le Gone du Chaâba, *par Azouz Begag*
P1321. Béni ou le paradis privé, *par Azouz Begag*
P1322. Mésaventures du Paradis
par Erik Orsenna et Bernard Matussière
P1323. L'Âme au poing, *par Patrick Rotman*
P1324. Comedia Infantil, *par Henning Mankell*
P1325. Niagara, *par Jane Urquhart*
P1326. Une amitié absolue, *par John le Carré*
P1327. Le Fils du vent, *par Henning Mankell*
P1328. Le Témoin du mensonge, *par Mylène Dressler*
P1329. Pelle le Conquérant 1, *par Martin Andersen Nexø*
P1330. Pelle le Conquérant 2, *par Martin Andersen Nexø*
P1331. Mortes-Eaux, *par Donna Leon*
P1332. Déviances mortelles, *par Chris Mooney*
P1333. Les Naufragés du Batavia, *par Simon Leys*
P1334. L'Amandière, *par Simonetta Agnello Hornby*
P1335. C'est en hiver que les jours rallongent, *par Joseph Bialot*
P1336. Cours sur la rive sauvage, *par Mohammed Dib*
P1337. Hommes sans mère, *par Hubert Mingarelli*
P1338. Reproduction non autorisée, *par Marc Vilrouge*
P1339. S. O. S., *par Joseph Connolly*
P1340. Sous la peau, *par Michel Faber*
P1341. Dorian, *par Will Self*
P1342. Le Cadeau, *par David Flusfeder*
P1343. Le Dernier Voyage d'Horatio II, *par Eduardo Mendoza*
P1344. Mon vieux, *par Thierry Jonquet*
P1345. Lendemains de terreur, *par Lawrence Block*
P1346. Déni de justice, *par Andrew Klavan*
P1347. Brûlé, *par Leonard Chang*
P1348. Montesquieu, *par Jean Lacouture*
P1349. Stendhal, *par Jean Lacouture*
P1350. Le Collectionneur de collections, *par Henri Cueco*
P1351. Camping, *par Abdelkader Djemaï*
P1352. Janice Winter, *par Rose-Marie Pagnard*
P1353. La Jalousie des fleurs, *par Ysabelle Lacamp*

P1354. Ma vie, son œuvre, *par Jacques-Pierre Amette*
P1355. Lila, Lila, *par Martin Suter*
P1356. Un amour de jeunesse, *par Ann Packer*
P1357. Mirages du Sud, *par Nedim Gürsel*
P1358. Marguerite et les Enragés
par Jean-Claude Lattès et Éric Deschodt
P1359. Los Angeles River, *par Michael Connelly*
P1360. Refus de mémoire, *par Sarah Paretsky*
P1361. Petite Musique de meurtre, *par Laura Lippman*
P1362. Le Cœur sous le rouleau compresseur, *par Howard Buten*
P1363. L'Anniversaire, *par Mouloud Feraoun*
P1364. Passer l'hiver, *par Olivier Adam*
P1365. L'Infamille, *par Christophe Honoré*
P1366. La Douceur, *par Christophe Honoré*
P1367. Des gens du monde, *par Catherine Lépront*
P1368. Vent en rafales, *par Taslima Nasreen*
P1369. Terres de crépuscule, *par J. M. Coetzee*
P1370. Lizka et ses hommes, *par Alexandre Ikonnikov*
P1371. Le Châle, *par Cynthia Ozick*
P1372. L'Affaire du Dahlia noir, *par Steve Hodel*
P1373. Premières Armes, *par Faye Kellerman*
P1374. Onze Jours, *par Donald Harstad*
P1375. Le croque-mort préfère la bière, *par Tim Cockey*
P1376. Le Messie de Stockholm, *par Cynthia Ozick*
P1377. Quand on refuse on dit non, *par Ahmadou Kourouma*
P1378. Une vie française, *par Jean-Paul Dubois*
P1379. Une année sous silence, *par Jean-Paul Dubois*
P1380. La Dernière Leçon, *par Noëlle Châtelet*
P1381. Folle, *par Nelly Arcan*
P1382. La Hache et le Violon, *par Alain Fleischer*
P1383. Vive la sociale !, *par Gérard Mordillat*
P1384. Histoire d'une vie, *par Aharon Appelfeld*
P1385. L'Immortel Bartfuss, *par Aharon Appelfeld*
P1386. Beaux seins, belles fesses, *par Mo Yan*
P1387. Séfarade, *par Antonio Muñoz Molina*
P1388. Le Gentilhomme au pourpoint jaune
par Arturo Pérez Reverte
P1389. Ponton à la dérive, *par Daniel Katz*
P1390. La Fille du directeur de cirque, *par Jostein Gaarder*
P1391. Pelle le Conquérant 3, *par Martin Andersen Nexø*
P1392. Pelle le Conquérant 4, *par Martin Andersen Nexø*
P1393. Soul Circus, *par George P. Pelecanos*
P1394. La Mort au fond du canyon, *par C. J. Box*
P1395. Recherchée, *par Karin Alvtegen*
P1396. Disparitions à la chaîne, *par Ake Smedberg*